半边渡当代中篇小说丛书

黄花

吕新 著

漓江出版社

图书在版编目(CIP)数据

黄花 / 吕新著.一桂林：漓江出版社，2016.11
（半边渡当代中篇小说丛书）
ISBN 978-7-5407-7933-7
Ⅰ.①黄… Ⅱ.①吕… Ⅲ.①中篇小说－小说集－中国－当代
Ⅳ.①I247.5
中国版本图书馆CIP数据核字(2016)第239312号

HUANGHUA
黄 花
吕新 著

责任编辑：张 谦 辛丽芳
书籍设计：石绍康
责任印制：杨 东

出版人：刘迪才
漓江出版社有限公司出版发行
广西桂林市南环路22号 邮政编码：541002
网址：http://www.lijiangbook.com
全国新华书店经销
销售热线：010-85893190
大厂聚鑫印刷有限责任公司印刷
[河北省廊坊市大厂回族自治县西大街 邮政编码：065300]
开本：960mm×690mm 1/16
印张：17 字数：220千字
2016年11月第1版 2016年11月第1次印刷
定价：38.00元

如发现印装质量问题，影响阅读，请与承印单位联系调换
[电话：0316-8836866]

《半边渡当代中篇小说丛书》出版说明

“半边渡”，原本是一种由独特的地貌形态所导致的交通方式，意指岸边道路出现山岩等巨型障碍，为了克服障碍所进行的单边摆渡。用来做丛书名，表示只在此岸，现场写作；彼岸风景，尽入眼中。选收的是当下既具实力，又有活力的知名作家，他们一直进行着克服障碍、自我超越的写作，刷新着个人纪录，不断求索、攀升。中篇小说介于短篇与长篇之间，是由短篇进发到长篇的中转过渡，出版中篇小说集，既管窥风貌反映当下，又把握脉动瞄准未来，期待作家们拿出更多优秀长篇回馈读者。

漓江出版社中外文学出版中心

目录

写在《黄花》之前［自序］

有一年冬天，天气很冷，外面下着很大的雪，抬起头，忽然看见窗台上有一丛黄色的花，不是春天里的那种黄，而是秋日的那种黄。

事实上窗前并没有那样的一丛花。

听见有人踩着雪走来，脚下传来吱吱的响声。不久，又像来的时候一样，踩着雪吱吱地走远。

恍惚中看见了炉子，以蓝色为主的拼接起来的棉布门帘……有人手里拿着铁钩子，正在弯腰捅火，有灰白的炉灰从火圈和火眼之间飘荡出来。

听见一个人轻轻地叹了一口气，是一个女人的叹息声。

一个女人的叹息声！

不久前那个弯腰捅火的人应该就是她。这会儿，她把炉盖重新盖好，铁钩子立到烟筒后面，坐在炕沿上，看着外面白茫茫的大雪。

我又听到了一种叹息和呼唤。

我在纸上写下了“黄花”两个字。

这就是《黄花》这部小说的由来。

收在这本书里的《沙子》和《夜晚的顺序》写作时间最早，写于20世纪

90 年代初，《深红的农事》写于 90 年代末，说起来竟也都是上个世纪的事了。另外三部都在这十几年间。

《沙子》的写作与完成，来源于一次黑暗中的谈话，或者说命令。90 年代初，一天傍晚，在黑吉两省交界处的一条江边，我抽着烟，看着灰蓝色的江水。在我的不远处，也有一个人独自在那里站着。过了一会儿，来了一个女的，匆匆地走来，把一个东西交给了那个人，并在黑暗中说了一句话：“翟部长让你明天就送过去。”由于天黑，完全看不清她给了他一个什么东西。但是，对于我来说，给什么已经不重要了，重要的是她说的那句话，以及江边那两个伫立着的黑影。就是黑暗中的那一句话，瞬间把一件事情照亮，让我在倏忽间看到了《沙子》三分之二的内容和篇幅。

《深红的农事》中，所有的人均有原型，前些年大都还在，现在则都不在了。我站在那片房倒屋塌的旧地上，似乎仍能看到老金刚刚从外面回来，进门之前，摘下帽子，脸变得更长。蛇在他们的房顶上唰唰地窜着，布谷鸟和斑鸠在门前的黄芥地上空飞着，声音很慢很空地叫着。有附近的小孩子扒在墙头上，露出一张脸，要和他再赌一下。老金说，拿着一毛钱也想来占便宜，不和你们耍。先前的那片疏朗美丽的小树林子早已不复存在。曾经，每一棵杨树都极其高大，树皮白绿，树上一年四季都有又黑又圆的鸟巢，住户当然都是乌鸦喜鹊一类的大鸟。就像人世间的事一样，麻雀画眉一类的小鸟是没有资格也没有能力在那么高的树上筑窝的。印象中，与老金毗邻的那几户人家，一直都住在浓密的树荫里，好几个人的脸一直都是绿的，白绿的。

那时候我们是真正的年幼无知，从来也不懂得什么叫面有菜色，更不知道人世间还有那么一个词。看见他们的脸，还只以为是树荫长年映照的结果。

谢谢漓江出版社，谢谢东子兄真挚相约！

吕 新

2016 年 9 月 6 日

沙子

一

李空山下车的时候，正值一天中的黄昏时分，不远处的低空中飞翔着、积累着一些不堪入目的东西。李空山问身边的一个人，那是什么？那个人朝他羞涩地笑了一下，突然向远处跑开了。后来的日子里，李空山才知道那个人不会说话，是一个哑巴，是王茂的外甥。

李空山沿着一条发白的小路向村里走。当他再一次注意到那种缓缓流逝的现象时，一位白发苍苍的老人告诉他说那是一种假象，是早年间的一些废弃的农具。“都没用啦。”老人说着，赶着一只猪慢慢向河边走去。

虽然这是一个极为平常的傍晚，但乡间的夕阳却红得有些夸张，如同一种不择手段的恣意渲染。现在，李空山看到了附近的那条灰蓝色的静止不动的河。河边的一座染坊前，晾晒着染出来的布匹，以黑蓝两种颜色居多，也有几匹黄色的和紫色的。一个人正在门前仰头观望傍晚的天气，几个孩子在湿漉漉的布匹下钻来钻去，弥漫在染坊里的水雾不断地从窄小的门口涌出来，彩色的水流像黏稠厚重的油漆一样从门前流过。

李空山行走在这片世代种植葵花、焙制陶瓷的土地上，远处和近处出现的各种显眼的风物标志令人不容置疑。傍晚的轻风吹动着李空山的白色绸衫，他的脚下产生了一种轻飘飘的腾云驾雾的感觉。一名身材高大丰壮的农妇突然从一片绿色的植物中直起身来，越过那种低矮的植物，李空山注意到了挂在她小腿上的那些晃来晃去的水珠。在她的对面，一个戴草帽的男人正试图要抓住什么，他的大幅度的动作使他一次次扑空。到后来，李空山突然看见一种东西凭空飘扬起来……这时，那个男人不见了，那些低矮的绿色植物渐渐地平静下来。

土里有一种坚硬的东西将李空山绊了一下。李空山用脚踢出来，是半片生锈的犁。

二

孙长胜的院落比较宽敞，东西长十几丈，南北宽约四五丈，据他自己说，一次可以容纳几百人同时在这里开会，或者看戏。这个院子里有男女两个厕所，这在乡下比较少见。孙长胜告诉我说，我决不能再与她们共用同一个厕所了，这么多年不走运，关系全在这上面，特别是当她们来月经的时候，“里面就像一个杀人现场”，这种现象再也不能继续下去了。

我要找的那个女人叫罗虹，但好多人都说不认识，包括孙长胜也不知道有这样一个女人，他甚至怀疑我找错了地方。我后来想起她有另外一个名字，叫海红。孙长胜听了，瞪起两只眼睛看着我，他怪声怪气地对我说，你说的是她啊，我以为是谁呢，到村外去找吧。我说，怎么？孙长胜说，早死了，她就叫海红，不叫罗虹，也有人管她叫红绸。

我告诉孙长胜说，她的正式名字就叫罗虹，而海红只是一个带有侮辱性质的称号。

孙长胜摇着头说，竟不知道，我们从来没听说过，只以为她姓海或者姓红呢，又叫了那样一个又艳丽又柔软的名字——你找她做什么？

我的一位朋友不久前猝然去世，在整理他的遗物时，发现了他的一本笔记，笔记里记载了我此刻所在的这个地方，以及距此二十里以外的丽城。文中多次出现了“罗虹”“海红”等词语。我的这个名叫饶子路的朋友，他在某些时候有些志大才疏、眼高手低，他研究中国婚姻已有多年，但建树甚微。他唯一的一部专著《洞房之水》刚刚写了前面两章，便猝然去世了。他有一份提纲，包括《洞房之水》全书的三十八个小标题，那是一些令人莫名其妙的标题，有的是学术名词，有的是一件物品，有的竟是一个人名。我在灯下读到了那份字迹工整清晰的手稿，并发现了一个比较严重的问题：饶子路用一种带有抒情色彩的语言，撰写了《洞房之水》的开头两章，这使得那本书不像一本学术著作，而更像一卷拉开了架势的长篇散文。文中有一些生僻的词语，更有一些谁也不认识、谁也没有听说过的花卉的名称。我怀疑这又是他的一次不无得意的杜撰。不过，话又说回来，饶子路死了，像这样的杜撰，今后再也不会有了。他的一位老师对我说，饶子路辜负了他多年对他的希望，他的那种华而不实的情调与作风，也使他终究难成气候——教授的原话大意如此。

两天以后，我在村外看到了罗虹的坟墓。不远处有一棵大树，树叶在中午以后开始逐渐卷曲。附近长满了草，一条隐蔽的水渠穿越在其中。在罗虹的坟头上，有一条带有恶意的红绸在风中飘动，远看像一只蝴蝶。

我注视着那条刺眼的红绸。一个人死了，已经埋进土里，但还有人如此作践她。所幸的是，这一切对她已不再具有任何的意义了。这一带的空气比较潮湿，经常有一个白白胖胖的老太太牵着一只雪白的山羊来这里放牧。老太太坐在水渠边绣花，山羊就在她的周围吃草。到傍晚将要回去的时候，山羊的两只奶子已变得饱满而下垂，颤颤巍巍的，看了令人担忧。我在这里认识了这个老太太，她像是孤身一人，与山羊为伴。有一次她对我说，我们两个，白天我喂它，晚上它喂我。

三

哑巴对着王茂比画了半天，王茂终于看出一点眉目。王茂对哑巴说，你是说你看到了一个生人？哑巴点点头，垂手站在对面。王茂叹了一口气，说，什么生人不生人，你才来了几天，对你来说，这里的每一个人都是生人。

哑巴支支吾吾的样子，使王茂感到心烦意乱。一段时间以来，王茂力不从心地承担着做舅舅的责任。王茂想起自己的姐姐与姐夫，他们聪明一世，富贵一时，在中年的时候突然全都夭亡，留下这样一个冤孽。哑巴初来那阵，王茂不让他干任何事情，但王茂的女人天天唠叨。哑巴也像他的亡故的父母一样聪明，几天以后便自觉地承揽了家中一切的粗使活计。女人不再唠叨了，王茂却开始了失眠。

现在王茂站在村外的一条大道上，一边割草，一边谛听着远处传来的枪声。昨夜的一场疲惫不堪的梦境使他在早晨醒来之后有一种大病初愈的感觉。他没吃早饭，深一脚浅一脚地向村口走去。哑巴在院里劈柴，这个身体瘦弱的孩子在对付那些潮湿的木头时，显得手足无措，困难重重，不时地发出一些含糊不清的声音。面对初升的太阳，王茂熟视无睹。

王茂摇摇晃晃地走着，身后传来哑巴一起一落的劈柴声，每一声都像是砍在王茂的腿上一样。迎面一个人问王茂是不是腿疼，王茂看了那个人一眼，感到似在哪里见过，他没有说话，继续向前走去。临街的一个院子里点燃了一堆火，滚滚的浓烟弥漫出来。王茂走着，不禁咳嗽起来。青烟漫过附近的那些高矮不齐的墙头，四处泄漏，无孔不入。

早晨过后，田野里和路上渐渐有了人影。王茂听到一阵辚辚的车声，不久以后，车声在附近消失了。王茂抬起头，四周望了一阵，并没有发现车的影子，他疑心是昨夜的梦境又一次浮出了他的记忆。他直起身体，一只手随意地拽着一丛柔软的青草。

远处，尘土飞扬，有人正在奔跑。那个人穿着一件红色的衣服，王茂隐隐地觉得像一个女人。田野里耕作的人一动不动。

这时，王茂突然看到自己的脚下有一摊血迹，他急忙检查了自己的脚和腿，发现并无损伤。周围有一片被压倒了的青草，此时正在渐渐站起来，重新恢复原样。

王茂感到自己像一个迷路的孩子，被那种淅淅沥沥的血迹一路牵引着，不知不觉地来到村口。在这里，他看到血迹突然消失了，呈现在眼前的是那些早起的人留下的一只只脚印。

王茂站在村口，判断着血迹的去向。这时，一个人走来对他说：

李寿年的儿子回来了。

四

四十多岁的孙长胜每天很早的时候就睡下了，睡到半夜，起来到村子里的大街小巷转悠一阵，然后回来脱掉衣服再睡。有一天，他从外边夜游回来的时候，我还没有睡。他看见我住的屋子里亮着灯，就推门走了进来。他来到我的身边看了一下，对我说：

又在写字？

纸上的那些密密麻麻的字迹显然使他不感兴趣。看过之后，孙长胜离开桌子，在一只凳子上坐了下来，搓着两只手。

我问他街上冷不冷，他没有回答，一动不动地坐在那只凳子上，似在出神，又像是没有听清我的话，过了一阵，孙长胜忽然对我说，你说说，世上到底有没有鬼？

我望着他的脸，看到了他的两颗被虫子蛀坏了的黑牙。接着，孙长胜叹了一口气，又起身出去了。他在门外很响亮地咳嗽了一声。那时候是凌晨四五点钟的样子——我看了一下表，表不知什么时候停了——孙长胜在黑暗的黎明前的村庄里独自漫游的时候，不经意之间遇到了一个人？遇到了一件令他费解而头脑发热的事情？他第二次出门时的背影看上去摇摇欲坠，像一个弱不禁风的女人。我想象村中那些带有尖利的触角和阴影的年久失修的灰色瓦房，还有那些风吹叶动的树木和院落，许多的事物都有各自的不同的重影，包括狭窄的街道与牛羊的哀鸣之声。每到夜晚，凄厉冗长的风声总是灌满了一条又一条的街道，门环和风铃叮当作响，犹如交错的杯光觥影。在众多的难以识别的阴影里，孙长胜小心翼翼的身影看上去形同一个初涉人世的胆怯的鬼魅，古老而荒败的乡村割据使他在穿行之余倍感惊愕。

早晨起来，我在院子里见到孙长胜。他正在窗下霍霍地磨刀，身边放着一碗早已弄脏了的水。昨夜漆黑的露水一直伴随他到现在，如同一种支离破碎的遗迹。孙长胜的身上沾满了泥污——他好像在村中某一个地方突然跌倒了，但他看上去毫无倦意。他停住手中的菜刀，用一根手指头试了一下刀口，然后对我说，今天是个好天气，天不亮的时候太阳就出来了。

孙长胜的女人在屋里说道，胡说八道。

孙长胜朝我笑了一下。他的一个八九岁的女儿正在院子里跳绳，早晨黄色的炊烟令人想起一些与战争有关的场景。

我打开门来到外面，有人挑着水从街上经过，扁担发出吱吱呀呀的响声，沿途洒下一路水迹。井台那边，仍有两个打水的人，一男一女，他们正在闲聊，水桶放在一边，辘轳急速而沉闷地空转着。那个男的突然在说话之间伸出一只手，向那个女人的口袋里伸去。女人穿着一件大红的坎肩，闪身走到一旁。

孙长胜磨完了刀，走过来站在我的身旁。他问我昨夜在写什么，那么晚了还不睡觉。我告诉他说是一些非常没用的东西。这时，他的那个在院子里跳绳的女儿跑过来缠着他，孙长胜回头看见他的女人也站在身后。女人把孙长胜叫到里面说话，我听到孙长胜说，我哪有钱呢，我又不是印钱的。说完，仍旧出来。有四五个人抬着一口上了红色油漆的棺材，说说笑笑地向村子西边走去。

我问孙长胜，谁死了？

他说，一个女人。

这天上午的时候，我在村中听到了一些稀稀落落的哭声。

我想起在饶子路的笔记里，也记载了类似这样的一些哭泣之声，我不知道饶子路为什么要在一部学术著作里描述这样的一些东西，难怪他的那位先生要对他感到绝望。在那种诗情画意的描述中，我看到了已故的罗虹，听到了她昔日里的笑声，乌黑的头发，夕照中的青山红树。一个姓应的退伍军人在其中神出鬼没，时隐时现。此外，还有一名教书先生，可惜忘记了他的姓氏。饶子路的笔记，从某种意义上来说，像一种索引，但我却据此找不到相应的目标。孙长胜带着我见过许多的女人，但那些女人仅有一腔对罗虹的怨恨之情，其余的一概不知。更有甚者，一个名叫杨桂兰的女人，生平从未见过罗虹，她嫁过来的时候，罗虹已经去世，她对罗虹的那种莫名其妙的怨恨，仅仅是出于对别人的效仿与附和。

午后，孙长胜带着我去找那个教书先生。快到他家时，我忽然想起了他的名字，姓问，叫问尚荣。一问孙长胜，果然是这个名字。孙长胜吃惊地看着我说，你知道的事情真不少，快赶上程寅了。

我说，谁是程寅？

孙长胜说，你不认识，那人是一个密探，没有他不知道的事情。

到了问尚荣家，问尚荣不在。屋里有两只顶天立地的红木大柜，里面装满了书，多是线装书。屋里光线很暗，燃着檀香。一个身段优美、面带病容的女人放下手中的一面菱形的镜子，站起来。孙长胜说这是问尚荣的妻子冯志。

女人的头发松松地绾在一起，上下打量了一阵后，对我说：

你晚上来吧。

孙长胜对她说，看你的脸色不太好，是不是又生病了？

女人惨然一笑，说道，每年春天都是这样，又查不出有什么病。

我们告辞出来。在街上我想着那个清静的家，檀香的气息使我的胃部隐隐作痛。孙长胜对我说，你看她那个样子能生孩子吗，像个林黛玉似的，病美人一个，药不知吃了多少，汤喝了不计其数。她好像天生就不生育。那种女人，受苦的人谁娶了谁倒霉，给我，贴钱我都不要，我闻不惯药味。

五

午后，天气晴而不朗。

李空山在床上躺了一阵，没有睡着，拿了一本书，来到院子里的花圃前。泥土刚松过不久，花茎与枝叶之间显得疏朗而清晰。李空山把书扔到一边，眼前的一片花朵在阳光下隐约地泛出一种白色的光芒。

上午，表妹巩秀贞来看他。几年未见，她出落得亭亭玉立，文雅娴静。李空山取出自己的委任状请巩秀贞看，巩秀贞的脸变得通红。李空山想起昨天夜里，有一个女人带着一束明亮的光线走进自己的梦里，但那个女人不是眼前的巩秀贞。梦中的李空山，如同一个父母双亡的孩子，浑身上下瑟瑟发抖。那个女人变化得像一片云彩。李空山想了整整一夜，仍然想不起她是谁。梦醒之后，他听到一阵脚步声。快过节了，家里的人显得忙碌而琐碎。从早晨开始，厨房里一直充满了与节日有关的声音。李空山聆听着那种混杂着人语与饮食内容的声音，如同在聆听一个久远的神话。之后，他来到父亲生前住过的房间里，打量着父亲的一幅遗像。照片上的那一位显得精明睿智，滴水不漏。一年前，在他刚刚过完五十寿辰的当天夜里，被人杀死在一只雕花木椅里。家人获讯之后，发现他面前的一只茶杯里还冒着丝丝缕缕的热气。几个月后，李空山在一封家书中得知了父亲的死讯，并听说家中的菜地被马蹄践踏得不堪入目，谷仓一带危机四伏。

表妹巩秀贞到来的时候，李空山刚刚在父亲的遗像前叩了一个头，他很想在这里放声哭一场，但酝酿了多时，一直没有眼泪。这时，有人推门进来，告诉他说，巩姑娘来了。

他们先在院子里的花圃前站了一阵，望着红白姹紫的花朵，之后又回到房中。没过多久，李空山便发现自己与表妹之间可说的话少得令人吃惊。重复昔日孩提时代的话题，显然毫无意义，又缺少必要的场景与氛围，缺少那种自然的铺垫与基础，皮之不存，毛将焉附？巩秀贞文静得像一位古代的淑女，李空山不开口，她就一直那样无声地坐着，偶尔抬头望一下庭院里的阳光与人影。李空山看着她的绯红的脸，她的手与她的衣服。李空山告诉巩秀贞说，这两天在家里，他刚刚读完一本书——《海上繁华梦》。巩秀贞听了，对李空山说，你怎么看那样的书？李空山说，它不好吗？巩秀贞说，我不知道。

李空山说，书又不是江山，就算是万里江山，那也是正常的。

巩秀贞对李空山说，舅父死去的前一天夜里，我做了一个梦，一个人扛着一面黑颜色的旗帜，旗帜的材料由流行的丝绸制成。

李空山说，此梦意境甚好。

李空山说完，看到巩秀贞的眉尖似蹙非蹙，知道自己说错了话，急忙用别的事情岔开。他想起家人告诉他说，一段时间以来，村里出现了几个面孔陌生的人，看守谷仓的老赵在一个十五的夜晚，发现一个遍体伤痕的人逃进了村里，从此神不知鬼不觉地隐匿下来，至今一直没有露面。此外，还有一个异乡人，经常独自一人坐在河边，谁也不知道他在那里看什么。这个人显然不是那个人，那个人的身体与使命都受到了严重的摧残，一路上落红萧萧。

巩秀贞说，舅父被害的那阵，那些生人还没有来，他们是事情过去很久以后才出现在村里的。一个书生模样的人，为了写一本书，也住在这里，他是来找那个女人的。

李空山对巩秀贞说，我这次回来的路上，听人说起一个有口皆碑的良家妇女，她用药毒死了自己的丈夫后，隐姓埋名……

这时，李空山的母亲进来，留巩秀贞在这里吃饭。巩秀贞站起来推辞了一阵，还是走了。母亲埋怨李空山，问他在什么地方得罪了表妹。李空山说，不吃就不吃吧，一顿饭又有什么，再说，我看她与从前也不大一样了。母亲说，她如今是那么大的姑娘了，哪能还是从前的那个毛丫头？我看她还好，将来……

午后，李空山正在花圃前出神，看守谷仓的老赵仓皇失措地跑进来。老赵对李空山说，谷仓那边有一个死人。

李空山跟着老赵来到谷仓前的时候，落在仓顶上的一群麻雀突然受惊似的一哄而起，向上飞去，几根零落的羽毛飘下来。老赵停下来，他在李空山的身后喘得很厉害。

李空山说，老赵，你的哮喘病又犯了吗？

老赵说，老毛病了，不说它也罢，你还是赶紧看看那一个吧。

李空山走过去，看到死者是一名年轻的士兵，是被人用绳子勒死的，这会儿躺在谷仓背阴的一侧，脸上苫着一把干草。

老赵说，明摆着的事，有人想嫁祸给我们，老爷死了刚刚一年，又出了这样的事。

李空山说，他怎么会死在这里？

老赵说，我怎么知道？我怀疑的正是这个，一定是从别的什么地方拖过来的，可我看了谷仓附近，又没有什么痕迹，这像是有人把他背过来放在这里的。

李空山说，杀了人还要苫一把干草。

老赵说，那干草是我苫的，我瞧着不好，有一个狗过来舔他的脸，还有别的东西要啄他的眼，让他死得整齐一点吧。

李空山抬起一只脚，把死人脸前的干草踢开，士兵的一张脸呈紫色。老赵看了一下，转过头去，说，像是被毒死的。

李空山说，他的枪呢？

老赵说，没看见过。

李空山说，这要惹来大祸的，把他弄走吧，找几个人，弄得越远越好。

老赵说，这年头，谁是那种能靠得住的人？不敢打错了主意走漏出去，咱们死都来不及。不如咱们把他埋了吧。

李空山向谷仓四周看去。午后白炽的光线里充满了雾气，远近看不到一个人影，闪烁不定的河水看上去分崩离析，丝丝缕缕。远处，丽城灰色的城墙隐约可见。

不知什么时候，老赵来到李空山的身后，低声说道：

少爷，趁这会儿没人，咱们动手吧……这个兵，我好像在哪里见过。

六

这是一个漆黑的雨夜，我坐在这个名叫冯志的女人的对面。我进来的那阵，她刚把手里的那面菱形的镜子放下。她满含歉意地告诉我说，她的男人仍没有回来。

说实在话，眼前的这个女人，除了神情略显慵懒之外，我没看出她有什么病。她读过几年书，很知道该怎样收拾自己。这天晚上，这间房里一直隐隐地涌动着一种水果的气息。

她的精神看上去要比白天的时候好得多。我问她常吃些什么药，她笑而未答。我想起白天里我与孙长胜来的时候，看见她的家门口和一棵杏树下堆着几堆黑色的药渣，那满树的杏花开得正好，香气袭人，蜂飞蝶舞。接下来，我听见她说我是一个信守诺言的人，她不喜欢那些说话办事没有信誉的人。她问我街上是否过于黑暗，行走在雨中是否容易迷失方向。

这天晚上，她告诉了我很多事情。我注意听着她的叙述，很长一段时间内忘记了外面的雨声。她对我谈起了一个姓黎的男人，说他是如何如何地无能，一直没有勇气与信心去面对那个健壮而妖娆的新娘。第十天晚上，他忽然触柱而死。此前，他来到父母的房里，低声哭诉了一番，埋怨他们不该给他娶回这样一名荡妇。他的母亲听后，也流出了眼泪，不顾脸面地告诉了他一些方法与手段，并取出一包东西交给他。他止住哭声，从父母的房里退出来，正好遇到一根朱红的廊柱。这以后，他就死了。

她说，你知道那个新婚十天就开始守寡的女人是谁吗？

我摇摇头，十分茫然地望着她。她说，那个女人就是我，也有人说是那个海红。

我在这个短暂的间隙里听到了外面沥沥不休的雨声，我还听到从很远的地方传来了一片不易察觉到的枪声。有一个嗓音尖细的人在黑暗的雨地里呼喊了一声，像是一个人的名字。没有听到那个被呼喊者的回应。

夜晚的灯光辉映着她的乌黑油亮的头发，我在这个时候才猛然发现这个名叫冯志的女人原本是一个很耐看的女人，不是那种经不起别人仔细端详的女人，她有事没事手里总拿着她的那面菱形的镜子，无非是一种自怜自爱。她举手投足之间，我都能闻到一种馨香的气息。

当我告诉她饶子路的死讯时，我看见她神情骤变，面色如土。

我对她说，饶子路的笔记里没有提到她的名字，只有那个叫罗虹的女人和这个地方，还有距此二十里以外的丽城。丽城高大厚重的城墙总是灰蒙蒙的，城门在风中时启时合……

她低头看着她那面菱形的镜子。我带来的这个不祥而薄情寡义的消息，使她面露绝望之色，很长一段时间内，她几乎很少与我说话。那面菱形的镜子在她白皙的手中翻来覆去，镜子的那种青光在屋里四处晃动，有时出现在柜子上，有时固定在天花板上，有时又隐蔽到地上。过了一阵，她抬起头对我说：

那个城门，以前一直无人看守。

她对饶子路充满了怨恨。孙长胜曾经断断续续地对我讲过饶子路当年住在这里的大致情形，我对此不求甚解。这时，她又说：

不是我当着你的面说，男人，真是不可靠的，再坏的一个女人，也总比一个男人强。我说这话，并无恶意。

我感到有必要岔开她的某种情绪，我向她说起了至今仍飘扬在罗虹坟头上的那条刺眼的红绸子，我原以为她听到这个消息后会变得很高兴，但我想错了。她好半天没有说话。后来，她忽然问我：

你是不是觉得这件事情很有趣？

我说，恰恰相反。

人真是太恶了。她轻声说道。

屋檐下的滴水静悄悄地响成一片，如同有人在百无聊赖地拍打着清澄的水面，这使我想起一个心不在焉的人，手里端着一只杯子，杯口严重地向一边倾斜着。

她起身关了窗户，屋里的一只座钟发出叮叮当当的声音。

我说，问尚荣是你的第二任丈夫吗？

她说，别说这种话。

我说，谁都会发生这种事情。

可我不喜欢。她说。

她的影子这时候映在墙上，看上去比较柔和，她摆弄镜子的时候，她的身影一动不动。我告诉她说，我在这里度过了好多天，经常以为要发现什么了，可过去一看，最多只是一个影子。她听了，向我微微地笑了一下，手中的镜子不经意地在我面前晃了一下，我感到一道光亮像一件往事一样从我的脸前一掠而过。

对不起。她充满歉意地说道。

雨中的一阵拖泥带水的脚步声渐渐由远而近，冯志侧脸向外面望去。不多时，门开了，她的丈夫问尚荣回来了。我看到问尚荣阴沉着一张脸，脱去了湿漉漉的衣服。

冯志朝问尚荣笑了一下，问尚荣没有理睬。冯志的脸变得通红。

过了一阵，冯志对问尚荣说：

饭在锅里，衣服在柜子里，你要是想走就接着再走。

夜晚的风雨突然吹开了窗户，熄灭了屋里唯一的一盏灯。

七

哑巴从外面回来以后，两只手藏在身后。王茂抬起头，无比惊愕地看到哑巴的手上沾满了淋淋漓漓的鲜血。

哑巴开始洗手的时候，王茂走到他的背后，猛然抓住了他的一只手。哑巴吓了一跳，回过头惊恐地看着王茂。

接下去的一段时光里，王茂开始拷问哑巴的行踪。王茂循循善诱，软硬兼施，但最终仍然一无所获。哑巴发出一阵又一阵呜呜咽咽的声音，他望着自己手上的血迹，像一个受到严重惊吓的孩子，眼神飘移不定。

哑巴呜咽不休的声音使王茂感到极度不安。王茂来到外面，街上没有人。王茂关了大门回来，对哑巴说，你这个傻瓜，喊叫什么，那血是从哪里来的？告诉我，我是你舅舅。

哑巴继续呜咽着，惊惧万状地躲避着王茂的视线，在院子里跑动起来。王茂追了一阵，没有追上，指着哑巴说道：

你这个丧门星，你这个没福气的东西，你害死了你的爹娘，又来糟蹋我了，今天不弄清楚，我就饶不了你。

哑巴叫着，跑着，他看到大门已被关死了，毫无逃出去的希望，便贴着墙根一阵乱跑。当王茂再一次注意到他的时候，哑巴突然从地上抓起一根木棒，摆出一种拼命的姿势。

王茂吃惊地看着哑巴的举动，他揉了揉眼睛，有些不敢相信自己的目光。哑巴站在院墙下，虎视眈眈，喘着粗气，那根木棒被高高地举在手里。哑巴已不再像刚才那样叫喊了，他渐渐安静下来，警惕地看着不远处的王茂。

他妈的，动了兵器了，你还敢打我不成？我看看你有几根筋！

王茂嘴里说着，身体却并不动。

哑巴感到自己把手里的木棒举得很高很大，他忽然有了某种胆量。

王茂对哑巴说，你他妈的知道不知道你在这个世界上已经再没有别的亲人了，我是你唯一的亲人，我是你舅。

哑巴举着木棒，突然从喉咙深处发出一阵阴森而不怀好意的笑声。

王茂想了半天，蹲下身子，脸上露出惯常所见的那种笑容，伸出一只手，向对面的哑巴轻声细语地招呼道：

珠儿，快过来，到舅舅这边来——

哑巴举着木棒，一动不动。

王茂说，珠儿，舅舅老了，你不过来，难道还要让舅舅过去吗?

哑巴松开手，木棒掉到了他的脚下，发出一阵响亮的声音。

哑巴流出了眼泪。

王茂说，来，慢慢走过来——

哑巴突然跑到王茂的面前，紧紧地抱住了他的腿。王茂趁势扭住哑巴的一条胳膊，抬起膝盖，用力压在哑巴的背上。

王茂骂道，你这个兔崽子，比鬼都精，不哄你还不过来你。告诉我，你手上的血是从哪里来的?

哑巴看到王茂突然变了脸，浑身立即哆嗦起来。王茂压着他的身体，使他难以动弹。哑巴此时又像先前那样发出了呜呜咽咽的声音。

你还叫? 我让你胡诌——

王茂说着，用一只手捂住了哑巴的嘴。哑巴的头摇来摇去，想摆脱掉王茂的那只手，但未获成功。王茂用力捂着哑巴的嘴，他想起早上起来，哑巴从井台边挑回了水，装满了家里的几只大缸。之后，哑巴又牵着牛到了地里。中午，王茂从一个小酒馆里听到了一个消息，他惊恐不安地从外面回到家里。早上牵出去的那头黄犍牛这时正在槽前吃草，王茂里外转了一遍，没看到哑巴的影子。往常，他总是在干完活儿之后，一个人坐在屋檐下，瞪着两只眼睛，东瞧瞧，西看看。有时，他还会拿一根树枝，在地上划一些痕，使那些正在行走中的蚂蚁全部陷落进去。过不了多久，他又会将它们全部拯救出来。王茂想起该给哑巴换一件夹衣了，他进屋与女人商量的时候，碰了一鼻子灰，女人说，他是一个哑巴，你以为他是什么？状元郎？新官人？……王茂被女人噎得无话可说。这女人，哑巴就该不穿衣服吗？他看看天色尚早，哑巴还没有回来……

王茂是在感到自己的身体正在明显下沉时，才结束回忆的。他吃惊地看到哑巴此时已软软地瘫倒在地上。王茂想起自己已很长时间没听到哑巴的叫喊声了，哑巴无声无息，一动不动，像睡着了一样。王茂强烈地感到自己的身体正在向下出溜，他松开了一直捂在哑巴嘴上的那只手，那只手变得汗津津湿漉漉的，上面还依附着一些透明的浓浓的汁液。

王茂想，这是什么东西？

王茂的那只手刚一离开哑巴的嘴，就听见耳边传来咚的一声，他回头看时，哑巴像一只口袋一样栽倒了。

王茂骂骂咧咧地擦掉手心里的那种浓液，抱起哑巴时，发现哑巴已经死了。

八

我来到河边。

几天前，染坊里的一个人死了。现在，他们正在河对岸的那片低矮的杂树林子里掩埋尸体。我看见明亮的工具在树林子里上下翻飞。没有哭声，只有挖土的动作与姿势断断续续地贯穿其间。死者是染坊里的一个男人。

染坊前，几个孩子在湿漉漉的滴着水珠的布匹下钻来钻去。

回忆饶子路的笔记，那种闪烁其词的语言仿佛过眼烟云，如同转瞬即逝的自然光影，它在令人难以捕捉的情况下，使有关的学术问题变得一塌糊涂。而按图索骥的方式又使我在这个村庄里四处碰壁，一无所获。科学的大忌是虚构与杜撰，饶子路做的是一种与科学背道而驰的工作。他在那份笔记里多次渲染过这个村庄里的一片红色沙子，我曾四处搜寻，但毫无结果。孙长胜告诉我说，根本没有那样的一种沙子，你不妨在傍晚之前朝天上看看，那些绵延的红云倒有点像地上的沙子。我突然发现我比较喜欢孙长胜这个人了。每逢天气阴沉的时候，他经常邀我一起喝酒，告诉我一些意料之外的事情。每次，他都能弄到一种又辣又鲜的卤煮的驴肉，鲜红的辣椒横亘其上。我不知道是谁经常在杀驴。

距此两年前的一天，一个女人在自己的房间里悬梁自尽，她吊死在一根绳子上。这是孙长胜告诉我的，他没有说那个女人是谁，更没有涉及死因。我只感到那种死亡的工具比较寻常。第二天，孙长胜又突然对我说，那个女人就是冯志的妹妹。但我不相信——我住在他的家里，一来二去，耳濡目染，我不无惊讶地发现老实巴交的孙长胜也渐渐学会了虚构与杜撰的勾当，他掌握的程度远远地超出了我的预料与想象。冯志没有那样的一个妹妹。孙长胜所说的若不是信口雌黄，便是另外一个女人。

孙长胜的院子里有一片长势良好的试验田，其间的植物品种繁多。一株番茄，一棵黄瓜秧，一棵白菜，一串葡萄，一株杏树，一株桃树，一根竹子……样样东西都只栽种一棵。许多人都认为孙长胜有病。孙长胜对我说，我没病。

有一天，孙长胜的一位姨夫来了，这个人在不远处的一个据点里做菜，那里住着二十几个士兵。姨夫拎着一只竹篮，里面装着几样祭祀用的供品。从此我知道了驴肉的来源。

一个雨前的下午，我看到了冯志的丈夫闫尚荣，他抱着一册土黄色的线装书，在那条光线黯淡的河边流连忘返。从沉寂的田野里，远远地传来一阵笛声，一些胆小善良的小动物在岸边的草丛里无声地出没。我想起不久以前我与闫尚荣的一次短暂的谈话，他至今对那个漆黑的雨夜耿耿于怀。他对我说，我知道很多事情，但你别指望从我这里听到什么。我说，你把那些积淀在心里有什么意义？他说，是的，积攒它们没有意义，可告诉了你就有意义了吗？同样没有意义，还是不说为好，省去了说话的麻烦，不过，我已经把它们遗忘得差不多了，我这会儿就是想告诉你也不行了。此次谈话过后，他在村里遇到我时，形同陌路。

这个有着土围子的地方，与饶子路的记载相去甚远，它的天空在某种时候常常微微发红，居民的数目随意增减，出入颇大。附近一带，经常有一些心灵手巧、志向远大的人在试验他们发明出来的各种新型农具或交通工具，那种类似木牛流马一样的机械装置，成功率往往极低，有的在耕作的过程中突然毁坏，有的在跑过三五里路之后会在中途戛然而止。一次又一次的试验，一次又一次的组合，人推动木头在风中奔跑，铁器时常应声而落。后来，他们当中的某些人渐渐发现，聪明代替不了意志，能转动起来的，只是一些与梦想无关的技术。

我站在河边，等待一位专治跌打损伤的大夫的到来。昨天夜里，孙长胜在夜游的时候遭到了来自背后的袭击，他昏死在一座黄色谷仓的附近，直到天亮时才被潮湿的夜风吹醒。他的一条腿至少比原来肿胀了一倍，脸上的情形姹紫嫣红。孙长胜对自己挨打的原因一无所知，因而他强烈要求别人为他驱邪除妖。

河对面的杂树林子里这时已停止了掩埋。没有风，那面被勉强举起来的白幡无法飘动起来。举幡的是一个十五六岁的孩子，头上戴着一颗桃形的红色标志。

九

葡萄架下有一本打开的新书，一团红色的毛线压着飘动的书页。一只猫悄悄地跑过来，绕着李空山的腿转了两圈后，又轻轻地走开了。李空山打量着书上的字，等了很久，表妹巩秀贞依然没有回来。有一次听到门响，李空山以为是巩秀贞回来了，进来的却是一个穿着绛紫色绸衫的中年妇女。这会儿，巩秀贞的母亲正与那个女人在屋里说话，李空山的心事不时被屋里传出来的笑声所扰乱。

李空山捡起那团松软的红色毛线在手里捏了一阵，葡萄架下的阴风使书页立即飘动起来。

这天上午，一个从丽城来的人找到了李空山。那个人离去后，李空山变得烦躁不安，坐卧不宁。他打开木头匣子的收音机听了一阵，里面正在唱戏，《游园惊梦》的第二幕刚刚开始。接着，他又调到了另一个台，收音机里面传来了一个不幸的消息。

李空山从椅子上站起来的时候，椅背上的雕花钩住了他的衣服，那种情形如同一只语重心长的手，将他不容分说地重新按回到椅子里。李空山伸手将衣服从椅背上解脱下来，他第二次站起来的时候，衣服没有被钩住，却抬手碰翻了桌上的一杯水，水迹很快洇湿了桌上的书籍与纸张，几缕茶叶像卷曲的柳丝。

李空山向外面喊了一声，但好半天没有人来，也没有听到任何一点动静。李空山来到门口，外面灼热的阳光使他眼前一阵发黑。

都走了吗，怎么看不到一个人影，李空山这样想着，扶着门前圆柱，渐渐恢复了先前清澄的视线。他看到几朵早已开败了的白花依然与其他花一起并肩出现在花圃里，理直气壮且道貌岸然。心死了，架子还不倒。李空山想着，脸上掠过一丝不易察觉的笑容。阳光灼热的气息迎面扑来，他突然感到一阵恶心。

李空山从台阶上走下来，想除去那几朵滥竽充数的白花。他走到最低一级台阶前时，眼前忽然闪过一个人影，往影壁那边去了。李空山没有看清全部，只看到一头乌黑的长发，后面扎着一根红色的发带。李空山赶到影壁后面，阳光雾腾腾的，没有人影。他来到二门前，那边的院子里寂静无声，几根绿色的藤蔓从灰色的屋后墙上松散无力地垂落下来，它们细长的影子停留在雕满花纹的木窗前。

屋檐下这时忽然有人轻轻咳嗽了一声，李空山吓了一跳。他低头看到有一个老太太正在西边厢房的窗户下坐着，穿针引线。李空山奇怪自己刚才走进二门之后竟然没有看到她。老太太身材矮小，头发雪白，头上罩着一个黑线编制的镂空的头罩，她正在仔仔细细地缝制一件黑色的衣服。李空山问她有没有看到一个扎着红色发带的女人从这里经过。老太太说她一直在这里坐着，没看见有什么人过来。李空山又对她重复说了一遍，是一个头发又长又黑，背后扎着红色发带的女人。老太太听了，说道：

像是花神。

李空山说，什么花神?

老太太看了李空山一眼，吐了一下舌头，又低下头缝制她的衣服去了，黑色的斜纹布拥在她的胸前，她的两只手在上面吃力地行走着。

李空山后来之所以赶到姑姑家，是因为他看到那个扎着红色发带的消失在影壁与二门之间的女人很像是表妹巩秀贞……巩秀贞不在家里，姑姑看到长大成人后的李空山，想起了他的死去的父亲，不由得掉了一阵眼泪。李空山陪着姑姑说了一会儿话，姑姑告诉他说表妹巩秀贞到丽城去了，与她一同去的，还有另外两个姑娘。李空山听了姑姑的话以后，身上不禁冒出一阵虚汗，勉强地笑着，说道：

我还以为她在家里呢。

姑姑陪着他喝了一杯茶。他的憔悴的脸色引起姑姑的注意。

十

不知什么时候，大风吹跑了罗虹坟头上的那条鲜艳的红绸，光秃秃的坟前倒像是缺少了一件什么东西。附近空荡荡的，那个曾在这里放牧山羊的老太太也不见了。

我坐在那道隐蔽在杂草中的水渠边。从前，那个白白胖胖的老太太也总是坐在这里，我想象过她每天晚上回去后，捧着山羊的饱满的乳房挤奶的情景，山羊的身体贴在她的腿上，使她每天都能感受到一片温热。

远处的大道旁，几名持枪的士兵在那里指指点点，像是在寻找一种什么东西。其中有一个戴眼镜的军官模样的人，他的白色的镜片在阳光下闪闪烁烁，使人无法看清他的面容。他们时而坐到树下，时而又站起来，向远处张望，久久地打量。很显然，这几个人并没有找到他们想要搜寻到的那种重要的东西。有两个人激烈地比画着手势，互相争执起来。戴眼镜的军官走到他们的中间，举起了一只手，镜片又在阳光下闪烁起来，白光点点。

不久以后，他们走了。

我起身的时候，看到孙长胜的女人和另一个穿紫花大褂的女人懒洋洋地从大道上走来。那个女人的胳膊上挎着一只篮子，这两个女人不时地停下来说话，有时相互掩口而笑，你捅我一下，我捅你一下。孙长胜的女人一路走着，撩起衣襟向怀里扇着风，我估计炎热的汗水已将她的松弛的胸脯与腹部全都濡湿了。

我回到村里的时候，孙长胜正在门前练习走路，他跌跌撞撞地扶着墙，头上出满了汗。看见我回来，他对我说，快扶我一下。我扶着他沿着墙根走了一段后，停了下来。他上面喘得十分厉害，下面颤抖不止。我对他说，还不到时候，这么着急出来干什么。他说，我真有出息，活着活着就重新又活回去了，走路没人扶就会摔倒。我告诉他说，我在路上看到他的女人了。孙长胜听了，心不在焉地说道，不管她，我自从娶了她，就没省心过。

孙长胜站在墙边，不时地抬头向远处张望着，他对我说：

你听到什么声音没有？这会儿我的耳朵里突然噪得很凶。

我告诉他说可能是刚才走累了。

他说，那是一种很密集的声音——

这时，我看到不知从什么地方飞来了一群又一群的秃鹫和红嘴鸦，它们聚集在村西的上空，鸣叫声此起彼伏。它们飞得很低，漆黑而狭长的羽翼扫着一些屋顶上的烟囱。它们在低空里挤作一团，在秃鹫愤怒的声音里，不断有红嘴鸦坠落下来，像黑色的花朵。

孙长胜对我说，把我扶回去吧，我想回家里躺一会儿。

我扶着他往家里走，他的手掌异常灼烫，脸色一片灰暗。我回头望着那种黑压压的景象，耳边听到几个孩子在街上狂呼乱叫，还有开门的声音，向外泼水的声音。我们推开大门，走进院里的时候，我听到孙长胜自言自语地说道：

我知道你死了，死就死了吧，为什么还要这么兴师动众的。

十一

天黑下来以后，王茂牵着一头牛，向村外的方向走去。

迎面有人过来，王茂指着身旁的牛，说，它一天没喝水了。

夜晚中的草木看上去像一系列绵延的山丘。王茂一边辨认着方向，一边轻声对那头牛说，你要是听我的话，我回去喂豆饼给你吃，我在仓房里藏着十四张豆饼呢，我就看你听不听我的话，那是我准备度过荒年的粮食。

黑暗中，王茂听到了低远的流水声。声音是十分轻微的，几乎接近于无声无息。但他始终没有看到那条河流，无法走向河边，隆起的牛背似乎一直遮挡着他的视线。河水是流动不息的，能带走大部分的东西。王茂这样想着，牵着牛，到处寻找那条熟悉不过的河流。他伸手在脸上抹了一下，感到十分潮湿。他知道自己此时离那条河已经不远了，他感到了一种难以遏制的冲动，一只手贴在牛的脊梁上，暗暗使着劲，水声在他的耳边变得模糊不清。这时，几匹马从大道的尽头奔驰而来。

王茂拉着牛隐到树后，几匹马像风一样一掠而过，往丽城那边去了。远处一带的天空微微发红，漆黑的夜露随处可触。牛在树后发出一声沉闷的叫声，王茂说，祖宗，你要干什么？你不想吃豆饼了吗？说着，伸手去掩牛的嘴，牛头转向一边，不再叫了。王茂说，我们这就走，离开这个是非之地，你在这里好像不太舒服。都说寡妇门前是非多，这里又没有寡妇，这只是一棵树，你连树也不认识了吗？你真让我伤心。

这以后，他们从树后出来。牛停下来，将两条后腿微微分开，流出一股热水。王茂始料不及，一边向旁边闪着，一边低声抱怨道，你看看你，都尿到我的鞋上了。

这时，王茂惊愕地发现，那条尘土飞扬的大道不见了。

王茂朝四周望着，到处都黑魆魆的。位置并没有错，可就是不知不觉地迷路了。那条尘土飞扬的大道突然消逝，使王茂失去了判断的标准与识别的可能。河流至今没有找到，村庄的轮廓也看不见了。空气越来越显潮湿了……有一瞬间，王茂甚至怀疑自己与牛一同掉到了井里，他感到鼻子十分不通，喘出来的声音像牛的声音，周围的一切都湿漉漉的。他看到头顶上的天空只有碗口那么大，那种微微发红的现象不见了，代之而来的是一种寒冷而铁青的颜色。牛忽然伸出温热的舌头去舔王茂的手，王茂立即挨蜇似的躲开了。王茂说：

还舔？舔什么？都是你闹的，我只说求人办事难，我没想到让你办一件事也这样难，我看出来了，我非死在你的手里不可。

王茂打了牛一下，牛低下头，背上的那个沉甸甸的口袋滑落了下来。王茂呻吟着，走过去，蹲在那个口袋前，说道，珠儿，我们迷路了，看来不能把你送到你爹娘那里去了，你是个没福气的孩子，生下来就不会说话，死了也只能是个孤魂野鬼，舅舅不该捂你的嘴。

王茂把口袋重新驮到牛背上。走了不远，他忽然看到一溜短墙，墙边传来一阵热烘烘的气息，似乎有人在那里点过火。王茂牵着牛走过去，脚下踩响了几片碎瓦。在短墙那面，王茂看到了一种十分熟悉的现象。

他又回到了原来的地方。

几个黑影出现在附近。最初，王茂以为那是一些木桩，但时隔不久，木桩开始走动起来，发出零星而短促的窸窸窣窣的声响。王茂把牛背上的口袋抱下来，放到一片草丛里。之后，他躲到一旁隐蔽起来。

一个黑影正在对另一个黑影发泄着怨气，喑哑的呵斥声使他们之间的距离忽远忽近，如同某种重复运转的机械装置。他们到处摸索，身体时起时伏，树影乱动，簌簌作响。

王茂伏在墙下，两腿之间有一块坚硬突出的石头。此时，那头牛正在他身后不远的地方卧着，安详地反刍。王茂的目光在牛与晃动的树篱之间不停地扫来扫去，身下的石头使他如卧针毡，冷风灌进了他的裤筒里。

那几个黑影在附近一带搜寻了一阵，一无所获。王茂望着他们渐渐远去的身影，小心翼翼地从墙下站起来。烟熏火燎的土墙，使他在惊悸之余领略到一种切肤的温热。他走到那片杂草前，压低声音说道：

珠儿，我没有什么东西给你，你就裹着我的这条口袋去吧……

王茂忽然停住了说话与手中的动作。他发现自己正在摆弄的并不是外甥珠儿，而是另外一具陌生的尸体。

十二

那些窗户都烂了，像是被人捅破了的，又像是风吹的结果。我站在一道土墙下，看一位老人修理农具。问尚荣拎着两瓶酒从旁边走过去了。看他匆匆忙忙的样子，我想一定有什么人来了，他本是一个慢性子的人。

几名士兵站在街上。

修理农具的老人告诉我说，天刚亮的时候，这几个人就来了。这会儿，我看到他们当中一个摘下帽子，用手轻轻地搔着头皮，他的头发不太好，又黄又稀，还有几处显眼的秃斑。果然，他匆匆地搔了几下后，又重新戴上了帽子。一位过路的妇女大约也看到了他的秃发，他的脸微微有些发红。

我不知道他们在这里干什么，看样子似乎是在等什么人。有一个很年轻的十八九岁的士兵长得很好看，细眉、红唇，皮肤白皙，像一位文静的姑娘。他饶有兴趣地打量着村子里的房屋和树木，偶尔露出一种纯真的笑容。军装穿在他的身上，显得十分合体。村子的一边有两只青色的石狮子，后来他走到石狮子前，小心翼翼地把一只手伸进了狮子的嘴里。不久，他掏出了几颗杏核，拿在手里看了一阵后，扔了。狮子空洞无物的大嘴显然使他多少有些失望。一位老兵递给他一支烟，他摇摇头，向一边走去。他的枪放在那个老兵的身旁，与老兵的枪相互支撑在一起。

一些孩子在街上的各个角落里望着他们。不时地有几个挤在前面的孩子，冷不防被后面的孩子用力推出去，暴露在士兵们无所事事的视线里。有的立即跑回去，有的则站在街上号啕大哭。空气中飘来一阵呛人的炒辣椒的气味，我看见一个神情严肃、一丝不苟的士兵突然打了一个喷嚏，接着，又连续不容分说地打了几个。他不耐烦地向四周扫了一眼。这时，那个眉清目秀的士兵向我们这边走来，他蹲在地上看着那些粗粝的农具，不时地向那位老人问一两句话。老人在叮叮当当的敲打声中，断断续续地告诉他说，这个是犁，能把土层划开，使下面的深土重见天日；这个是连枷，能把粮食从它的壳里敲打出来；那个是耧，那个是……士兵说道，这是斧子，我认识的。

又有几名士兵出现在街上。他们在村庄西面的一座砖木结构的院子里找到了一个人。那个人遍体伤痕，只是我从未见过，面目十分生疏。那个人被士兵们放到一匹马上时，仍然昏迷不醒。我看到了他脸上和腿上的那些干硬的血痂，一只脚上穿着一只布鞋，另一只光着。一个披头散发的女人刚刚哭过不久。

村子里的不少人都跟在后面，我看见孙长胜的女人也混在里面。这个女人，头梳得光光的，身上穿着一件蓝底白花的罩衫，她混杂在缓缓行走的人群中，像是在游泳。

我又看见了那位戴近视眼镜的军官，就是那天在大道上看到的那一位。他背着手，若有所思地走在街上，谁也不知道他在想什么，镜片在阳光下一闪一闪的，只有两个白点，情形莫测。一个士兵牵着一匹白马，驮着那个昏迷不醒的陌生人，走在军官的后面。不久之后，我听到有人称呼他“蒋连长”。

我对这个目空一切的人缺乏好感。不过是一名连长，便如此神气。他要是做了兵团司令什么的，非得在云里行走不可。

我看见了那个叫王茂的人，他似乎与士兵们之间有某种瓜葛，此刻却一副倒霉的样子。他呜呜咽咽地哭诉着，像是刚从噩梦中惊醒过来。我听说他家里有一名勤劳的雇工，是一个不会说话的哑巴，长得楚楚动人，很讨一些女人的欢心，只是我从未见过。喜欢他的，都是一些已婚的、生过孩子的女人。我在这里住了很久，几天前的一个下午，才第一次看见这个叫王茂的人。其时，他正在村中的一片谷仓附近转悠，那是一些圆形的土黄颜色的谷仓，仓顶上落满了无数褐色的麻雀，粮食的气味从那些窄小而细长的风孔里流泻出来，清晰可辨……在那一带，王茂如同一只赋闲的山羊，留下了众多梅花形的足迹。

十三

巩秀贞从丽城回来后，天近傍晚。巩秀贞剪了一头短发，穿着黑裙和白色的丝袜。她在村口与另外两个姑娘分手后，回到家里。一进门，她看到了站在葡萄架下的表兄李空山。李空山的手里握着她的那团红色的毛线。听到门响，李空山回过头来。

巩秀贞迎着他走过来，李空山的脸上布满了惊愕与疑虑。

面对巩秀贞的短发，李空山感到事情变得不可思议。她多像那些书生意气的女学生啊。李空山这样想的时候，又立即想起巩秀贞本来就是一名女学生，她是在丽城读完三年中学后才回到家里的。做母亲的日夜想女儿，巩秀贞就回到了家里，事情就是这么简单。

这天晚上，李空山反复询问巩秀贞为什么突然之间把一头又黑又长的头发剪掉了。巩秀贞说，头发嘛，可长可短，想长的时候就长，想短的时候就短，这有什么。李空山说，为什么迟不剪早不剪，偏偏今天就忽然想起要剪头发？巩秀贞听罢，对李空山说：

这话什么意思？

这天晚上，巩秀贞没有吃晚饭，只喝了一杯清茶。李空山的毫无道理的质问使她感到难过，她原以为今天是什么忌日，问过母亲后，才知道今天并非什么忌日，只是极为平常的一天。她在椅子上伤心的时候，突然对李空山滋生了一种一触即发的怨恨与厌倦。

巩秀贞悄悄地抬起头，打量了一下灯影里的李空山。这会儿，他已渐渐平静下来，不再像刚才那样振振有词、穷追不舍了。巩秀贞的母亲正在往他面前夹菜。

我是不是对他太过分了？巩秀贞这样想着，感到自己对李空山的怨恨正在渐渐消失。但令她不安的是，那种突然浮起来的莫名其妙的厌倦却久久难以驱散。他刚回来几天，就发生了这样的事情，将来结婚以后，日子一天长似一天……她丧失了继续想下去的信心与勇气。她感到不堪回首的不只是逝去了的如烟往事，更是那种包裹得密不透风的将来的时光。往事一览无余，可以尽收眼底，它在某种程度上形同一种风景，形同一种名胜古迹，它的价值只是供人回味与赏玩，它已不再拥有迷雾，不再凶险莫测而出人意料，不再可怕……

晚饭在一种十分沉闷的气氛中终于结束了。李空山告别了姑姑与表妹巩秀贞，要回家里去了。临走时，李空山问巩秀贞能不能把葡萄架下的那本新书借给他回去看看。巩秀贞说，你喜欢就拿去看吧，一本书，还说什么能不能的。李空山听完巩秀贞的话以后，感到自己的脸色变得很难看，脸上一阵发热。

算了，我不想看了。李空山说。

巩秀贞说，一会儿说要看，一会儿又说不想看了，我不知道我在什么地方得罪了你，我希望你能说出来。

李空山说，你怎么会得罪人？像我这种没眼色的人才会得罪人。

你——巩秀贞的脸因生气而变得一片绯红，她说，你不必这样藏头露尾地伤人，我是个明白人，喜欢听明白的话。

李空山说，我这样糊涂的人，怎么能说出明白的话。

李空山，我没想到你是这样的人，从我今天一进门开始，你就向我发难！巩秀贞说着，眼里涌出了泪水。

李空山说，你不要哭，我不和你吵了。

巩秀贞说，说了半天，是我想和你吵？你真明白。

巩秀贞的母亲说，都住嘴，不见面的时候，一天一封信还嫌少，见了面却吵个没完，还都像小时候一样。

并没有吵。巩秀贞说着，又转向李空山，问道，你到底要干什么？

李空山说，我没干什么呀，我能干什么？我要是能干的话，还……

你要怎么样？巩秀贞说，你快请别处去吧，小心我们这里埋汰了你这能干的人。

巩秀贞的母亲对巩秀贞说，姑奶奶，你越说越不像话了。

……

现在，李空山一个人站在黑暗的街上，夜风吹拂着他的头发。从姑姑家里出来后，他听到身后传来巩秀贞伤心的哭声。夜晚里灰色的云彩堆积在村庄的上空，李空山深一脚浅一脚地走着，不时将一些东西踢出某种响声。我这是在干什么？整整盼了她一天，最终的结果却是不欢而散。他想起了午后消失在影壁与二门之间的那个扎着红色发带的女人，那个在屋檐下缝衣服的老太太说她是花神，现在看来，至少是一种不祥之兆，一种灾难的暗示。但李空山不太相信这些，他努力把那个女人的突然消逝看作是巩秀贞的一次带有童趣色彩的恶作剧，可是……他想起了巩秀贞的短发，他感到事情多少有些复杂。他不太相信巩秀贞为了剪掉长发会专程跑一趟丽城。丽城，携带着一条宽阔的护城河的丽城，它的高大的城墙上的青苔与盐碱足够喂养数千峰骆驼，使它们能够安然无忧地上路远行。它包含着长短不一的街巷形同令人眩晕的蛛丝马迹，全城一半以上的房屋内都住满了军队，操场上陈列着大炮……

在不远处，李空山看见了熟悉的家门，一团惨淡的白光从高大的门楼上洒落下来。李空山如同一个大病将愈的老人一样，努力地信心十足地向家门前渐渐接近。一只猫穿过门前的那团白光，向黑暗中迅速窜去。周围一片寂静。

十四

仿佛也是这样的一个雨过天晴的日子，染坊里的一个男人正在河边漂洗一捆被雨水淋脏了的布匹。他的手从水里捞出来以后，手指被一缕黑色的头发缠得一阵发麻，最初，他以为是岸边的柔软而纤细的水草妨碍了他的漂洗。他在试图解脱麻木的手指的时候，听到身后传来老板娘尖刻的骂声。他回头看了一下，老板娘坐在染坊前的一把椅子上，像嗑瓜子一样把一些恶毒的字眼接连不断地吐出来，吐到河边，吐到他的背后。这以后，他把那只被缠住的手用力抬高，这时候他才发现那只手与水面之间出现了某种瓜葛，他似乎明白了一直理不清头绪的原因。他站在河边，那只手忽高忽低。老板娘在门前大声说道：

你在干什么？在放风筝吗？漂洗不完这捆布，你别想吃饭。

五个手指难解难分，被勒出了深深的辙印。他捞起两匹白布以后，发现一个人仰躺在水中，此前一直被苫在那两丈布匹之下。那是一个女人，她的头发在他的手指上打了几个死结。

老板娘在门前听到他喊了一声“水鬼”之后，立即走过来。老板娘第二次走过来的时候，手里举着一把剪刀，那时候他已经昏了过去。老板娘快刀斩乱麻地剪断了缠绕在他手指上的那缕头发后，用脚在他的身上连踢了几下。老板娘说，醒醒，你这个没出息的货，快醒醒，我的布让水冲跑了——

那个被称为水鬼的女人，就是罗虹。

冯志轻描淡写地向我叙述了往事中的这一幕情景。我在河边向远处观望的时候，遇见了脸色绯红的冯志，她不久前刚刚与丈夫闫尚荣吵过，此时出来散心。她的头发有些凌乱，河边的风不断地将她身上的薄薄的衣衫鼓起，使她看上去像一位行动迟缓、神情倦慵的孕妇。远处，偶尔有枪声传来。

我对冯志说，我能见见他吗？

冯志不解地问道，谁？

我说，就是那个被缠住手指的人。

冯志说，你来得不巧，早死了，那件事情发生几天后，他就死了。

我说，怎么死的？

得了一场病，很快就死了。冯志说。

我想他有可能是被吓死的，但冯志说不是。许多人都认为他们有缘分，不然，为什么偏偏用头发缠上了他。在过去的那些岁月里，有些天真的女人恐怕男人负心，常常秘密地将自己的头发绕在男人的纽扣上，或某一处地方。问题是那个人一直在河边的染坊里从事漂洗与印染，昼夜不息，他并不认识那个被他称之为“水鬼”的女人。然而，在他死后，别人却从他的身上发现了一条鲜艳的红绸，缠在他的腰间。

冯志说，我不会用头发去缠任何一个人，要缠就缠自己。

我想起了拎着酒瓶的匆匆忙忙的问尚荣。冯志告诉我说，她的丈夫要在家里请那几个当兵的喝酒，但他们没喝。我说，为什么？冯志说，他们有纪律，上面严禁饮酒，他碰了一鼻子灰。我说，他们带走的那个昏迷不醒的人是谁？她说，是问尚荣的表弟，此前一直待在学堂附近的一个地窖里，只有问尚荣一个人知道。那个人常在昏迷中说出很多事情，问尚荣听了感到十分害怕，每天夜里都要做一到两个噩梦。他总是梦见坍塌的地窖和涂着红色油漆的一根又一根的木头，梦见一片清水和水中的头发。

我站在这条清澈明亮的河边，染坊的门前今天只晾出一匹黑布，往日里那几个在布匹下嬉戏的孩子不见了，水边少了一种喧哗。有人正在河对面的杂树林子里砍树，看不见砍树的人，只听到一阵叮叮当当的伐木声。我不知道砍树的人用心何在，那些矮小的杂树并未成材，除了当柴烧，别无用处。

这天下午的时候，我发现了那种砍伐的好处。经过一个上午的砍伐，那片杂树林变得疏朗而明亮，太阳的光线像纵横交错的蛛网一样布满了整个林子，照亮了地上的草，照亮了黄蓝两种颜色的花枝。透过这片稀疏的林子，能看到那面的山冈和采药人的身影。

孙长胜的腿伤尚未痊愈，有一天又突然中风，口歪眼斜，整天藏在家里，不想见人，更不敢见人。几天前，河对面的薛本仁来为他驱邪，在院子里鼓捣了三个晚上，薛本仁离去之后，孙长胜比往日略感平静一些。一段时间以来，腿伤使他被迫中止了夜游，但每到那个时候，他总会披衣起身，侧耳聆听着夜晚的村庄。他聆听的时间与他往日出去夜游的时间大致相等。他独自坐在窗前，眼看着夜半的月亮将窗纸染白，又看着夜风吹散月色，窗外重新黑暗下来，身边的妻儿老小的睡眠的轮廓使他难以辨认，他们的睡相与呼吸声在某种时候如出一辙。薛本仁临行前劝他忌房事，忌生气，他的语重心长的嘱托历历在目。从某种意义上来说，那位手段诡异的薛本仁更像一名医生，他在施行法术的时候，脸上的神情一片迷茫，阴影与光亮像时光的褶皱一样蹿上他的额头，使他的脸颊一半黯淡，另一半熠熠生辉。

一天早上，我起来后向外面走去。孙长胜用力敲着窗户，招手让我进去。我看见窗纸上破了几个洞，周围一片潮湿。

孙长胜告诉我说，他在天不亮的时候，忽然听到了自己的脚步声，正在穿越沉睡的村庄。途经一座谷仓前的时候，地上的粮食颗粒像沙子一样轻轻滚动，使他的脚下不住地打滑。不久之后，他听到自己的脚步声永久地消失了。

你知道我干了一件什么事？天不亮的那阵子，人们都在熟睡，我已把他（她）杀了。孙长胜高兴地说着，脸上霞光熠熠。

我说，你杀死了谁？

他说，你瞧这几个窟窿——我舔破窗纸，闻到了外面那种血腥的气息……

十五

中午，王茂端着饭碗坐在门前出神。邻居的一个人隔着墙头问道，吃饭哪？

王茂说，不吃能行吗？我倒是不想吃。不想吃也得吃。

邻居说，你的那个外甥哪里去了？我看他挺老实的，我想让他过来看一两天家，我们要上坟，这就要走。

王茂说，巧事都让你赶上了，我打发他回去了，也是上坟，给他爹娘。

邻居的头从墙上消失了。

王茂的女人不在家，到丽城去了。这个臭娘儿们，现在越来越不像话了，王茂每次回来，看到的都是一番冰锅冷灶的凄凉景象。作为一个女人，她不爱做饭，又不操持家务，夜里睡觉时也毫无趣味可言，这样的女人不知算什么？王茂想，我若是能忽然有一笔钱，或几亩地，一定要把她休了，再娶一个黄花大闺女回来。他想起了丽城那些美丽的女学生，有一次他去大药房里送药材，看见她们打着五颜六色的小旗，排着队从街上走过，她们的身体曾使他想入非非。他想，她们当中的任何一个，他都愿意要，他不是那种挑肥拣瘦的人。

这时，一个人从外面推门走了进来，手里拿着一条口袋。王茂看见那条空瘪的口袋后，猛然吃了一惊。那个人说：

我就知道你这会儿准在家里。

王茂说，要借米吗？

那个人说，你把口袋丢了，我是来送还你的，多好的一条口袋，至少还能使十几年。说着，将口袋展开在王茂的面前。

怎么回事？他把珠儿从土里扒出来了吗？他像脱衣裳一样把口袋从珠儿的身上褪了下来？他的嗅觉令人吃惊。王茂看着进来的这个人，口袋上赫然写着王茂的名字。来人朝王茂笑着，神态如同一个卖弄风情的女人……王茂的眼前飞快地掠过一些不同颜色的画面，手中的饭碗在不知不觉中开始向一边倾斜。

汤都流了。来人提醒道。

王茂把手里的碗放到一边，对来人说，你要怎么样？

来人说，给我三十块钱。

王茂说，你要谷子吗？我有谷子。

来人说，我不要谷子。

王茂说，小麦呢？去年收下的麦子。

来人说，给我三十块钱，我这就走。小麦和谷子我都不要。

王茂说，你把那孩子弄到哪儿去了？

来人说，在树下埋着呢。

王茂说，你说得容易。

来人说，你不想让我把他刨出来弄到大街上去，是吧？

王茂说，好吧，好吧，你总不见得非要三十块不可，二十块也行，对吧？

来人说，不对，你说的不对。

王茂说，得了。

来人说，我的时间不多了。

王茂说，你不要逼我……

来人说，入土为安。他这会儿还入不了土，他才着急呢。

王茂说，看你说的，我是他舅舅，这事我比他更着急。

来人说，你不记得倪二了吗？不是他，贾府哪能败落得那么快。

王茂说，看你说的，倪二是个什么东西，你比他仁义多了。再说，我也不姓贾，更不值得败落。

王茂说着，突然伸手向门外叫道，珠儿，快进来。

来人急忙转向门口去，那边并没有人出现。他突然栽倒在地上。

王茂弯下腰，用力把那条口袋从他的身下抽了出来。

十六

那种暗红色的若有若无的血迹像秋日里时常泄漏的粮食一样出现在村庄内外，我在走路的时候总是尽量绕开它们，我不知道当我不小心踩上去的时候，会不会招来一阵相应的惨叫声。我现在开始多少相信孙长胜的话了，他虽然大病缠身，但头脑异常清晰，他每天在天不亮的时候悄悄用舌头舔破窗纸，他闻到的那种扑面而来的血腥之气是真实的。

我至今不知道孙长胜在一次次臆想中杀死的那个人是谁。看得出来，对于完成了那样一件事情，他是非常高兴的，极其欢心的。我常在百无聊赖之时想象死者的面目及其有关的身世，死者的红唇或满头华发在我的眼前交替出现，互相否定，互相推翻，各自消灭。

一天黄昏，我正在冯志家里聊天，问尚荣突然回来了，他说：

特派员来了。

不久，一位面色苍白的学生模样的年轻人走了进来。

我看见冯志献出一丝媚笑。

十七

姑姑在屋里说，你老站在葡萄架下干什么？她不在家，你就不进来坐一会儿吗？陪姑姑说说话，她也该回来了。

李空山说，姑姑，我不明白她为什么老往丽城跑。她有什么事瞒着我。

姑姑说，一个闺女家，她能有什么事。早上我听她说是同学聚会。

李空山说，她还在生我的气吗？我一直不敢来见她。

姑姑说，事情都过去了，还生什么气。她的性情你也看到了，将来你们结了婚，还得你多担待她一些。

李空山说，我知道。我明天就要走了，我是来向她和姑姑告别的，没想到她又不在，她回来您告她一声。

姑姑说，刚回来几天就要走？你不等她回来了吗？

李空山从姑姑家里出来，那片葡萄架下的阴影淤积在他的心头。他贴着沿街的墙根走，躲避着街上成群结队的苍蝇。一个头发蓬松的女人，怀里抱着一个熟睡的婴儿，坐在街边的一块青石上。李空山看了一眼，感到十分面生，以前从未见过。除了这个女人，李空山一路上似乎再没见到其他人，所经之处，都空空落落的。苍蝇的声音听上去像是远处来了飞机。李空山一个人走着，掏出一块雪白的手帕捂着鼻子。街上的某种气息使他作呕。

李空山回到家里，倒头便睡。当他醒过来的时候，发现天已黑了，院子里亮起了灯，厨房里飘来了肉汤的香气。

母亲站在台阶上。李空山从屋里出来后，她颇为欣慰地说道：

回来几天，头一次见你睡得这么好。我让他们干活儿时手脚轻些，不要惊动你，你该好好睡一觉了，你都瘦了。

李空山对母亲说，您没有睡一会儿吗？

母亲说，我老了，哪有那么多的觉。才在床上歪了一阵，想起你小时候有几件衣服，翻了半天也没有找到，赶明儿再找吧。

李空山说，找那些干什么，我都这么大了，难道还能穿不成。

母亲笑着说，这是我的事，你别管。

这时，厨房里的一个丫头过来请示在哪里摆饭，李空山的母亲让她摆到北屋。之后，她问李空山说，你秀贞妹妹怎么没来？

李空山说，她到丽城去了，不管她。

母亲说，说什么傻话，赶明儿成了亲，你还敢这样说吗？

晚饭之后，李空山坐在庭院里，月光皎洁，花香袭人。厨房那边不断传来阵阵笑声，厨师王大头正在给几个丫头说笑话，绿色的纱门将他们前仰后合的影子投射到外面。花圃的四周有一圈黑影，几束白花在灯光的辉映下看上去如同纸扎的假花。李空山捧着一本《全唐诗》，借着灯光读了一阵，读到崔珏的《哭李商隐》时，便戛然而止，合上了书页。他想起了巩秀贞的那本放在葡萄架下的书，现在看来，那团红色的毛线并非偶然，它或多或少地昭示着一种隐约难辨的不祥。她的变化不能不令他吃惊，她的一头短发更使他在短短的几天之内感到难以接受。李空山现在十分惊讶地发现自己对那个消失在影壁与二门之间的魂魄一样的女人充满了怀念与好感，她的乌黑的长发，红色的发带，使李空山对那个寂静的中午萌生了无穷的想象……

一个丫头打开纱门向这边望了一下，不多时，她将一杯茶送到李空山的面前。这时，院子的西南角忽然刮起一阵风，树影簌簌乱动。李空山端起茶杯之时，突然听到墙那边传来低低的一声长叹。

李空山问道，谁？

没有人回答。刚才送茶来的那个丫头正要走开之时，李空山对她说：

去，看看谁在那里。

她走下台阶，穿过花圃之间的甬道，一直向那面墙边走去。李空山啜了一口茶。她很快就回来了，对李空山说：

没有人。

李空山说，看清楚了吗？

她说，大门早就关了。

你去吧。李空山刚说完，丫头便如获大赦似的走了。西南墙角那边的草木很繁茂，李空山现在在灯光下只能看到那边是黑魆魆的一片，墙根下的杂草和树枝都是黑的，只有高过院墙的那些树木上洒落着一些月色，枝叶呈墨绿色。

好一个藏污纳垢的地方。李空山想道。

李空山喝完茶，感到身上一阵发冷，便起身回到了屋里。

屋里点着三支蜡烛。

十八

我离开这个村庄的那天早晨，天气阴暗得像一个傍晚。我提着箱子来到院子里的时候，孙长胜在他的屋里推开了窗子，举手向我道别。我放下箱子，来到他的窗前。

孙长胜露出一脸蜡黄的笑容，对我说，我知道那种气味肯定让你睡不好，这个村子像一块石头一样，我知道你至今还是没有找到你要找的那种东西。

我说，说不定我过些时候还会来的，到时我还想住在你这里，只怕你不肯。

孙长胜笑着说，你再来的时候，我恐怕早已不在了。

我劝他好好养病，他的情况令人担忧。我向他伸出一只手，他的一只手刚要探出来的时候，忽然又缩了回去。他说：

我知道我这病很不好，还是免了吧，我动不了，不能送你了。

我转身要走，孙长胜又对我说道：

你瞧，这是我今天天不亮的时候，又舔破的几个窟窿——

我望了一眼那扇布满漏洞的窗户，迅速出了大门。我身后的那个东西长十几丈、南北宽约四五丈的院落离我越来越远了。

……在丽城的城门口，我受到了盘查。守城的士兵将我的箱子拎到一边。我站在箱子旁，看着来往的行人不断进出城门，形同活塞。

不多时，过来一位军官。军官打量过我之后，对守城的士兵说道：

一群废物，一个读书人，扣留他有什么用？扣留一只狗，你们大家还能美美地吃一顿。他有什么用？他能吃吗？

一名士兵立正说道，不能。

另一名士兵说，据说人肉是酸的……

住嘴！军官打断他的话，说道，不管酸的还是苦的，放他过去。

我提着我的箱子穿越古老的城门。我看见镌刻在城门两边青石上的那些甲骨文与我所认识的方块汉字相去甚远，它们更像是一种昭示苦难的垂死挣扎的舞姿，像田野里耕作的农民，像一个个难产的孕妇……

十九

王茂看到一名穿着黑裙白袜的女学生坐在通往丽城的大道边上时，心中不禁乱跳起来。他越来越近，终于看清那个女学生是巩秀贞。王茂走过来，蹲下身体，殷切地问道，你的脚扭了吗？让我看看。

别碰我。巩秀贞说着，向后移动着身体。她说，你是谁？

王茂缩回了伸出去的手。这姑娘竟然不认识他，这使他感到有些奇怪。

王茂说，你连我都不认识？我就住在你们家的后面，那个小院，门前有两棵柳树——

巩秀贞说，我真的没见过你。

王茂说，不说也罢，我可是看着你从小长大的，你功课很好。

巩秀贞朝王茂笑了一下。王茂突然抱起她，向路旁的树后跑去。

突如其来的变化使巩秀贞惊叫起来。王茂将她的嘴用力抵到自己的胸前，她的叫声受到了抑制。王茂抱着她的腰和双腿，一边跑，一边对她说，我盼了很久了。

你别怕，我就一回。他说。

纷乱的树枝迎面扑来，又依次闪开。有好几次，坚硬的枝丫勾住了巩秀贞的丝袜，王茂将树枝一一折断。他感到自己的胸前一片灼热，巩秀贞咬住了他的衣服。王茂说，你别咬我的衣服。

现在，王茂将巩秀贞放到一片草地上。巩秀贞翻身坐起来想跑时，王茂抓住了她。

你别怕，我又不吃你。王茂说。

巩秀贞说，我表兄是特派员——

王茂笑着说道，那又怎么样，他难道不想干这种事情吗？

王茂上去解巩秀贞的衣服时，脸上忽然感到一阵灼痛，这使他十分生气。他说，你敢打我？我一直没舍得动你。

现在，巩秀贞的头在草地上左右摇摆，短发蓬乱如麻。王茂在她的脸上猛击了几下后，又将自己的帽子揉成一团，塞进她的嘴里。

王茂说，我没想到这么费劲，比弄一头牛都费劲。

我就这一回。他说。

巩秀贞的头微微上仰，试图要重新起来。王茂在她的头上踢了几下后，她的头就不再起来了。王茂满意地上下看了一遍，说，你这么白，我真不愿打你，一回我就够了……

王茂后来撕开巩秀贞上衣的时候，忽然看到一张纸条。纸条上写着：

12号：翟部长指示，就地除掉李空山。机不可失。

王茂突然尖叫了一声，他感到有人在后面揪住了他的头发。

深红的农事

一

十几天前的一个晚上，老金来到母亲住的屋里，看到母亲的白发从头上披散下来，遮住了她的脸。四周的墙上有一些十分模糊的图像，很挤，很遥远，有的仿佛远在别的村庄里。虽然看不大清楚，但老金还是觉得自己是很熟悉那些东西的。时光仿佛停止了，以至于老金在无边的寂静中听到自己的身体正在发生着某些变故：有的地方在咕咚咕咚地冒着泡，有的地方在摆动，有的地方发出风吹树叶的声音或山墙倒塌的声音……老金曾听人说过，一个身体非常不好的人，才会时常感到身上的各个器官的存在。他有些茫然地在屋里站了一会儿，没有听见母亲对他说话，不久他就从那昏暗的光线里走了出去。

墙里的榆树在月光下看上去显得很大很硬，树枝和树身都给人一种铁的感觉。老金从两棵漆黑坚硬的树下走过时，耳边忽然听到一种声音，仿佛是从他们的院落上面传来的。那声音没有引起老金太多的注意，他以为是残废军人白玉又在吹箫。每逢这样有月亮的晚上，住在他们上面的残废军人白玉都要坐在自家的门前，抱着一支箫吹上很久。

墙外的榆树也是墙里的那种样子，不过更黑一些，从树枝之间几乎看不见什么。偶尔显露出几块微微发亮的青瓷般的碎片，老金知道那是天，被遮在树后面的天。晚上只能看到这些。白天的时候，就能看见那些住在高处的人家了，黄色的土墙，银灰的艾叶，正在梳头的女人，站在烟囱后面东张西望的男人……沿着墙外的一条细窄的石级往上走的时候，树上的李子有时会突然在人的耳边或脸前碰一下，之后又很快地弹开，返回到树上。老金有一个从前可爱，但现在却常常让他感到难堪的名字：金蛋。母亲说他小的时候，她非常疼他，以至于不知该用什么来叫他。“金蛋”两个闪闪发光的字代表了她当时的心情。遗憾的是，如今连附近一带的孩子都这样叫他，他对他们的警告与恐吓完全无效。老金想起母亲曾对他说过的话，她已经有些年没有沿着墙外的这条细瘦的石径走过了。父亲很早就死去了，老金几乎没有任何印象，因而从来没有那种伤心的时候，他只是觉得那是一个擅离职守、很不负责任的人。每当不睡觉的时候，母亲就把老金叫过来，与她一起赌钱。是真赌，并不是虚假地游戏或玩笑，而且每一次都要当场兑现，从不赊欠。“欠下的钱就不再是钱了，很难说已经变成了什么。”这是母亲的看法。她的面前时常倒扣着一只青花瓷碗，骰子是用几颗坚硬如铁的黑色的丸药充当的，它们变幻莫测地转起来或静下来的时候，时常让老金感到痛不欲生。

流星从天上划过。残废军人白玉的房子里的灯光已经熄灭了，整个河东也没有几家亮着灯了。老金在外面转了一会儿，耳边响起骰子滚动的声音。不久，他又走进母亲的房里。他看见住在他们前面小树林子里的女人马大有坐在母亲的旁边。马大有是他们家里的常客，有时做他们的证人。当老金与母亲发生争执时，马大有就会站出来主持公道。这个四十多岁的女人虽然已生育过不少孩子，但仍然保持着一副非常结实的身体。

母亲的手里端着那只青花瓷碗，黑色的骰子在碗里咕噜咕噜地转个不停。母亲对老金说：

“你又到处乱窜去了？”

母亲嫉妒老金的那两条腿，尤其嫉妒他能随心所欲地到处走动，这使她常常不得不独自一个人守着整个空荡荡的院子和死寂无声的房子。母亲曾经准备了一副锁链，用来拴住老金的腿，锁链的钥匙虽然一直挂在她的腰上，但老金每次都能走脱。母亲感到奇怪，她不知道老金还有一把钥匙。冬天的时候，老金的那把钥匙就藏在他的棉帽子的夹层里。

母亲和马大有都坐在炕上。马大有的一条腿蜷曲在灯影里，另一条腿笔直地伸过来。老金来到她们的面前，挽起袖子，对母亲说：

“我要赢你！我要想办法赢你！”

“想赢我？”母亲说，“你做梦去吧。”

“我一定能够赢你。”老金摩拳擦掌地说。

“那要看你的运气。”母亲对老金说，“叫喊是没有用的。”

榆树的影子映在窗户上，像旧年的窗花。黑色丸药做成的骰子在母亲的手里神出鬼没，有时安静得让老金怀疑它们都消失了，但有时竟又会突然发出刺耳的尖叫。它们变化得最厉害的时候，老金感到心神不宁，头晕目眩。老金觉得自己不是不适应母亲的手段，也不是缺乏必要的心理准备，而是母亲既能够变化，又善于在一个数字上长久地盘桓不去；同一个数字连续数十次地出现，很快就使老金垮了下来，以至于他丧失了最基本的应变能力和判断力，一败涂地。老金表情痴呆而又战战兢兢地站在母亲的面前，像一个做错了事的孩子。坐在一旁的马大有渐渐明白不是自己的腿在颤动，而是老金的那只手在哆嗦。

母亲认真地点完钱后，看着老金：

“好像还不够。”

“先欠一次吧，真的没有了。”老金动手在自己的口袋里翻了一阵，近乎乞求地对母亲说，“下一次一起算。”

“不行！”母亲斩钉截铁地说道，“下一次再说下一次的。你不想还清旧债，轻装上阵吗？”

“不是不想，我确实没有了。”

“你又来这一套。”母亲说完后，又对身边的马大有说：

“上次你不在，他欠我一块八角钱，也说是没有了，也像这样装模作样地翻了半天口袋。当时我想，算了，就不要他的了，就当我没赢，就当我手滑，不小心打了两个碗。”

“你这样说话，让我感到很难过。”老金对母亲说道，“说什么手滑……哼！”

“你不给我钱，我才难过呢。”母亲说，“让证人说吧。”

“看样子他是真的没有了。”马大有调和道，“就先让他欠一次吧。”

“那就让他再欠一次吧。不过，你可要记住噢。”

老金推门出去的时候，有风吹了进来，风中充满了河边的湿气和草木的绿意。他回过头，看见母亲的白发突然纷扬起来，像一蓬白色的荆棘。

河边的水草正在风中起舞。老金听到马大有家里的人正在叫马大有回去，他们站在屋后的一小片葵花地里，好像是两个孩子，也可能是三个，叫声传遍了整个河东。

一个人手里提着一个包袱，从老金的身边匆匆走过。老金愣了一下，忽然冲着那个人的背影说道：

“伍元！这么晚了，你要到哪里去？”

那个人仿佛没有听见，很快就走远了。

二

走出家门的时候，家的轮廓和气息还十分清晰地印在他的记忆里，一扇窗户，一把剪子，几件衣服，都在各自的位置上等待着他下一次回来，甚至连烘烤的土豆的气味也一直在屋里萦绕不去。但慢慢地，那些东西都保留不住了。倒不是那些东西容易变质，越放越坏，而是被他渐渐忘记了。离家越远，他对家的记忆也就越模糊。一方面来说，人走在路上，心里想着别的事情，他不得不忘记它们；另一方面，铭记与遗忘都由不得他，这是最关键的。

离开家以后，伍元独自一人在阴山的南麓走着。眼前有时会浮现出一片晃动的屋脊，屋脊既遥远又不清楚，上面的青草和枯黄的衰草交替出现，随风摇曳；有时又会看见晚间的雾将栽在房子四周的一些稀稀落落的青杨树遮掩得一棵不剩，干干净净，踪影全无；雾中传来孩子的哭声、开门的声音和小羊吃奶的声音。

后来，一辆运草的马车将他捎了一段。赶车的人看见一个形影十分孤单的人在路上走着，便招呼他上了车。伍元起初对于搭乘别人的马车还很有顾虑，十分迟疑地站在路边，很忸怩地看着装着干草的马车。赶车的人见他那样，冲他说道：

“叫你上来就上来吧，还穷讲究什么！”

赶车的人是一个很爱说话的人。伍元从车的后面踩着绳索爬到车上，坐在高耸而松软的干草上以后，突然感到自己离天似乎已经很近了。湛蓝晴空里的云彩仿佛手帕一样不断地从他的脸前拂过，在他的头顶上面飘着。赶车的人一边走一边说：

“不认识就不能捎你一段吗？一看你就是附近一带的人。哪个村的？不要把自己闹得像个外国人一样。就算你是一个外国人，你也可以上来坐坐。”

“我已经上来了。”伍元对赶车的人说，“你真是个热心肠的好人。不过，有一点我必须声明：我不是外国人。”

“你当然不是，你和我一样。”赶车的人说，“外国人怎么会出现在这里？外国人要是到了这里，北京就麻烦了。”

“咱们说点儿别的吧。”伍元看看四周，几乎是恳求地对赶车的人说道。赶车的人再没有说话，他扯动缰绳，控制着马车行驶的速度，像一位坐在船头放长线的渔人。伍元坐在高高的干草上面，身体和心情随着马车的颠簸起伏着。过了一会儿，他突然听到身边传来一声响亮的鼾声，那声音将他吓了一跳。他看到干草上面不仅仅是他自己，还有一个人，那个人的脸和大半个身体都埋在干草里。

“这是谁？”

伍元大声问道，忍不住又看了那个人一眼。那个人看上去似乎睡得很沉，但在某些方面却给人一种按兵不动的感觉。

赶车的人没有听见。他有时坐在车前，瞪着眼睛看着前面的路，有时又从上面跳下来，跟着马车小跑一阵。一边跑一边问伍元要去哪里。伍元几乎有些害羞地说要到南边的大煤矿上去当工人。赶车的人打了一声呼哨，然后回过头来，十分惊讶地看着坐在干草上面的伍元，说：

“真他娘的！看不出你还是一个走运的人……驾！”

“你才是个走运的人呢！拉着这么一大车干草，像个富足的地主一样。”伍元坐在高高的草上对赶车的人说，“我到那里不过是去受苦。”

“这草不是我的。”赶车的人说。

不管是谁的，就草的本身而言，它是干净的，金黄，茸厚，温暖，每天散发着清香纯粹的气息。在干草的亲切而柔软的映照下，伍元越来越感到自己所做的事情吉凶难卜，几乎要多危险有多危险。每天都要把命交出去一次，到时再收回来，如同安假牙一样再附到自己的身上。在那黑暗而又闪耀着灯火的巷道里，谁也没有足够的把握让自己万无一失。没有几个人敢于肯定自己每一回都能原封不动地上来，每一回都能安全脱险。仿佛一个人将帽子抛向空中，不知道还能不能准确无误地接住。经常就有人接不住，抛出去以后就再也回不来了。年轻的工人说，我们一点儿把握也没有，我们完全不熟。年老的工人说，熟也没用，这不是熟不熟的事情，越熟越没有把握，越熟悉越害怕，越没底，还不如不熟。经常有人在进入巷道之前就首先失去了信心，怀着沮丧而无奈的心情钻进去。最终出来后，不免侥幸地欢呼：我又出来了！总算把早上抛出去的东西又接住了。但明天的这个时候能否再接住，又是一个谜。我们是什么？有人说，我们是一群靠运气活着的赌徒，每天都在用自己的性命下注，深思熟虑也不起作用，诡计多端也不起作用。

“不过，那也要比锄地、赶车好得多，是不是？”赶车的人说，“老弟，说说你的经验，你是怎样让自己成为工人阶级的？”

伍元看着沿途的树木和低缓的山冈，车上的草一直随着马车的行走在晃动。有的树是红色的，有的像羊毛一样又茸又白。灌木丛里时常有野鸡飞起，有的像孔雀。路上的白色沙子和粉红色的沙子发出细碎的粮食一样的暗响。

“不愿意说就算了，一定是不能说。”赶车的人说，“中国人，差不多每个人都有一本不能翻看的血泪史，我的一位表弟，如今和你一样，也是一位工人，他是用五只羊换来的。”

“我和他不一样。我的工作不是用五只羊换来的。”伍元说。

“那你用了几只？六只？”赶车的人说，“我敢肯定不是一只两只，两只羊什么事也办不了。”

天空又高又蓝，抬头望得久了，会让人感到视觉眩晕，眼前一阵发黑。一片一片的虚实不定的黑影不断地在眼前飘来飘去，有的像斑点，有的像清晰的手印。伍元听见了雁的叫声。黑色的队伍缓慢地从空中经过，从下面望去，它们如同粘贴在天上的剪纸。赶车的人一会儿说死人的事是经常发生的，一会儿又劝伍元不要想那些不吉利的事。翻来覆去他说的都对，道理也总是在他的那一边。一个人何以能够在正反两方面都站得住脚？伍元的视线从雁阵上落下来，停留在辚辚作响的马车上。

马车从一片河滩上经过时，伍元忽然听到一群孩子齐声叫道：

“车倌车倌笑嘻嘻，半夜想起戳马 ×。”

赶车的人恶狠狠地骂了一句，回头看着伍元。

“我敢肯定他们不是在专门说你，是在说所有的车倌。”伍元对赶车的人说，“你要是多心，就等于替所有的车倌承担了责任。你千万不要多心。”

“我怎么会把那种事情往自己身上揽？”赶车的人有些急躁地说，“我在想，世界上没有无缘无故的恨。每次从这一带路过，都要遇到他们，想不遇到几乎是不可能的。他们真让人头疼！”

到达一个叫冯大印的地方时，马车忽然停下来不走了。赶车的人将两匹马从绳套中解放出来，牵到附近的一口井边去饮水。伍元继续坐在车上，坐在高高的干草上面，向四周一带张望着。仿佛是一个镇子，房子都坐落在路的北边，南面几乎全是一些稀疏的小树林子。伍元坐在车上能看见那个在井边饮马的人，井边还有几个人。走了这么长的路，马渴了，马也需要喝水。他想。那些房子的白墙和黄色的土墙看上去很干净，只在墙基以上部分有一些霉斑和青苔。至少有两面墙上都明确地写着这个地方的称谓：冯大印村。天气有些热，伍元脱去外面的一件衣服后，仍然感到很热。看着眼前晴朗明媚的景象和阳光下的树木与房屋，伍元想到了阴山。他走的时候，那里的雪还没有化，天冷得让人不得不放弃许多东西而变得无所事事；一个人只要夜不归宿地在外面转悠上一夜，依然能冻出病来。这一带真是暖和多了，难怪左政权想方设法要将自己及全家人的户口迁到这一带来，若没有让人放不下的诱惑在这一带闪耀，谁肯费那么大的劲。也许这还不是最理想的地方。伍元想。看情形，越往南走，天气就会越暖和，越适宜居住。

赶车的人饮完马以后从井边过来。伍元将脱掉的衣服叠了叠，抱在怀里，做好了重新上路的准备。赶车的人来到车前时，看到伍元还在高高的干草上面坐着，吃惊地说：

“你怎么还在上面坐着？不下来了？”

“我应该下来？”伍元疑惑不解地说，“这不是又要走吗，我下去干什么？下去还得再上来。我不想吃饭，我就不下去了。”

赶车的人看着伍元，用一种含糊不清的声音表示了他的惊讶与不满。他说：“谁说要让你吃饭了？没有人请你吃饭。谁告诉你还要走？我们不走了。”

“不走了？”

赶车的人满脸倦意地点了点头，显得有些焦躁。伍元很快发现赶车的人是自己一个人过来的。又往远处看，见那几匹饮过水的马还在井边站着，有的扬起飘动的鬃毛，发出咴咴的叫声。看到它们都没有过来，伍元明白赶车的人不是在开玩笑。这时，他忽然想起了一件事。他看看自己的身边，吃惊地发现那个一路上一直都在干草中昏睡不醒的人不知在什么时候早已不见了，他身边的干草被拱得很乱。

“你还要往南面去吗？”赶车的人问伍元。

“对。”伍元说。

“我们要是还接着走，你就一直坐着，不用下来。”赶车的人对伍元说，“可是我们不能再走了，人困马乏，今天必须得在这里住一夜。老弟，你自己想办法吧。”

伍元从车上爬下来，听到赶车的人说：“往南去的车很多，你要是运气好，说不定转眼又能遇上一辆。要是遇不上……”他很快又说道：“不会遇不上的，一定能遇上。其实，所有的车都在朝着一个方向走。”

“给你添麻烦了。”伍元说。

赶车的人将鞍子搭在自己的肩上，围着马车仔细地看着。伍元背起包袱和雨伞，开始一个人继续向南走。平川一带的孩子们从来没有见过长得那么丑的人，自从发现了他以后，他们就开始乱哄哄地跟在他的后面尖声叫着，有的跑到他的前面，然后回过头来看他，嬉笑，怪叫，像一群小妖。伍元看上去像一个水土不服的人，满面病容。他想让自己走得更快一些，努力避开那些孩子，尽量不去看他们，尤其避免自己的视线与他们的视线相撞在一起，那样一来，他们会闹得更起劲。走在异地他乡，他还知道自己不能生气，不能对那些孩子们怎么样。他们想闹就让他们闹吧。“车倌车倌笑嘻嘻，半夜想起……”比起赶车的人来，他这简直算不上什么。干什么都有麻烦，工人有工人的忧虑，当车倌的有当车倌的麻烦，很少有人能够例外，一点麻烦都没有。赶车的人说，中国人，差不多每个人都有一本不能翻看的血泪史。这话说得极对。车倌并不是天天都笑嘻嘻的，那样的情形只不过是短暂的一瞬，如过眼的烟云。那时候，附近一带的田野和山冈上，有不少埋头耕作的当地人，还有几个老人坐在临近路边的山墙下。值得庆幸的是，一路上那个赶车的人没有询问他的姓名。我有一个多么贫贱不值钱的名字啊。他想，伍元，仅仅只是五元，连六元都不够。有一年秋天，几个人在一起吃饭，有人曾问起他的名字，他憋了半天，最后竟说，我实在是没啥好说的。众人都感到愕然。

路上时常能见到一些披着羊皮的人。人人互不相识，谁也不清楚别人的底细、来历与大致的去向。路上晃动着人影，水边回荡着一些陌生的声音。住在河边的人，每天往头上洒水，将采集到的香草缝进一些小口袋里，携带在身上。闭上眼睛，能看到家里的窗户，发黑的山墙，日常的器皿和凝固了的油脂。

一只狗在耀眼的阳光里跑着，不久竟用嘴来拱他的袖子，试探他的手。他的忽长忽短的影子出现在南下的路上。可怜的影子，经不起颠簸的影子，有时候走着走着，忽然就被什么东西无情地截断了，需要很久的工夫才能重新续上，接通，恢复如初。人真是经不起折腾啊。伍元边走边想，除了有头有脸，一切都像一根脆弱的棍子，随便一使劲就会被折断，有时更变成几节，哪里还有什么精神和灵魂？经过一片异常安静的小树林子旁边时，他忽然听到了自己走路的声音——那声音使他感到饥馑而焦渴。他听见一些既熟悉又生疏的人正聚在一起说话。男人们的帽子，女人的嘴，含义不清的眼神和手势，如同梦里的情景一样出现在他有些迟钝而麻木的意识里。沿途的地势由高向低递减，一层一层地铺展下来，垂卷下来，离家越来越远了。

伍元一边走，一边向四周张望着。他想起有一年秋天，他和自己的一位表姐往南边去，仿佛也是走到这一带的时候，表姐忽然停住了，她让伍元在这里站着，替她看着人，她自己则走到一片草木丰盈、兰花摇曳的低洼地里以后很快就不见了。伍元站在路边不住地东张西望，警觉地注意着四周以及路上的情形。“有人来了！”他突然大声喊了一句。表姐听到他的叫声后，立即从那片丰茂的草地里站了起来，她的脸都白了。伍元开心地笑了。他对惊魂未定的表姐说：“没有人来，我就是想看看你还在不在。”表姐用嗔怒的声音骂了他一句。冈上的风将他和表姐的衣服吹得飘拂不止。

后来，真的有人来了。

三

春天的晚上，他们常在栽着杨树的院子里吊打那只品行不端的猫。可恶的猫，大约有十岁了，常在女人熟睡之际潜入她的身边，无比兴奋地作洗脸状，作舞蹈状，作憨态，作深思熟虑状，花样百出，风情万种。男人在打猫的同时，也时常忘不了质询女人：为什么睡觉时不能老老实实地睡？苍蝇不叮无缝的蛋，坏人——坏猫总是要寻找一切机会，从来不放过一点点的可能。女人无言以对，无法说清楚自己何以一闭上眼睛以后总是睡得忘乎所以。

女人对男人说：

“干脆勒死它算了。”

男人没有听从女人的建议，每一次总是将猫教训一番就算过去了。当然，每一次的教训都是非常严厉的，甚至是十分残酷的。男人隐隐约约地觉得女人有一种企图杀猫灭口的隐秘意图，这一层意思让做男人的很伤脑子。但男人的表弟却对男人说：

“就算不杀，你难道还想从猫的口里得到什么吗？你还指望它开口说话，向你坦白一切？”

“不是那个意思，不是那么回事。”男人说，“事情有些不对头，好像在哪里出了错，现在仍然还在错着。”

“要是一开始的方向就错了，那就再也纠正不过来了。”表弟说，“小学生爱咬铅笔，怎么纠正也不行，好像上了瘾。”

还有比这更让人难以接受的事情。在不远处的一个很安静的院落里，绣着橙红色花朵的被子在婚后几年的某一天突然腾空而起，飞越众多散发着往昔气息的街巷和屋顶。人们普遍感到头疼，有的人一忍再忍。一个名叫王生的年轻人独自在蚂蚱飞舞的西山上砍柴，砍着砍着，渐渐地感到无边的倦意不容分说地浸透了全身，眼睛很快就再也睁不开了。睡醒一觉以后，发现随身带来的斧子在夕阳下变得通红，他的手和脸都在不同程度地流血。名叫王生的年轻人带着无缘无故的伤痛回到家里，在窗户前坐了两天，嘴里有时喃喃自语地说着一些含糊不清的话，不久便死去了。

寂静的西山上有时候突然密密麻麻地站满了沉默不语的牛，仿佛是在雨后的一瞬间突然长出来的。更多的时候，只有那种豆粒大小的鲜红的浆果在风中摇曳，释放出阵阵酸甜的气息。那些往南去的马车多数时候如同在梦里行走，车上载着草或炭，有时全是人。乌鸦在车的上空一路跟随，悠长而遥远地叫着。

四

春天里的一个晚上，他们又在自己的院子里吊打那只时常流露出一副二流子相的猫。鞭笞是无情的，体罚更显得残酷，凄惨的叫声越过成片的青杨树和粉红色的桃树，变得比白日里还要清晰而揪心。那时候，老金正在屋里坐着，他们经常这么打猫，让他很是受不了。他如坐针毡地听了一会儿，后来实在听不下去了，就起身出去找他们。那个院子里没有点灯，老金进去的时候，恍惚看见有四五个影子散落在周围。他的脚步声大约惊动了他们，有两个人忽然走近老金，对他说：

"你这是干啥来了？不好好在家睡觉，为啥管得这么宽？"

"你们的猫叫成这样，我能睡得着吗？"老金对他们说，"我并不想管啥，啥都不归我管。我只是睡不着觉，猫叫得这样厉害，我连眼睛都合不上。"

"睡不着就先不要睡，这会儿还不到睡觉的时候。"他们说。

"它怎么了？惹得你们又打它？"老金问道，"它又钻到她的两腿中间去了？"

"不该你问的就不要问。打听这干啥？"他们说。

"我想好好睡一觉，别的要求没有。"老金说。

"那就回去睡吧，没有人不让你睡。"他们说。

"有，你们的猫就不让我睡。"老金说到这里，忽然又想起了什么，"不光我一个人睡不着。”老金说，“我妈她老人家也睡不着，她快一百岁了，成天睁着两只眼睛。”

“不光是你们一家的问题，你去打听打听，所有的老年人都睡不着觉，这是一个非常普遍的现象。”他们说。

“猫犯了错误，打它两下，吓唬吓唬也就行了，难道真要往死里打？”老金对他们说，“真想要它的命，那还不如一下把它摔死，也省得这样叫人心烦。”

“这是我们的家务事。”他们说，“我们还不嫌心烦呢。”

“它叫得我心里很烦，我真的受不了啦。”老金说。

“住在你们上面的白玉每天吹箫，动不动就吹他那根破管子，你为啥不管？”他们对老金说，“怎么不去说说他？”

“吹箫和猫叫能一样吗？能是一回事吗？”老金说，“箫是音乐，猫是什么？白玉只是坐在自己的家门前细细地吹，他有过这种狼嚎鬼哭的时候吗？他要是也像你们的猫这样狼嚎鬼哭，我早就去说他了。”

这时，有一个声音对老金说：

“睡不着觉就吃药，实在不行就喝酒；把自己灌醉了，就啥都不知道了，哪还能听得见猫叫？”

“我好好的，凭啥又让我吃药又让我喝酒？我怎么了？”老金说。

“没有人强迫你既吃药又喝酒，你可以不吃，也可以不喝。”还是那个声音在说，“至于猫呢，我们是一定要整治的，再也不能这样继续下去了。”

“是的，我们一定要整治这只恶猫，整治这个二流子！已到了非整不可的时候了。对它心慈手软，就是对人的不尊重。”

“你们可曾尊重过我？”老金叫道。

这以后，再也没有人理会老金了。他们用一根绳子不住地抽打那只被吊起来的猫，边打边问：

“你他妈的！还敢不敢了？”

“说！还敢不敢再胡闹了？”

猫凄厉无比地叫着，喘着粗气，不久又发出呜呜的声音。

老金站在旁边看了一会儿，忽然感到脸前一阵燥热。他在心里对自己说：“这哪是在打猫！这分明是在拷问一个人，分明是在逼供。”

树叶的影子与月光一起映照到窗户上，在最静谧的时候轻轻晃动，发出沙沙的声音。老金看到自己的影子像一个巨型怪物一样在墙上飘移蠕动，他有些吃惊地注视着。他已经注视了很久。

“我真大呀！”老金看着自己的影子，心里想道。

“我从来没见过那样的猫。”母亲说。

“我也没见过。”老金说。

老金和母亲说话的时候，眼前浮现出那个时常被猫骚扰的女人。她叫林芝，是老金见到过的皮肤最白的女人。要不是两只眼睛有些上吊，她应该不是一个难看的女人。老金想，不过，就这也已经很不错了。一开始的时候，老金对于那只令人费解的猫也时常感到不可思议，认为它的行为已不能用过火来形容，而是充满了奸邪。以后，随着时光的流逝，他不无惊讶地发现自己的看法在不知不觉中发生了一些变化，有些变化与当初完全相悖。老金发现猫也像人一样常常以貌取人。此外，他还注意到一种现象……

“马上我就要过八十九岁的生日了。”母亲忽然对老金说，“虽然我们只有两个人，但我们还是要认真地过一过。”

“啥时候？”老金说。

“快了。”母亲说，“杀一只鸡，再买点木耳、蘑菇啥的。”

“你先不用急，再等一等吧，啊？”老金对母亲说，“等我过六十三岁生日的时候，咱们一起过吧。”

“生日怎么能等？亏你想得出来。”母亲说，“你的是你的，我的是我的，你和我难道是同一天出生的吗？”

“当然不是。”老金说，“我是说，这样一来，我们就可以减少浪费，避免重复地一次又一次地过生日。别人会咋看我们？‘那家里一共只有两个人，却经常看见他们在过生日。’”

“没有人那样说，我只听见你在说。”母亲说，“是你非要把你的生日和我的贴在一起。我知道你的小心眼，你是怕花钱。我有钱！我多年存钱，就是防着这一手呢。”

“你的一部分钱，还不是从我这里赢去的？”老金说，“赢谁不是赢，非要赢我？”

“当然，赢谁都是赢。你无非是想把我的生日像变戏法一样给蒙混过去，还说什么减少浪费，避免重复！”

他妈的，硬是要和我过不去呢。从里面出来以后，他边走边想。

在河滩的不远处有他的一些菜地，每隔一两天，老金都要去看一看。那些菜地都不大，最大的不超过一分，它们仿佛是从天上飘下来的，互不连贯，这里一块那里一片地散落在不同的地方。在老金的印象里，它们很像是一些飞来的手帕，但又不纯粹是手帕，因为人们很少在手帕上栽培什么寄托什么。从某些方面来说，那些菜地更像是几个住在河边的亲人，需要时不时地去看望一下。

他弯腰扶起两棵被人踩倒的小白菜以后，看见他的邻居香孩儿正在河滩上转悠。这个比老金小几岁的男人一个人带着四个孩子过日子，头发和胡子很早的时候就花白了，看上去要比老金大得多。有一次，香孩儿对老金说，你和我一样，我们都是一些命苦的人。老金当即驳斥道：

“那怎么能一样呢？你是一个死了老婆的男人，而我是一个未婚的男人，我们在本质上是有区别的，完全不一样。”

“你真是这样想的吗？你真的认为我们不一样？”香孩儿有些吃惊地看着老金。

在可怜的香孩儿面前，老金十分明显地感到自己的身上洋溢着对方所没有的优势，那种多少有些奇怪的东西像阳光一样使他的周身发热，使他感到舒心。香孩儿拿自己与他相比，让他感到既意外又可笑，他猜测，一个人只有倒霉极了，也许才会萌生出这样的想法。在老金的记忆里，香孩儿的亡妻应该算是一个有几分姿色的女人，人们说她是被别的男人睡死的。这样的说法让从未结过婚的老金既感到糊涂又难以置信。

“那怎么可能呢？”老金对香孩儿说，“一个人怎么可能会被另一个男人睡死？说不通嘛，我不相信这是真的。”

“你不懂，和你说也是白说。”香孩儿悲凉地说。

“我坚决不相信，打死我也不相信。”

“你不信就不信吧，反正人已经死了，你信不信都不是个事。”

“人当然是死了，但道理还在，总不能都死了吧？总不能连道理也一起死了吧？”

五

香孩儿的一个十岁左右的儿子正在院里杀鸡，老金的母亲隔着窗户对那个孩子说：

“先把脖子上的毛拔一拔，然后再杀。”

“我已经把它的脖子割断了。”孩子说。

鸡的脖子并没有被完全割断，还连着一层皮。孩子以为自己已经把鸡杀死了，他一松开手，那只被杀得鲜血淋漓的鸡突然在院子里飞舞起来，四处乱撞，将星星点点的鲜血溅向四面八方。

老金的母亲在屋里听到动静后，高声对院里的孩子说：

“杀一只就行了，不敢再杀了！只杀一只。”

“金奶奶，它还活着呢。”孩子看着四处乱撞的鸡，惊恐不安地说道。

“没死？”

愤怒而狂躁的鸡拖着一颗血头向窗户前奔来。老金从外面回来的时候，听到了母亲的声音：

“老天爷呀！”

老金在母亲的声音里看到了院子里的血，他被吓了一跳。那只鸡在台阶下已经死去了，终于不再动了。老金愣了一会儿，然后突然以一种与自己的年龄不相称的力量和速度冲进去，抓住了那个脸上和手上都沾着血的孩子。

“兔崽子！小砍头的！你在干啥？”他盯着孩子，用极其愤怒的声音说道，“穿着中国人的衣服，干着日本人的勾当，大白天的在我的院里屠杀起鸡来了。”

“不是我要杀它！”孩子用力挣扎了一下，老金的手将他的耳朵拧痛了。

“是我让他杀的。”母亲在屋里对老金说道。

“是你让他杀的？”老金说，“你？”

“你不是不敢杀生吗？”母亲对老金说，“一看见血，你的手就发软。我不得不找一个人帮我。”

“有啥事情不能等我回来再说？”老金说，“我就出去这么一小会儿，你就把一只鸡给杀了。”

“我要过生日。”母亲说。

“你想过就过吧，没有人不让你过。”老金说着，来到台阶前，拎起那只鸡看了一下，吃惊而又痛心地说道：

“放着那么多老的不杀，非要杀个年轻的！我真是不明白。”

“我没有让他杀年轻的。”母亲说，“我喊他进来，让他杀一只既不老又不年轻的。”

“他懂得啥？在他的眼里，所有的鸡都是一样的。”老金看了一眼站在旁边的那个孩子，生气地说道，“你这个死孩子，你知道你把谁杀了？你把它们中间最年轻的最能下蛋的一个给杀了，你把生产力给杀了。”

“我不知道它是最年轻的。”孩子说。

“以后，你就负责给我下蛋，一天一个。”老金用一种近乎仇恨而蛮横的眼光看着孩子说道，脸色变得很白。

孩子听到老金的话以后，突然向外面跑去。他听到了老金的喘息声。在快要到街门口的时候，孩子回过头，眼里含着泪，大声地对老金说：

“金蛋，老金蛋！我要给你下个金蛋，像你一样！”说完以后，很快就在外面消失了。

这天晚上，老金又输了。母亲眉开眼笑地将手里的钱数了一遍又一遍。他们都忘记了日间留在院子里的血腥的景象和与之相关的气息。

“这些钱，为她即将到来的生日举行了一个不小的奠基礼。”从母亲的房里出来后，老金想道。

晚上，老金坐在门前看星星。

星星离他都很远，有的仿佛远在几百年以前。蝙蝠在院子的上空盘旋着，有时发出绸布一样的声音。这个时候，住在高处的残废军人白玉又在吹箫了，箫声像一股细细的水一样从上面流下来，漫过沿途的树木和老金的屋顶，沿着墙头来到院子里，来到老金面前。慢慢地，老金感到自己的鞋被洇湿了。不久以后，那种洇湿的感觉通过他的四肢传遍了他全身。他伸手在自己的脸上摸了几下，感到脸上湿漉漉的，潮极了。

白玉的箫声把他浸湿了，使他有一种深夜落水的感觉。后来，白玉起身回去睡觉以后，老金感到自己依然沉浸在那无边无际的水里。

不知又过了多久，他朦朦胧胧地看到街门在一阵越来越近的脚步声中忽然开了。他想起身，但连着两次竟都没有站起来。晚间的那种幽深而看不见的水依然在囚禁着他，尽管没有让他继续越沉越深。那时候，他感到自己像一个湿漉漉的水鬼一样被幽闭在其中，只剩下一双眼睛还露在外面。他睁着眼睛，心里谋求着一个又一个能够上浮、能够脱身出来的途径和策略。他首先想到了呼喊和挣扎，二者也许都是必要的，都是争取解放的重要方法。

接着，又有一些情景像众多分岔的小径一样浮现在他的记忆里。

一个穿着一身白色孝服的女人，领着一个孩子，从外面走了进来。他们轻轻地随手关上身后的街门，很快地沿着院中一条狭窄的石径，来到他的面前。

六

看着看着，那个人就从他们的眼里消失了。他们跑了几步，来到一个露水遍地的浑圆低缓的山冈上，眼前房舍错落，门户重叠；再往远处看，看到青草和树木正纷纷遮挡着他们的视线。

小米看看老金，从老金的脸上他似乎什么也看不出来。他们两个人的衣服被风吹成一团。昨天晚上，天快黑的时候，老金也是这样一副表情。

他们在山冈上停留了一会儿，然后沿着那种低缓的起伏不大的脉络开始向南走。小米不怎么说话，一直低着头走路，看着自己的两只脚在草里隐没，不久又浮出来。小米看到自己的鞋已经差不多全部被露水打湿了。沿途不但有红色的花和黄色的花，有时候还会出现一些重影，一蓬草看着看着就变成了两蓬，甚至好几蓬，十几丛；野花也变得枝枝蔓蔓，一簇又一簇。远处的烟像竖起来的柱子一样直挺挺地伸到空中，有的钻进云彩里，很快混在了一起，让人再也分不清烟和云的界线了。老金说烟和云本来就是一家，你非要分出个子丑寅卯，那不过是自找苦吃；费力不讨好的人才会想办法去区分它们，妄图能搞清楚点什么。但是，当真正弄清楚以后，又会发现原来实在也没有什么意思，不如不搞。小米看看老金，他隐隐地感到老金似乎总是在有意混淆什么，把话说得很含糊，事情也做得很含糊，仿佛就是为了不让人明白，不让人看出什么，脸上的表情更是幽深莫测，如一个算命的术士一样充满了虚静与期待。小米抬起头，看着远处那柱子一样的青烟，每一股烟下面都有人在活动，什么样的人都有。不知道老金是个什么样的人，不知道他算不算是一个狡诈的难以对付的人。小米边走边想。他觉得他们已经走了很久了，有一种长达几年的感觉。老这么走，人会烦的。可每一次回头看去，总能发现一个或大或小的村子一声不响地坐落在他们的身后，这样的一种重复的发现不禁使小米怀疑他们一直都在原地打转。不仅大多数的房子和街巷能够看到，甚至还能清楚地看见一些住在河边的人家在院子里晾晒衣物的情景：黑大衣，红被子，棕色的毛线，紫色的菊花，闲置的农具。院子里闪闪发亮的地方——一定是水，不可能是玻璃，玻璃都镶在窗户上。

又走了一会儿，小米感到腿有些困。他对老金说：

"我说借一辆自行车骑着去吧，你非不让借。"

老金看样子没有听见小米的话，他一边走一边想着什么，闭着嘴，眉头紧锁着。过了一会儿，他忽然问小米：

"去了那里，他们要是找你谈话——他们肯定要找你谈话——问你还有别的什么要求，你准备咋说？你知道不知道该说啥不该说啥？"

"谁要找我谈话？"小米说，"矿长？"

"矿长是大官，哪能说见就见着了？就那么好见？应该是他手下的小官们。”老金说，“不过，你的情况有所不同，闹不好矿长也许会真的出马与你谈话。这事可真的说不定。”

“谈啥？”小米说。

“你先跟我说说，你都有哪些要求。”老金说。

“我不知道我有啥要求。”小米说。

“你真是，一点儿出息也没有。”老金有些生气地说，“你多大了？”

小米低头想了一会儿，然后对老金说：

“我想起来了，我有无数个要求。是哩，无数个。”

老金听了小米的话，向旁边的一个雨水坑里啐了一口，说：

“好，说得好！”

小米不解地看着老金。

“刚才还说不知道自己有啥要求，转眼就变出了无数个要求。”老金冷笑着说道，“你知道吗，有无数个要求就等于一个要求也没有。”

“一开始我真的啥也没有。”小米说，“让你一骂，我忽然有了好多的念头，它们都乱纷纷地纠缠在一起，数也数不清。”

“你不是疯了吧，啊？”老金对小米说。

“我没疯。”小米说。

“没疯你咋能这样？”老金说，“告诉我，你咋能这样？咋能说这种既没理又过分的话？你说的完全是疯话，正常人不说这种话。我没看出你竟是个疯子。”

“我不是疯子。”小米说。

“你听我说，就算你爹是个烈士，你也不能狮子大开口，向人家提无数个要求呀！那谁能受得了？你是不是想把那整个的大煤矿都给了你，你是不是想把那几万人都给了你？”

“我没说。这是你说的。”小米说。老金的话让他感到有些害怕。

“不管是谁说的，都不对。”老金斩钉截铁地说，“作为你的亲人和长辈，我首先就不赞成。”

“你不赞成就算了。”小米说。

“不行，你到底有啥想法，先跟我说清楚。”老金说，“我得给你过滤过滤，免得到时候闹出乱子来，谁也担当不起。”

“我没有别的要求。”小米仿佛怕被别人听到一样小声地说道，“接了班以后，过一段时间，只要给我转正就行了。”

“那是肯定的。”老金胸有成竹地说，“一年。一年以后，都得转。不光是你，所有的接班人都要面临一个转正的问题。到时候，该上的就上去，该下的就下去。表现，考验，像烧红的铁在水里淬火一样，你要是一放进水里马上就裂成了两半，那还要你干啥？就算勉强要了你，几块零碎的成色不足的废铜烂铁又能干什么？”

山梁上的风吹拂着他们的衣服。西边的光线正在由红色向青灰色过渡，远远望去像一堆熄灭了的炭火。小米走在老金的后面，他看到老金有时几乎是在蒿草掩隐着的路上爬行。一块被烧得通红的铁来历不明地在小米的眼前飘来飘去，如同梦里的一种东西，小米有些吃惊地看着。他听到老金一边喘气一边说：

“说是那么说，实际可不是那样的。现在，从乡里、县里到省里，到处都是一些废铜烂铁在领导着我们。”

“真的吗？”小米说，“你的意思是不是说我们的头上堆满了垃圾？堆满了让人恶心的东西？”

蒿草在他们的眼前和四周散发出异常强劲的气息。

“让人麻烦的是，我们本身也是垃圾。”老金说。

“我也是？”小米吃惊地问道，“我也是你说的那种东西？”

“你凭啥就不是？这个世界上，每个人都是垃圾，尽管有些人自以为不是。”

小米跑了几步，赶上老金，对老金说：

“我爹死的前一天晚上，我梦见一口血红的棺材。”

老金抬起头看了他一眼，没说什么。小米说：

“我真的梦见了。棺材不是常见的那种棺材，看上去很像一只衣柜，先在水上漂着，后来，没有人抬它，它自己就穿过河边的那片小树林子来了。”

“连个梦也不会做。”老金说，“梦棺材是要发财的。”

“我还没说完呢。”小米说，“它从那片小树林子里飘出来，离开地面有五六尺，从一片发蓝的屋顶上经过以后，就直奔我们家来了。”小米说到这里，看了老金一眼，见老金也正在斜着眼看他。小米说：

“眼看就要撞开我们家的门了，可是，就在那时候，它忽然掉了头，擦着许大家的院墙，一直进了孙死人的院子里。”

“什么？进了谁的院子里？”

“孙死人。我看得清清楚楚，进去以后就再也不见了，一直到天亮以后也没有出来。”

“进了孙死人的院子里？”

他们慢慢地走着。过了一会儿，老金对小米说：

“这还比较符合实际。你看孙死人算不算一个富人？”

“当然算，当然富了。”小米说，“那还能不算富吗！”

“你这个梦还有点准头。”老金说。

“就是很准嘛。”小米不禁有些得意地晃了晃头。

“它真的没有撞你们家的门？”老金说。

“没有。”小米说，“要是撞了，我还能听不见吗？不过，我听见有人在叫我爹的名字：五块……十块……十五块……”

“你爹叫伍元。”

“五块不就是五元吗？”

“不要硬往那上面扯。我听着倒像是在数钱，数钱就是这么个数法，五块，十块，十五块，二十块……”

老金停下来，回头向远处张望，似乎在寻找那个不寻常的院落。小米告诉老金，那些天，孙死人家的院子里时常传来一些人莫名其妙的声音，有时候动静很大，有的时候又完全没有一丝声音。又过了几天，孙死人用砖把整个院子都铺出来了。

“都是这么大的青砖。”小米边说边向老金比画道，“上面还印着螺纹，图案像月饼一样好看，又像地图一样复杂，把整个院子都铺出来了。那么大的一个院子都铺出来，那得需要多少块砖？要不是得了意外的钱，他哪能那么做？”

一些埋头干活的工匠若有若无地浮现在小米的眼前，砖瓦的声音回响在附近一带。

“孙死人为啥叫孙死人？”小米问老金，“他难道没有别的名字吗？他明明不是一个死人呀。”

“他的真名我也忘了。”老金说，“不是叫孙保国，就是叫孙国宝，已经没有人叫了。人们叫他孙死人，是因为他不愿意惹是生非，哪怕是一点儿小事；还因为他不愿意暴露自己，很多时候都不出声，像个死人一样。”

“他咋了？”小米说。

“没咋。咬人的狗不叫，他就是不愿意让人多注意他。”老金说，“你记得刘自人这个人吧，成天汪汪汪地叫得很凶，但从来没有干成过任何一件事情。别人觉得奇怪，连他自己也常常感到纳闷。”

“也没有咬住过任何一个人？”小米认真地问道。

“孙死人就不一样了。”老金说，“看着不出声，下手却很重。”

“就说他的女人，就比别的女人要特殊，穿的衣服也比别的女人穿得好。”小米突然压低声音，神秘而又兴奋地说道，“别的女人来了月经，用的是很一般的乱七八糟的纸，你知道孙死人的女人用的是什么纸？”

“什么纸？”

“是能够用来写字作画的上好的白纸。”

“你连这也知道？”老金瞪着眼睛，异常吃惊地看着小米，“你是咋知道的？你听谁说的？”

“反正我知道，她用的是白纸。”小米说，“是那种可以写字作画的宣纸。她对人们说，城市里的名人有什么了不起？他们把它铺在桌子上小心翼翼地写字作画，我却用它来垫我的裤裆，一张宣纸，两个世界。”

“你小小年纪不学好，连女人的那种事都知道，你完了！”老金有些伤心地说，“你完了。”

“我咋完了？那又不是啥了不起的事情，那不过是一种正常的现象。”小米说，“没有那种东西的女人才可怕呢，才着急呢，那才可以说真的完了。”

“说实在的，她们的那种乱七八糟的东西，连我都不大清楚，你说起来却一套一套的，一清二楚，如数家珍，我真不知道你是咋回事，我咋向你爹交代？”老金说，“我没法向他交代。”

“你用不着向他交代。”

“不管咋说，你是完了。你爹要是还活着，他也未必会知道这些——他肯定不知道，他是一个老实不过的人。”

“又说我爹！我们就不能说点别的吗？”

“还说啥？我们都不如你，没有你知道得多。”

“你不是常说我的名字太小吗？‘小米不如大米，大米不如大豆’，我也不用叫大米或大豆，我干脆直接叫馒头或者烧鸡算了。”

有一种既像鸟又像野鸡的东西叫半池，全身灰褐色，时常在山梁上低飞，在灌木中发出口哨一样的叫声。

七

一到中午，小树林子里就织满了明亮的光线。马大有和她的六七个孩子正在家里吃饭。她粗略地数了一下，可能还有一两个孩子没有回来。猪在地上走来走去。每到他们吃饭的时候，它就会准时地闻讯而来，带着一种粗重模糊的哼哼声从外面走进来，这里嗅一嗅，那里拱一下。这是一只功劳很大的猪，自从开怀以后，已先后为马大有家繁殖过五代小猪了。现在它时常率领的一群乱七八糟的闹哄哄的小猪属于第六代，又一茬新生力量，像一群崭露头角的新人。其中有几只很自以为是的家伙，从来不把谁放在眼里，即使看见女主人迎面走来，也从来不懂得让路，仍然挤作一团，旁若无人地乱拱乱叫。这只先后生育过七十多只小猪的功臣从某些方面来说，已完全是一副德高望重的老祖母的形象了。家里的人，没有人会对它怎么样，马大有本人也是时常自觉不自觉地把它看成是一位劳苦功高的老太太而敬重有加。她从不骂它，生气的时候，也只骂那些什么也不懂的小猪，它们时常有让她头痛的时候。

一个孩子在弥漫的雾气中说：

“爹不知咋样了？”

“不管他。”马大有说，“死了最好。”

那时候，马大有的丈夫陈富贵正在院子西南角的另一间房子里为自己炒饭。这个四十多岁的男人已提前长出了两道令人惊奇的长寿眉，仿佛存心在与马大有的诅咒作对，而且这样的对抗是沉默而有力的，已然成为一种不容置疑的事实。面对如此苍劲而又飘忽的两道眉毛，马大有的诅咒就不免显得苍白无力，甚至充满了胡搅蛮缠的意味。昨天下午，他从外面回来后不小心打碎了家里的一只铁锅，原本是为了以勤劳去讨好马大有的，谁知不经意之间竟为自己酿成了一桩罪行。在马大有外出还没有回来的时候，陈富贵蹲在地上看着那只摔成两半的锅发呆。

“我要是不去碰它，它就不会摔成两半了。”他想。

“我为啥要去碰它呢？

“我要是不去碰它，那就好了，那就啥事也没有了。”

一直到天黑以后，很晚的时候，马大有才回来，她看上去既疲劳又精神抖擞。陈富贵将摔成两半的锅藏到一张桌子下面，但不久便被一个到处乱翻的孩子给拎了出来。孩子如同一个重大事件的发现者一样拎着半只锅来到马大有的面前。于是，马大有就开始顺理成章地生气，生气为她带来一道天然的屏障，为她掩盖了下午以来的一切。仿佛一种反客为主的置换，使她意外地甩掉了某种包袱，再也用不着为自己编织什么，只需轻松而又纯粹地对陈富贵发一通脾气就足够了。她一边责骂陈富贵，一边在心中暗自窃喜，但愿下一次她外出回来的时候，能够巧遇陈富贵再打碎一个什么，或者弄坏一个什么，那会让她感到更加轻松而毫无顾虑与不适，那又会让她再一次反客为主，取得主动与制胜。

“宁愿让他再打碎一个锅。”她想。她永远不想暴露自己，没有哪一个女人愿意暴露自己的隐秘，除非迫不得已。

铁锅碎成两半，大的一半有三分之二，小的一半有三分之一。马大有让陈富贵拎着那片三分之一的锅到院子西南角的那间房子里去，让他自己做饭。陈富贵生着火以后，一个人在烟雾中叹了一阵气，咳嗽了一阵，然后开始为自己弄饭。三分之一的锅不能够煮饭，只能用来炒饭。他一边为自己炒饭，一边想：

“无非是想让我吃不成饭。”

火苗从四周蹿出来，陈富贵急忙将手缩了回去。

“革命人经得起地陷天塌，无产者一生奋斗求解放。”他用一种十分难听而又走调的声音哼了两句，然后又对自己说，“有条件要吃，没有条件创造条件也要吃，何况我还有半口锅呢，不能说完全没有条件，啥也没有。比起那些既没有锅，又没有粮食的人，我的情况要好得多。我够幸福的了。”

在这间偏僻而又漏风的小房子里独自起居，对于陈富贵来说已不是一天两天、一年两年了。虽然他的那些孩子绝大多数基本上都是他的，但他与他们在一起吃饭的时候并不很多。最主要的原因是马大有从心里嫌弃他，鄙视他。一个在自己的女人面前抬不起头的男人，在其他人的面前也依然不能理直气壮地做人，陈富贵就是这样的人。

有时候，遇到一些年轻人时，陈富贵就由衷地对他们说：

“做人不要做我这样的人，做人要做那样的人。”

“哪样的人？”

他想说除他这样的人以外的，哪怕是一个游手好闲者，哪怕是一个恶棍！女人都是欺软怕硬的，男人越软弱，她们就越凶狠、越邪恶。现在，陈富贵非常羡慕住在他们家后面的老金。老金一生未婚，白天到河边去看看自己的几块菜地，晚上与母亲赌赌钱，过着神仙般的日子。虽然有时母子两人因争执而吵得很厉害，各自都迫使对方说出一些平日里很少说的很伤感情的话，但过去以后也就再没事了。母亲还是母亲，儿子还是儿子。还有住在老金上面的残废军人白玉，更是一个比老金还要自由的人。白玉每天活在自己的箫声里，百事不问，想吹箫的时候就坐在门前吹一会儿，不想吹就不吹，没有人给他脸色看，没有人给他罪受。

“年轻的时候还不如当兵去呢。”陈富贵远远地望着白玉的房子和院子，心里想道，“即使只剩下一条腿，一只胳膊，也要比现在强。”

一年中，无论什么季节里，他都始终如一地穿着一双尺码很大的塑胶雨鞋，上面还有许多用红色塑胶粘着的补丁，无论走到哪里，都要发出一种呼嗵呼嗵的响声，让所有看见他的人都觉得很烦，小孩子们则感到滑稽。他的一位叔叔为此曾不止一次教训过他。

“你他妈的咋老是这样？你就不能换一双别的鞋吗？”叔叔很生气地对他说，“她再厉害，也不能不让你穿鞋吧？”

“你也不要见我一次就说我一次。”他对叔叔说，“穿啥不一样？穿啥不是穿？”

“世上的人多了，谁像你一样！”叔叔又恨又气地说。

“我喜欢穿雨鞋。”

四十岁以后，他开始相信命了。一个男人娶了一个非常不贤良的女人，一定是前世做了太多的恶，尽管无法查明都做过什么，但依现在的遭遇与情形来看，十有八九是做过一些事情的。一个人做点儿好事并不难，难的是一辈子做好事；一个人做坏事也并不难，难的是始终不知道自已在做坏事，始终不认为自己在做坏事。

八

“这么说，你们到了那里，啥事也没有办成？”

“是哩，一件也没有办成。”

“他们是咋说的？”

“他们说我还太小，让我再等几年。”

“那是啥意思？”

“就是再过几年的意思。”

“老金和你一起去的吗？他有没有对他们说什么？”

“哪能轮上他说话。我连累了他，他们批评了老金，对他说：‘他是一个孩子，不懂事，难道你也不懂事吗？’

“老金说：‘我不懂事？我活了六十多岁了不懂事？你们才不懂事呢！这孩子大老远地跑来了，你们就这样对他？咱们中间，不知到底是谁不懂事？’

“‘请放心，我们对他是有安排的，我们对每一位烈士的子女都是有安排的。’

“‘那就说说你们的安排吧。你们是怎么安排的？’

“‘总之是要他好，不会亏待他的。’

“老金很难过。回来的路上，他很少说话。他对我说：‘既然他们坚持说他们对你有安排，那就再等几年吧。’”

“我看也是，你就再等几年吧。”

“我们白跑了一趟。”

“到我这边来坐吧。”

“我不过去，我怕你们家的猫。”

“它已经被拴起来了。”

“我听说它非常厉害。”

“它非常懂事。”

“你们每天晚上还打它吗？”

“这两天没有，它身上的伤还没有好呢。”

“我不知道它为啥要那样。它是一只猫，处处却像一个人一样，奇怪死了。我觉得奇怪死了。”

“你过来。”

“有啥事吗？”

“我来月经期间，使用宣纸，你是咋知道的？”

“我不知道。”

“你是咋知道的？”

“我也是听人们说的。我并没有看见。”

“你想看吗？”

“看啥？”

“你想看我的宣纸吗？”

“我连宣纸是啥样子都没有见过。”

“我能让你见一见。”

外面下起了小雨。雨点落在一些听起来十分空洞的东西上，传来阵阵很闷的回声。

几天以后又是一个黄昏时分，从附近的山上下来的牛车叮叮当当地走进了被夕照笼罩的村庄里。赶驴的人仿佛刚刚办完了什么事情，一边探手在身上的口袋里掏着，一边仰望着斜阳中有些发红的天。

村里的众多的山墙如同镀了金，灰黄两种颜色的鸟正在比山墙和屋顶略高一些的地方飞翔。

在虚掩的门里，一道斜窄的树枝一样的光线映照在地上。

“我看见它了。它看上去很凶，一副凶相。”

“它快要睡着了。”

“它对每一个从外面进来的人都这样凶吗？”

“每天的这个时候，它都要睡一会儿。”

“它能睡多久？”

“至少一个时辰，有时还要长。要是刚刚被打完不久，它会做噩梦，睡着睡着突然发抖一下，或者叫喊一声。”

“它本身就像是一个噩梦。我一看见它，就觉得快要醒不过来了。”

“你看，它现在睡着了。”

“它真的睡着了吗？”

“它已经开始打呼噜了。你听见了吗？”

“我好像听见一些。”

“人们都以为我养了一只猫，谁也不知道我养了两只。”

“你还有一只猫？”

“那当然。你不算是一只吗？”

“我？”

“一只是它，另一只就是你。”

“我也是你的一只猫？”

“不要说那么多了。柳树已经开始泛绿了，桃花也开了。”

九

马大有站在老金的门前，对老金说：

“你知道你妈的钱都放在哪里？”

“不知道。”老金说。

“我知道。”马大有有些眉飞色舞地说道。

“知道你就去拿吧。”老金说，“我保证不告发你。你放心地去拿吧，没有人会知道。”

“不敢哟。”马大有长吁短叹地说道，“不是我的，我咋能随便去拿？你去拿还差不多。”

“我也不敢啊，那不是要她的命吗？”老金说，“那些钱是她最后的支柱，它们在一天，她才会一天接一天地活下去。什么时候一旦突然发现啥都没有了，她会马上死去。”

“马上死去？”

“我敢肯定，一定会是这样的。她曾不止一次地亲口对我说：‘不论啥时候，一旦发现没钱了，我马上就去死，一刻也不多耽搁。’”

“她真是这样说的吗？我看，她也许是在警告你，敲打你，让你不要动她的钱，不要打小算盘，心存不良。”

“你怎么知道我要动她的钱？你都说了些啥！我自己也有。”

老金坐在门前的石头台阶上，脚上打着绷带，放在一个小凳子上。因为说话的声音太高，因为情绪过于激动而给他带来一阵钻心的疼痛。他充满怨恨地看了那女人一眼，又急忙去查看纱布上是否有血洇出来。不久前的一个晚上，他的脚踝被一只猫咬伤了。当他鲜血淋漓地回到家里后，感到身上极度虚弱和疲倦，仿佛全身的血都已经在他回家的路上一滴一滴地流尽了。意外到来的脚伤将他从此羁绊在家里，哪里也不能去。

“唉，他妈的这脚。”检查了一遍，发现纱布上的血迹还是昨天的模样，没有看到洇出来的新血，但疼痛依然存在，依然让他感到难受而心烦意乱。他努力想让自己在疼痛中平静下来。

“真是奇怪。”马大有说，“那么多人，怎么偏偏咬你？”

“我哪知道？”老金生气地看着马大有，“有啥奇怪的？难道是我想让它咬我吗？”

“哎，我真是想不通。”马大有说。

“想不通就别想。”老金用一只手轻轻地摸着那只受伤的脚说，“咬就咬了，是我运气不好。有啥可奇怪的！”

“到底是咋咬的？”

“我正在一个人走路，走着走着，突然觉得后面热乎乎地一下。”

“热乎乎地一下？”

“对，不错，就是这么回事。”

“哎，我还是想不通。那么多的脚走来走去，都没有事，就你热乎乎地一下……难道你的脚和别人的不一样吗？”

“行啦！我疼得要命，不要再烦我了。”

“这一下，你快成白玉了。”马大有笑嘻嘻地说。

“我咋能跟人家白玉比？人家是光荣负伤，我是啥？黑夜出去被一只恶猫咬了一口。都说不出口去哟。”

他惦记着散布在河边的那些菜地。有几天没有迈出过大门了，他的心里想得发慌。他仿佛看见他的菜地里长满了草，都是一人高的草；牛和猪陆陆续续地都去了，地里满是乱七八糟的脚印，被践踏得已不成样子；黄瓜架东倒西歪，尚未成熟的葫芦和南瓜被剖成几瓣；绿色的菜叶顺着河水向远处漂去……眼前浮现出的幻象使他情不自禁地心痛似的呻吟了一声。

“你能帮我去看看那些菜地吗？”他看着马大有说。

“当然能，没问题。”马大有爽快地应承道。

过了一会儿，他又对她说：

“你要是想吃黄瓜，就顺手摘两根去吧。”

“拿两根回去？”

“拿吧，那又不值钱。”

“我不想这么做。不要说这种小气的话。你放心好了，安心养伤，我连你的一片菜叶也不会动。”

“我没说不让你动。”

“你让动我也不动，我懒得动。我知道你在想啥。”

她一阵风似的走了。

“我真是不会说话哟，活了六十多年，还是没有学会这个。”望着她远去的背影，老金忽然感到脚又疼了起来。那渐渐远去的脚步声仿佛是他本人在行走，正在向季节的深处疾走如飞。疼痛自下而上地传来，一直来到他的脸上，很快又漫过了他的眼睛与眉宇。

看着那只肿痛的给他带来一连串麻烦的脚，他不禁伸出一只手在自己的腿上拍了一下，狠狠地说道：

“他妈的，我叫你再疼！”

晚上，正是河东一带炊烟缭绕的时候，马大有又来了。

她说，她去地里看过了，一切都挺好。黄瓜和芸豆可以摘了，再不摘就都老了。地里没有什么野草，也没有看见猪和牛的影子。她在那里坐了一阵，看见他的甜菜一排一排地长得很绿很旺盛。

“你没有帮我把它们摘下来吗？”老金说。

“还是你自己去吧。”她说。

“我这个样子，你看我哪能去？我连门都出不了。”

“明天再说吧。一黑夜的工夫，想它们也老不到哪里去。放开手让它们老，它们也来不及老。”

“那倒是。”

“老金，每年都这么种来种去，人活着到底为了啥，就为了一口吃的？”

“那你还能为啥？”

“真要是那样，人活着其实也真是寡淡。”

疼痛使他变得像一个充满疑虑的人，他茫然而又几乎是痛苦地看着她。

“那你说是为了啥？”

“无非是一些乱七八糟的事。”

“乱七八糟的事？”

傍晚时分的青烟不断地从门前、从他们的头顶上飘过。

十

有人携带着农具和从身上脱下来的衣服从外面走过，在曛灰而渐深的暮色里，他们边走边说着话。

“今年的糜子已经完了，莜麦也没指望了。”一个声音在说。

“还有胡麻和玉米呢。”另一个声音说。似在安慰，又像在提醒。

“我先把丑话说在前头，要是胡麻和玉米也完了，那笔钱我就不能再按时还你了，只好等下一年了。”

“我去看过了，胡麻是不会完的，玉米也没问题。”

“我是说‘要是’。我辛辛苦苦地忙了这么久,不知道自己在干啥。不知道。”

“都好着呢。再说还有土豆、扁豆和谷子呢。”

“我从没敢指望过扁豆，它们总是打得那么少，比金子还难弄哩。”

“不管咋说，玉米是跑不了啦，想不丰收也不行了，对不对？我们总算逮住一个。”

“有一件事，我憋了很久了，一直想说，又怕你不愿意。我不知道你是不是愿意？”

“啥事？啥样的事让你这么难受？”

“今年的屠宰税又来了，你能不能先替我抵挡一下？就一下，就抵挡一下。”

“……到时候再说吧。”

“我他妈的实在是不明白，我既不养猪，也没有杀过猪，为啥每年都要交一笔屠宰税？每年的这个时候我都跑不了，为啥？我想了很久，一直弄不明白。”

“我也不明白。”

“你是了解我的，这些年来，我屠宰过啥？我连一只猫都没有杀过，更不用说屠宰别的大一点的东西了。”

“我知道。我能够证明。”

“所以说，我的钱都是这样窝窝囊囊地花掉的。在我的印象里，我从来没有正儿八经地花过一分钱，没有听见过一声响。没有，我一次也想不起来。”

“老弟，钱与钱是不一样的，并不是所有的钱都能想发出响声就发出响声，并不是每一分钱都能花出响声的。”

他们说着话，渐渐地走远了。

“我不信。”老金对马大有说。

“我说的是真的。”她说。

“你刚从地里回来。”

“天黑了，人们就回家；天亮了，就又去地里。一年，几十年，都是这样。”

“不去地里，也不回家，那你要咋？”

“是我在问你。”

“你今晚看上去有些特别，这到底是咋回事？”

“噢，哪里特别？”

“富贵家的，你有些不对劲。”

“你总算明白了一点点。老金，我问你，你从来没想过要找一个女人吗？”

“没有。找那干啥。”

“你知道女人是怎么回事吗？”

“女人就是女人。比如你，还有聂小翠、孟小玲什么的，还有我妈她老人家，这些都是女人，这些都是时常能看见的女人，另外还有很多没看见过的女人。”

“老金——”她看着他。

“啥？”

“你难道真的不想？”

“不想就是不想，还难道什么！”

“要是我愿意，你也不想吗？”

他歪着头认真地看了她一会儿。

“你？”他说。他咬了一下牙，忽然感到更深的疼痛从脚底传来。

“傻瓜！不开窍的死人……”她愤怒地看了他一眼，很快就从院子里消失了。

那时候天已经完全黑了，星星在远处闪烁。风中传来玉米和高粱的簌簌声。他凝神听了一会儿，确信她已真的离去了，这才对自己说道：

“哼！说什么送上门的！还不是看我手里有几个钱？”

十一

母亲对老金说，你是一个胆小鬼，守财奴。

老金回过头看着母亲，她的话让他暂时忘记了自己的疼痛，很快陷入一种突如其来的麻木与不解之中。他不明白她在说什么。他坐在那里，等待着她下面的话。但母亲似乎已把要说的话都说完了，她只是在注视着他，目光从白发之间透出来，停落在他的脸上。又等了一会儿，母亲仍然没有开口。于是，他决定不再等了。他不得不向她问道：

“我又做错了啥？该付给你的，我好像都已经付了。”

“你错了，我指的不是这个。”母亲说。

“那是啥？”

“你们刚才说的话我都听见了。”

“你听见啥了？”

“我听见你很不像个男人。”

“我咋了？”

“好多事情你都不懂。并不是每一个女人都能直截了当地向男人说出那种话的，也就是她那样大大咧咧、马马虎虎的人才说得出来，可惜却遇到你这样的一个人。”

“你是说，我应该听她的，答应她？”

“为啥不？”

“问题是我不认为那是一种很好的事情。”

“你做都没有做过，怎么能知道好不好？”

听到她这样说，他立即觉得自己再也坐不住了。于是，他忍着疼痛站起来，一种无奈而又似笑非笑的表情出现在他的脸上。“真他妈的！”他想，“竟然有这样的母亲！硬是要设法帮着自己的儿子作孽、胡闹、干坏事。”他没有办法让自己很快地从她的眼前消失。人生在世，有些事情不一定非得亲自去做。他没有将自己的一些想法告诉她，他感到一直缺少必要的机会和环境以及气氛。疼痛与苦闷仿佛来自大地本身，以至于他走到哪里它们就跟到哪里。他转过身，用一种陌生而又十分不安的目光打量着母亲，他无法知道她还听到过一些什么。以前，甚至直至今天，他一直以为她的耳朵已经很聋了，不再起什么作用了。现在看来满不是那么回事，甚至正好相反！她的很多方面还好得很，好得让人害怕；很多方面看来要优胜于他这个六十多岁的人一筹甚至几筹。“真是不得了呀！”他想。真让人不敢相信呀！这么多年，他一直以为她早已经完了，一直以为她不过是家里的一个能够呼吸的摆设……

他偷眼看了她一下，然后，几乎是以逃跑的速度回到了自己的屋里。

绿色的豌豆苗在微风中柔软地起舞。地里的胡麻和苍耳纠缠在一起，变得难解难分。强壮的苍耳使柔弱的胡麻依附到它的上面，不断地沿着它的枝干向上攀缘，几乎成为它的一些附属的枝叶。这样，人们不得不费时而又小心翼翼地将它们尽量分开，以保证胡麻的正常生长。可恶的苍耳！像玫瑰或荆棘一样的苍耳，让人们吃尽了苦头，很多人的手都被扎破了。黄蜂和牛蜂在人们的脸前与头顶上面飞来飞去，阻挠着人们的分离。河边的玉米地里灌满了明晃晃的水，抽水机如同等待上路的拖拉机一样突突突地响着。

一位穿着一件紫红色毛线衣的干部正在黄绿的田野上追赶着一个身体异常灵活敏捷的人。他们从塝垄中跑出来，在一些稀疏的树木之间和土坎上下迂回、穿插。穿紫红色毛衣的干部显然不善于奔跑，他不时地停下来喘息，大声地怒骂，并向那个身材灵敏的人指出诸多严重的后果和可能。那个身手敏捷的人纵身跃到一道垄上后，一边飞快地向这边的一些房屋前奔跑，一边回头说道：

“你个狗日的！你无非是想抓住我，让那些愣头青民兵把我打一顿。你永远也别想抓住我，我不可能让你抓住。”

“我是抓不住你。不过，你看着办吧。”穿紫红色毛衣的干部站在那里，喘着粗气说道，“想跑你他妈的就跑吧，我不怕你跑。跑得了和尚跑不了庙。”

那个人突然停住了。

“你知道你这样跑下去会给自己带来什么麻烦吗？你要倒霉的！你总有倒霉的那一天。”

“倒就倒吧，不就是倒个霉吗，别拿这个来吓唬我，谁没有倒过霉？我现在不正在倒霉吗！”

“好家伙，一点儿也不怕我。”

穿紫红色毛衣的干部在继续加码，努力把话说得越来越严重，尽量让事情的后果听上去凶险而残酷，不堪设想。什么天网恢恢，疏而不漏，什么秋后的蚂蚱，热锅上的蚂蚁，蹦跶不了几天了，什么死路一条啦，都经他的口说过了。但那个人仿佛没有被他的这些话吓倒，犹豫了一下后，终于还是跑掉了。

一开始的时候，老金看见那个人向他们的房子这边跑来，他不由得被吓了一跳。他在窗户前目睹了他们相互追逐的全部过程，他们的样子使他忍不住发笑。要不是笑声给他带来一阵钻心的疼痛，他也许会一直笑个不停。这以后，他及时地止住了自己的声音，将脸上的笑容收敛起来。他既不愿意看到那个人被干部抓住，又不愿意在他跑进来的时候帮他在此隐匿，从而得罪穿紫红色毛衣的干部。他觉得自己完全没有必要得罪他。让他感到松懈和万幸的是，那个像一只狐狸一样的人并没有跑进他的院子里来，他在附近一带的参差错落的房舍之间转了一阵之后便倏忽消失了。好人哪！老金想，眼看自己已经被逼到绝路上了，硬是不愿意连累别人，不给别人增加麻烦。这是一种什么样的精神？

现在，老金看到那个穿紫红色毛衣的干部正在外面的一块石头上坐着，一边喘着粗气，一边自言自语：

“操他妈的，还是没有把他吓住！这年头的人真是越来越难闹了。”

过了一会儿，穿紫红色毛衣的干部走了。

两个十一二岁的孩子悄悄地走进老金的院子里。他们来到窗户前，其中的一个对老金说：

“老金，我有一块钱，咱们赌一下子好吗？”

“去他妈的！”老金说，“拿着一块钱也想来碰运气，这和诈骗有什么两样。”

“金蛋，我们有的是钱。”另一个孩子说。

“你们听着，”老金对他们说，“谁要是再叫我金蛋，我就对谁不客气了！不管你们是谁的孩子，不管你们有多少钱。”

“不客气又能咋的？”两个孩子嘴里叫着他的名字，叽叽喳喳地出了大门，跑远了。

夜里，老金听见有人对他说：

“金蛋，你是一个可怜的人。”

是母亲的声音。他确信那是母亲的声音。在白发的遮掩下，她用怜悯而难过的眼神看着他。

“我不可怜。”他说。

一声叹息从他的脸前飘过，仿佛二月里的阳光和风。

他又听见了从房后传来的箫声。褐色的麻雀成群成团地飞来，有的落在远处，有的在距离他很近的地方跳着行走。他伸出手去，他小心翼翼地伸出手去抓住一只。他觉得自己已经捉住了，因为一种热乎乎的感觉来到了手里。然而，当他慢慢地展开手以后，发现里面什么也没有，只有满手令人厌恶的褶皱，一如既往地铺陈在他的眼前，不久前的那种温热的感觉消失得比阳光还要迅速。

于是，他开始疑心自己是在做梦。

十二

有一天早晨，他还没有睁开眼睛的时候，就听见母亲用一种急切而慌乱的声音说：

“快跑——”

接下来，他没有听到任何声音，尽管他竖起警觉而惊奇的耳朵，努力去听。他在寂静中飞快地起来。院子里有一层很薄的霜，因而看上去比他想象的要更加寂静，甚至有一种荒无人烟的色彩。他推开母亲的房门走进去，看见她已经起来了，正一个人坐在那里。

“这么早就起来了？”他有些皮笑肉不笑地问道。

“我睡不着了。”母亲说。

“起来也没有事，为啥不多睡一会儿呢？”他说。

“我不想睡了。”母亲说。

“是啊，心里装着事情，哪能睡得着呢。”他慢慢地走近她，看到她的头发梳得很光滑，不像以往那样蓬乱。

“啥事？”母亲说。

“你把什么放跑了？”他认真地盯着她的眼睛，一张脸严肃得几近于愤怒。

母亲看着他。

“我问你，你把什么放跑了？”他说。

他的声音在不知不觉中变得很高，像是在尖叫。

母亲看着他。她的头发软得已完全失去了聚集的能力，很难再扎紧了，已经有一些垂到了她的脸前。

“刚才，我在睡觉的时候，忽然听见你说：‘快跑——’”他说，“那是什么意思？”

“我想知道那是怎么回事。”他说。

他异常烦躁地在屋里走来走去，看上去显得既热又渴。走了一会儿后，他忽然又停住了。他大声地说道：

“我就知道你是不会认账的！这种事情你怎么会承认呢？”

母亲突然也大声地说道：

“啥事？到底是啥事情？”

他吃惊地望着她。过了一会儿，他走到门口，回过头说：

“先别叫喊，等我找到证据再说。”

说完后，他转身从屋里消失了。母亲在后面叫他，但他似乎完全没有听见，很快地就走远了。

路两边的玉米和高粱都已经成熟了，红黄两种颜色的叶子在风中不住地摇晃着，发出沙沙的响声。

正是午后，他用一辆小车推着母亲往前走。走了一会儿，两边的玉米和高粱渐渐地越来越稀疏了。

又走了一会儿，他看到了远处的那些黄泥的房屋，它们像一些梦境一样呈现在他的眼前。

母亲坐在车上，不住地问他：

“儿呀，我们这是要到哪里去？”

“到一个新地方去，到一个好地方去。”他说。

“我们在河东住得好好的，为啥要搬走呢？”

“是的，我们该换一个地方了，河东我们住腻了，是不是？还有更好的地方在等着我们呢。”

“我不想离开河东。”

“河东有啥好的呢？那是一个鬼地方。”

“我喜欢坐在窗前看人们在地里收割、说话，有的在吵架，有的在捉蚂蚱、扑蝴蝶。”

“到处都有人在收割、说话，到处都有人在吵架、捉蚂蚱、扑蝴蝶，这样的情景哪里都有。”

“到处都有马大有和香孩儿吗？”

“不光是马大有和香孩儿，还有住在我们后面的白玉。白玉的箫吹得再好，我们也不听他的了。”

“我不知道我们为啥要离开？”

“为了让你去享福。”

这样说着，他忽然兴奋起来，推着小车小跑了一阵。耳边能听到车轮的辚辚声。他对母亲说：

“妈，说句公道话，你看我像不像水泊梁山的李逵？”

“像。”

“到底像不像？”

“像，就是年纪比李逵大些。”

“那又有什么关系呢！都是让自己的母亲去享福,意思是一样的。对不对？”

“儿呀，我记得李逵的母亲好像是让老虎吃掉了，你也想让我被老虎吃掉吗？”

“瞧你说的，现在哪有老虎？现在到处都是人。现在花钱才能看上一眼老虎呢。不花钱什么也看不上，只能看看这些玉米和高粱，看看远处的那些黄泥的房子。”

他的眼前浮现出一些鲜红的血。是那只猫的血。早晨过后不久，在离家不远的一棵树下，他悄悄地杀死了一只很大的猫。他永远忘不了那只猫在看着他时的那种样子，狰狞，阴险，充满了仇恨，让他一想起来就不寒而栗，头皮发紧。他杀死了它，还剥掉了它的皮。

记忆中的猫血，像一个孩子的血。

晚上，他们刚吃过饭，就听见门响，听见有一个人从外面走了进来。当看到走进来的女人是马大有时，他吃惊得差一点儿尖叫起来。他的视线随着她的两条腿在移动，飘忽。

不久，隔壁的院子里传来一阵打骂声。一个人挥舞着一根扁担，正在追打几只不肯回窝的鸡。那个人的声音在暮色中越过墙头传到他的跟前，他听出是香孩儿的声音。

很快，又听见一阵箫声像水一样从屋后的高处细细地流了下来。

“……柳树都已经泛绿了，桃花也开了。”

有人在轻轻地说话，声音像是从松软的土里传出来的。他注视了一会儿那些松软微湿的土，突然从地上站起来，以一种异常猛烈的方式跑进母亲的房里。

夜晚的顺序

夜色笼罩了这个年久的院落以后，屋檐下传来了晚归燕子叽叽啾啾的声音。她从一只油漆剥落的红木抽屉里取出一只手电筒，临出门时，对我说，你先坐着，我去看看它们都回来了没有。这以后，没有灯光的堂屋里便响起了她的脚步声，垂挂在门上的一幅花布门帘在她走后还一直轻轻拂动着。

屋里的格局使我备感亲切。

透过窗户，我看见她在院子里的一个土堆上踮起两只脚，她的镶有白边的黑色布鞋此时只剩下了那几道白边，其余的都看不清，漆黑一团，一道黄色的手电的圆光从她的手中传出，一直射向了屋檐下的一个泥草筑成的燕窝。夜风吹动她的头发和衣衫，拂动着的叠影占据了我的视线。仰望夜晚呢喃温馨的燕窝和黑色剪影似的屋檐，我看见她的口中正独自喃喃地说着一些什么。隔着窗户，从屋里到院中，一段不太长的距离和一道薄脆的玻璃使我无法听清她的言语。

回到屋里后，她将手电筒立到了我的旁边。显现在她脸上的一种如释重负的神情使她忘记了那束橙黄的圆形光芒。我按灭了还一直亮着的手电光，将手电筒拿在手里，它使我想起了从前的那些夜间巡逻和护秋看场的遥远的日子。就是这只斑痕累累的手电筒，它曾与我形影相伴，一起度过了昔日的无数个燥热而平静的、漆黑而寒冷的山区之夜。它曾照见过山区里数不清的阴谋诡计和大大小小的秘密的真相，它的圆柱形的光芒曾使一些脸汗颜而恼羞成怒，使另一些脸躲闪不及而无地自容。它曾使一些负重的身体在风声鹤唳的玉米地里仓皇逃遁，使另一些身体僵硬无比地悬吊于一些苍老的枯树上。它照亮过深巷中窗纸纷乱的土皮窑洞，也照亮过黑影幢幢的乡村打谷场。暗夜里女人和孩子的哭声曾使它的光芒变得忽明忽暗，斑驳而迷离。

都回来了。她说。

你是说那些燕子？我问道。

她说，你别小看它们，可淘气了，就像几个孩子一样，我不操心就不行。

她开始舀水、淘米、洗菜、剥葱，她的从未生育过孩子的身影穿插在这一系列的动作之中。她放下手中的菜刀，拎起了坛子，她的熟练操作的过程展示在我的视线里，使我产生了一种强烈的寄托和依赖，我感到从前的那种遥远而温馨的睡意正在明晰可触地向我袭来，由此而来的情绪变得越来越浓。

你的孩子几岁了？

她从几片蔬菜叶子间抬起头问我。

七岁。我说。

还吃奶不？她又问。

我说，这会儿还吃奶？都上小学一年级了，没听说七岁的孩子还吃奶。

她没有说话，盆里的水被她的两只手搅得稀里哗啦的。她的头发的样式与从前相比有一点儿变化，但也不是很大，看到那种熟悉的式样，便不由使人回想起过去的时光和记忆，以及诸多的特征。许多的人都能回忆起从前的那种令人忧伤而感叹的东西，许多的事物都像软硬不定的物质一样。

她将几片黄绿的菜叶从水盆里捞出来后托在手掌上，不声不响地望着我。

她是我的嫂子。

我望着眼前的这个红颜即将消逝的女人，这个事实像某种无意间回想起来的往事一样，在这一瞬间突然侵入了我的记忆之中。菜叶与零零星星的水珠穿过她的手指滴答滴答地重新落回到水盆里。

你们公家的人说起话来总是那么有理，你忘了你吃奶吃到几岁了？她说。

没忘。我说。

几岁来着？

九岁。

我想起了我那早已作古风化为黄土的母亲，她从前艰辛而忙碌的身影常使我彻夜难眠。我下面的弟弟在出生三个月之后便夭亡，从此我吃母亲的奶一直吃到九岁——我上小学二年级的时候。那时候嫂子刚被娶过门不久。她日常里对我的羞臊和母亲随之而来的一场大病使我彻底告别了吃奶的岁月。

对于往事的回忆常使我感到负债累累，难以自拔。现在，夜风将一阵牛的叫声从某一个牛栏里远远地送来，深巷对面灰色屋顶上的晚炊早已随风飘去，屋顶上和墙头下丛生的茅草中传来了蛐蛐的尖叫声。

想孩子了？

她问我。我的那种状态和情形引起了她的注意。她从来就是一个细心的女人。

没有。我说。

那就吃饭吧。她说。

她从另一间堆放杂物的房子里拎回了一张落满尘土和蛛网的小方桌，摆在了铺有绿色漆布的炕上。她边用抹布擦着桌子边对我说，看看，木头快变成土了，我平时一个人吃饭从来想不起用它。

我无言地朝她笑笑。我的手抚摸着这张十几年前的小方桌，桌面上纵横奔放的木头花纹使我的记忆陷入一种混乱和无序之中。曾经有无数个清贫而无忧的白日和夜晚，我们一群孩子就在这张小小的方桌上下棋、“拉毛驴”、“捉皇帝”。吃饭的时候，我就看见哥哥和嫂子围着它相视而坐，举案齐眉。时光就在那样的氛围和格局里一点一点地消逝了，一寸一寸地悄悄地远去了。

她将饭菜和碗筷在桌子上摆好以后，又一次转身走进了那间堆放杂物的房子里。不一会儿，她拎着一瓶酒过来了。

喝酒不？她问我。

不喝。我说。

喝一点儿吧，多少年都不回来一次，嫂子陪你，咱们三个人一起喝。她说。

我问她，还有谁？

你哥嘛，还能有谁。她说。

我此刻才看见摆在桌子另一端的那只白瓷的空酒杯，它像一朵雪白的牵牛花一样使我的目光变得疼痛而生涩，它的苍白的颜色使人想起了生命中常见的某种状态和意义。

先给他满上。

她说着，慢慢地将瓶子里的酒丝丝缕缕地注入那只雪白的空酒杯里。酒从杯子的边沿溢到桌子上的时候，她轻轻地呀了一声。接下来，她为我和她自己每人满了一杯。

他可不行。

我望着那只白酒杯说道。

让他一个人慢慢呷着。她说。

他从来不喝酒。我说。

我想起了小时候，有一次哥哥去参加别人的婚宴，他只喝了一杯酒，之后便东倒西歪地被两个人扶了回来，他在家里连续昏睡了两天，家里的人都以为他病了。

你还记得他的样子吗？别人都说他的性格像一张牛皮。她小声地说道。

哥哥生前是一位木匠，偷偷摸摸砍凿和制作木器的经历几乎使他变成了一个形迹可疑的人。这只小方桌就是他在十几年前的一个夜深人静的午夜时分偷偷摸摸地制造出来的。不太光滑的桌面和慌乱中错位了的桌腿曾一度使他万念俱灰，时常在半夜三更之时被一些带有触角和尾巴的噩梦所惊醒。他常在弹拨墨线的时候会突然间被突如其来的风吹倒在地，像一件衣服一样久久没有任何动静。他的眩晕和中风的毛病几乎人所尽知。平日里他总是远离着那些木头及其有关的制作工具。他远远地望着那些东西，就像若无其事地望见了一堆土，一朵云，一摊水。对于草木或门窗的单一的欣赏，使他逐渐淡忘了那些铮然有声、闪闪发亮的劳动工具和疏朗紧密的劳动过程。

当我微醺后一次又一次地将潮湿的脸深伏在那张小方桌上时，我仿佛听到了昔日里他的叮叮当当的砍伐声，他的脸在粗糙而密集的木纹里变得虚浮而扁平，咸涩的汗水使他的斧子不断地生锈，锯条戛然断裂。平地乍起的风吹动了沉默的木头，木头沉闷地滚动起来，压断了他的双腿和目光。

我的脸从桌面上粗疏的木纹中抬起来。深长而辛辣的酒力使很久以前的那种红晕和光彩重新出现在她的脸上。窗外的树影被风吹响，渐渐地向窗前纷纷扬扬地逼来。

她对我说，你要好好地疼你的孩子，不要骂他，不要打他，他是你们家唯一的香火和骨血。我对不住他，没有给他给你们家留下一根苗子，一炷香火。

我望着她几十年来依然单薄依然苗条的身影，她天生不育。从她嫁过来的那些年开始，我们周围的男人和女人都没少在背地里议论过她，还有人给她起了外号。一开始她不知道那种称号的性质和意义，后来便明白是专指那些先天不育的女人或男人。一开始她无法接受那渐渐向她逼来的一切，经常生气，失眠，有时还与那些咒她的人持久地论战。随着时光的流逝，到后来她一切都默认了，也不怎么在乎了，有时还甚至觉得那是自己的另外一个名字，是众人所赋予的。有很长一段时期，她不再怨恨那些曾对她说三道四的街坊邻里，她生是这里的人，死是这里的鬼，别人非要送给你一个名号，那就让他们送好了，她知道人的一辈子要接受许多突如其来的意料之中和意料之外的符号和形形色色的角色。不过，也仅仅就是几年以后，就再没有人说什么了，一切都平静安稳了下来。

花布的门帘在深长的酒气中微微地鼓荡着，它拂动的状态和情形使你怀疑在那帘子的后面一直站着一个人，有一双谛听的耳朵已在不知不觉中竖立了许久，一只秘密窥视的眼睛里贮满了黑夜的颜色。

我注视着屋里的那些里面盛放着粮食和水的粗圆的瓷瓮，以及那些大大小小的被安放在各自位置上的坛子和罐子，它们的姿态各异的形体和色调在这空寂漆黑的夜晚里迸发出诸多幽暗的光晕，我闻到了从这些瓷质器皿上散发出来的清水的气味和红色陶土的腥味。窗外栽种着三五簇黄、白、紫、粉的菊花，一有风吹来，屋里便飘满了花香。

我实在不能再喝了。我说。

你们兄弟都一样。她说，不喝酒的人也好，免得惹是生非。

她给我盛了饭。之后，端来一碟她自己腌的咸豆角。由于时间和盐水的作用，当初碧绿的豆角已呈青色，像一种草药。

我想起了小的时候，我们学校里有一个不爱学习的男孩子，时常在衣兜里揣着几个沾满了尘土和杂质的青褐色的咸豆角。他上课时悄悄地嚼着，下课后也吃。无论是男生还是女生，谁要是帮他完成他的作业，他便用一只乌黑的手从衣兜里掏出一个咸豆角给那个人，算是一种报答或交换。那时候，我们很多的人都渴望得到那样的一个咸豆角。望着他在课堂上咀嚼豆角的情形，我们的口中似乎都充满了那种咸涩的陈年的盐水。

贵生现在怎么样？我问她。贵生就是昔日的那个时常拥有咸豆角的孩子。

死了。她说。

她告诉我说，贵生是被他的叔伯兄弟用铁锹劈死的，鲜血溅到了门楼上，致使那门楼的附近几日内苍蝇云集，腥气不散。每到夜里还有一种怪声怪气的响声，村里的人们都不敢从那门楼前面经过。贵生和他的叔伯兄弟两家因为院墙和房基的事闹了起来，叔伯兄弟用雷管摧毁了贵生新筑的雕梁画栋的门楼，贵生因此将叔伯兄弟房上的瓦揭起，露出了斑斑驳驳的泥土的屋脊。之后，叔伯兄弟又用事先埋设好的捕鼠夹子弄死了贵生的一头三百斤重的猪，并将猪血和猪粪均匀地泼洒到贵生的门窗上和院子里。其时，贵生正在吃饭，突如其来的猪血和猪粪在他的头顶和身边四处散开，使他久久没有回过神来。贵生望着饭碗里漂起的血红的油汁，他怀疑自己是在做梦。院子里灿烂而低垂的现象使他想到了那些昏暗的毫无生气的菊花和喇叭花残败萎缩时的种种情形。接下来是一个闷热而安静得有些异常的午后，坐在树下，能清晰地望见水波似的热空气在村庄里和远处的山岭之间轻轻流动。贵生在这个闷热而宁静的午后轻而易举地夷平了叔伯兄弟的两亩菜地。村庄里安静的气氛给了他某种启示，他在干活儿时几乎一点儿声音也没有发出来，一切的动作和过程都悄无声息，令人有些昏昏欲睡。在面粉一样的阳光里，满地的绿菜在不久之后便都像一堆等待烘烤的烟叶一样变得疲软枯瘪，奄奄一息地贴在了地皮上。

接下来便到了晚上，四野如铅，雨前的天空和大地阴暗而潮湿。晚些的时候，夜幕笼罩了村庄，沉闷的空气使远近的一些狗发出了种种蹊跷而焦躁不安的叫声。当贵生走近自己破损的门楼下时，一阵风袭击了他的目光，早在黑暗中埋伏多时的叔伯兄弟站在了他的对面，夜色使原本就视力偏弱的贵生无法看清叔伯兄弟的四肢和脸上的表情。

你手上拿的是什么？贵生说。

武器。

贵生在黑暗中笑了一下，他感到叔伯兄弟的玩笑开得有些过火，毫无真实性可言，令三岁的顽童都难以置信。

你算什么东西，你也能弄到武器。贵生说。

老祖宗念你从小忠孝，几次想招你去，我就是来送你上路的。叔伯兄弟说。

你算个什么东西呢，要走我自己会走，不用你送。贵生说。

你该动身了。

叔伯兄弟的铁锹在贵生的头上散开以后，叔伯兄弟感到自己岔了一口气，腰里疼痛起来，如同扭伤后的那种感觉。

我岔了气了。

这是叔伯兄弟在村庄里说的最后一句话。在被执法人员带走之前，他再没有说过一句话，只是不住地用手捶打着腰。

我岔了气了？这是什么意思呢？

我问她。

鬼才知道是什么意思，也许有意思，他抡起铁锹的那时候岔了气。她说道。

我想起来了，你说的那种怪声怪气的响动是不是贵生女人的哭声？我说。

她说，一开始我们都这样以为，男人死了，女人哪有个不哭的，可是后来……

她说到这里的时候，忽然停顿了一下。这时，我听见从黑暗狭窄的村巷里飘来一只猫的叫声，声音像一个要奶吃的婴儿。

又是这个东西，一到天黑就来了。她皱着眉头说道。

你是说那只猫？

她说，不知从哪儿跑来的这个东西，每到天黑以后就在外面叫，我常常被它弄得整夜整夜地睡不着。

这附近还有别的猫吗？我问她。

有四五家都养着。她说。

我忽然想起现在的季节正是八月秋高之时，从前每逢这个季节，村里村外的白杨树叶子常在日落时的风中哗啦哗啦地响着，万类霜天，一些柔软的易燃易碎的物质常沿着失修的路基和倾斜的地势缓缓飞行。

她说，那只猫天亮以后就不见了，无论你怎么找也看不见它的身影了，连那种声音也没有了，可一到晚上它就又出来了。

一只黑猫？遍体漆黑如炭？我说。

她说，谁知道呢，青红皂白都不重要，关键是它的那种声音听了叫人心里麻烦，不能踏实，没有着落，总觉得外面有个事。

我抬起头，目光落在门框的上方。那上面静静地躺着一本厚厚的线装古书，书上落满了灰尘。我小的时候见过这本书，是她从娘家嫁过来时带来的。书有两块砖头那么厚，书页又黄又酥，散发着一股木头和檀香的气味。书中的字我一个也不认识。书的表皮是麻质的硬壳，深蓝色的，敲上去只听见当当地响，发出一种十分硬朗的声音。书脊上和开口处斜插着几支黄色的小竹签。只要将那几支竹签一一地抽出，书就打开了。

从小就知道那是用来辟邪的。

我的目光从门楣上移开。

这么半天，她哪里也没去，但是她坐在那里，却像是刚刚才从一个很远的地方回来。她的头发，身上的衣服，都像极了刚刚从外面回来的样子。

她的神情使我再次将那本尘封多年的古老的线装书打量了一阵。

管用吗？我说。

她看了我一眼，将一壶烧开了的水从灶上提开，往一个白瓷茶缸里倒水。我看见她的手臂有些轻微地抖动，有一些水正溅落到灶台上。她一边倒水，一边在嘴里嘘嘘地吹着气，沸腾的水汽使她的面孔变得又红又热。

她说，谁知道呢，也许管用，也许一点儿作用也没有。

她告诉我说，上个月的一天，有一个来村里挨门挨户收购旧钢笔和旧手表的外乡人发现了她门框上的那部酥黄的线装书，那人大妈大嫂地缠磨了她好半天，想买走那书。她没答应，她说你要是再不走，我就去喊村长了，这才把那个尖嘴猴腮的人给轰走了。

你不知道他说的话有多气人。她说。

他说什么？

他说现在的世界上，除了人以外，什么东西都是越老越值钱。

我告诉她说，这种偷鸡摸狗的人现在很多，千万不要搭理他们。他们就像是夏天里的麦芽糖一样，粘到手上就不容易剥下来。

真让你说准了，他说他过些天还要来，他非要买这本书。我不知道该怎么办，要不然你走的时候就带去吧。她说。

我不能带，你一个人生活，还是你留着好。我说。

她有些焦虑不安地说道，可是那个人再来了我该怎么办？

你把书藏起来，他问时，你就说书卖给别人了，或者说让人偷了，要不就干脆说把书上交给政府了。我说。

他能信我的话吗？

她依然半信半疑，忧心忡忡地问道。

你就这样对他说，信不信由他，这不关你的事，他总不至于像过去的土匪。我说。

到时候我就这样说。她高兴了。

她的笑容有如平静而清澈的水纹，无声无息。从前她可不是这样的。从前她的笑容里总是带着清脆明亮的响声，我太熟悉那种声音了，它曾无数次地感染过我，触动过我，以至我的一生都养成了那种习惯于依赖和寄托的软弱的情感。我想起了我的赤日炎炎的童年岁月和大雪纷飞的过去时光。那时候，每逢她一个人有事回娘家去，便总要带我一同上路。她的娘家住在一个名叫南塬的村子里，村庄内外众多的杏树和桃树常常使人在走进村口时还看不见村中的一间房屋、一道土垣。二十里山路上密布着庄稼和繁茂的草木，寥寥的几条小溪穿插在其中，沿路有青绿如水的麦田，红砖的古塔，碗状的圆形山冈，水塘旁酣睡的牧人一双赤脚由草丛里伸出。

田野里耕作的牛不走了。

扶犁的人挥起了鞭子。

她的娘家住着三孔低矮年久的黄土的窑洞，窑前和窑后都栽种着杏树和榆树，雪白的杏花四处飘舞。窑洞里的土炕上终年都摆着一张褐色的小方桌，桌上有灰暗的水烟袋和同样颜色的磕烟灰用的木头盒子。有上面插有竹筷的挠痒痒用的玉米棒子，有穿鞋时才能派上用场的舌头状的金光闪闪的铜质的鞋溜子，有用面汤浆洗过的硬朗坚挺的黑色的中式裤褂，有棕黄色的光滑可鉴的梨木梳子，有手工做的雪白的馒头状的白土和猪油混合制成的洗手用的猪胰子……无论何时进门，都会望见两个穿黑衣服的老人弓曲着腰，将各自的头伏在土炕上艰难地喘息，咳嗽。她的爹娘都六十多岁了，都患有严重的哮喘病。我一直记着她的母亲，那个面色苍白的老太太，家里的空荡荡的坛子和罐子常使她在生人面前抬不起头来，尴尬而不能自拔。每次我来后，她便吩咐她的闺女给我炒一碗扁豆或豌豆吃。遇到家里没有时，便会端一只碗出去向别人借。我吃着热烫而红润的扁豆，常听她在耳边絮絮叨叨。她说，你是我们的小客人，只要你不哭不想家就是个好客人。炒扁豆多好吃啊，过去连地主老财都舍不得这样吃。

一阵冗长而缓慢的蛙鼓之声从夜晚的河边飘起来。潮湿的蛙声中我似乎看见了它们水淋淋的形体以及披挂在它们四肢上的那种柔软而滑腻的绿衣，夜风吹动粼粼的河水，亮闪闪的飞蛾在河边摇曳的草丛里往复飞行。

她将那只上面印有一个红色“奖”字的白瓷茶缸送给我，我慢慢地喝着水。“奖”字下面的一行用红笔书写的“××× 革命委员会”的字样依然清晰可辨，只是具体的年月日剥落后变得模糊不清了，只剩下了几个红色的斑痕，滚烫的热水使那几个字散发出了最初的那种红油漆原有的气味。

这茶缸是哪一年发的？我问她。

应该还是那些年。她说。

她说话的时候，神情里涌现出一种由来已久的浮泛和疲倦。多年的寡居生活使她从前白皙明朗的脸上出现了一些隐隐约约的褐色雀斑，但她要比我临回来前所想象的还年轻一些，也不像我所想象的那样苍老迟钝。我不知道她这些年都是怎么过来的。有好几年，我几乎完全忘记了我还有一位嫂子，她独自在我的出生之地无声无息地生活着。

你临走前帮我把那个缸搬一下。她说。

她的这句话是想了好久以后才终于吞吞吐吐地说出来的，说过之后，我看见她长长地嘘了一口气，仿佛卸掉了一种令她感到沉重而难堪的东西。这以后，她的手指就不住地摆弄着自己的衣襟，发出轻微的窸窸窣窣的声音。她的粗糙的手指弄痛了我的目光和记忆，它们已远非从前那样修直和光洁。

哪个缸？

腌菜的那个。

没问题，一会儿想搬就能搬。

不着急，等你走的时候再说。

还有什么？那只猫？

那你别管，那不是个事。一个村里还能没个猫？

只要它出现了，我就想办法弄死它，至少也得把它赶出村外。我说。

她听了我的话，急忙说道，别，别弄死，把它吓跑就行了。

她说话的同时，她衣服上的一粒圆圆的纽扣脱落到她的手里。

我望着她——我的嫂子，忽然想起她曾经还当过几天妇女主任，昔日的神采照人，从前的那种英姿飒爽的精气神如今在她的身上已荡然无存了，看不出丝毫的痕迹和遗韵，而促使她成为妇女主任的原因和过程更令人难以置信。

仿佛也是这样的一个漆黑而宁静的八月的夜晚，一位孤独寂寞的下乡干部在目送着一队斜挎着手电筒的巡逻的民兵消失在苍茫的夜色里之后，一个人躺在山区的滚烫的如火如荼的土炕上面对着漫漫的长夜。下乡干部一边咝咝地吸着烟，一边信手翻阅着一本厚重的乡村户口簿。那上面分别记载着全村人的姓氏和生卒年月，以及家庭成员和一部分简单的背景。屋子里昏暗的灯光和户口簿上歪歪扭扭的几近难以辨认的字迹使下乡干部产生了强烈的睡意。他昏昏沉沉地翻看着一些背景简单而人员复杂的家庭，疾病导致的死亡和解体的现象使他在昏睡之余接二连三地睁大了惺忪的睡眼。结婚，离婚，迁入，迁出，死亡，注销，一些女性的名字在粗枝大叶的记录中不断地出现，又不断地消失。

夜晚的时光循序渐进，徐徐而行。有一天，突如其来地他看见一个身材高挑的女人正指挥着另外几个女人薅谷子，把一个原本混乱的局面调理得井然有序。地头边的那个干净利落的女人婚后由南塬村迁来，她念过中学，家庭出身贫农，本人成分学生。她的丈夫是一名木匠，这位有手艺的户主也出身于贫农阶级。下乡干部抚弄着卷了毛边的乡村户口簿，农业社会里的种种情形使他的目光变得清澈而透明。他感到自己有些口渴，但视线之内却看不到一把水壶、一只水碗。八月的秋风刮进窗户，吹落了他头上的帽子。

我想起了那位面孔红润、身材魁梧的名叫陈满囤的下乡干部，他的一口浓重而洪亮的河南腔常使晋北山区的农民们感到陌生而畏怯，难以理解。他参加过多年以前的朝鲜战争，小腿肚子里至今还留有一块弹片。他的几个孩子分别起名叫援朝、抗美和江生，一年四季总穿一件洗得发白的军便服。

当陈满囤用洪亮如钟的河南腔在山区的社员大会上宣布我的嫂子为村里的妇女主任时，在场的人都为之愕然，他们觉得像是在做梦，他们一时间都以为台上不是在开会，而是在演戏。他们误将会场认作了剧场，每个人仿佛都置身于情节曲折、悬念迭出的戏中，陌生的细节和变幻不定的场景使他们感到有些力不从心，难以适应。而随之到来的一场人山人海的农田基本建设大会战又使他们在转瞬之间忘记了一切。他们携带着高寒地区的干粮和水，以及毛已脱落的羊皮褥子，山梁上飞扬的尘土时常将彻夜不熄的灯火一次次地扑灭。黑暗中的模糊的人语简短而不加任何修饰，贫乏的方言从一些热烘烘的嘴里出来，像一只只初生的裸露的鸟。

秋冬两季的大风常使推车运土的人的行进变得困难而吃力，他们腰间扎着草绳，棉帽子的两只帽耳在风中摇晃。几个社员常在工地的某一个角落里修理被风和土毁坏了的独轮车。他们把断裂后的木头把手用一根根铁丝重新连接起来，寒气从车身下频频穿过，不留情面地袭击着修车人的双手和目光，冷酷的气候和黏稠暗淡的黄油又常常使他们感到手足无措，无所适从，只能听任冰柱似的鼻涕越过嘴唇和门牙，落在下巴的胡须上，或滴到膝盖上。他们将双手插在袖筒里并抱在胸前，很长时间才想起抬起袖子擦一下鼻子和胡须。

在白昼与夜晚交替的一些空隙里，他们看见身材瘦小的宣传干事将一只帽子虚掩在头顶上，双手来回倒替着拍着响亮的巴掌，正在指挥民兵们排练节目，咚咚锵锵的锣鼓声使大多数的人精神为之抖擞，使少数的人昏昏欲睡，身心倦慵。他们用一缕一缕的头发代替胡须，用种种不同的表情和姿势暗示各种各样的道具和对象，在草草设计的场景里粉墨登场，鱼贯而行。凄厉的北风时常将他们头上的象征着善良和劳苦的白毛巾刮得不翼而飞。冬日的尘土从人群的空隙之间穿过，以灰色帆布为背景的节目内容在寒夜里哗哗作响，经久不息。面对许多虚设的情节和与生活状况毫无联系之处的舞台动作和语言，他们感到这的确是在演戏，像与不像都无关紧要，重要的是使时光能够在寒风中悄悄地逝去，永不再回来。大家都不在乎语言的长短和唱腔的好歹，只要有滑稽的扮相和出人意料的动作时时穿插在如泣如诉的胡琴声中便足够了。夜总算没有白熬，酸楚的目光在回首的过程中得到了抚慰和休养，毕竟看到了死去的人无法看到的东西，灯光下的故事和场景又常使他们感到活着是不容易的，总有许多的窟窿和漏洞令人无能为力。

晚些时候，一阵由远而近的渐渐清晰起来的脚步声从窗外传来。黑暗中的脚步声出现在院里的时候，我和她都不再说话了，都听到了那种声音。她看看我，又看看窗外，外面一片漆黑。那种平凡而琐碎的脚步声使我感到来人的脚上穿着一双布鞋，就是乡间的人们时常穿着的那种质地和式样的鞋子。

来人没有进屋。

窗户上的一孔玻璃轻轻地响了一下，我知道来人此刻正将一张脸抵在窗户上向屋里看。我太熟悉这种动静和古老的习惯了，多少年来，无数的人都沿袭着这同一种方式。他们有事来找你，或无事来闲坐，事先总要先趴在窗户上向里面看一下，然后才决定进来或不进来。这种时候，探望者的五官便一齐挤压在玻璃上，变得又扁又可怕，有一种十分扭曲夸张的效果。我小时候有一次发高烧，在一个夕阳西下的黄昏时分，我躺在炕上忽然看见家里的窗户上出现了一张苍老的密布着皱纹和麻子的脸，一缕灰白的头发在风中缓缓地飘扬着。尽管我后来知道那是巷子尽头的徐奶奶，她来找我的母亲给她剪鞋样子，但我还是一连做了几天的噩梦。梦中的那个小脚的老太太总是像一个纸人一样在昏暗的村巷里飘来飘去，无声无息地留下一种火烤木头的呛人的气息。到如今，每当无端地想起那个遥远的夕阳西下的黄昏时分，想起窗玻璃后面的那张扭曲了的老脸时，我仍然感到浑身发冷。

灯光虽然有些昏暗，但也足以使人能够从外面看见屋里的一切，而屋里的灯光和外面的夜色却使我一直无法看见窗户上的那张脸，明暗的悬殊令人不安。

不久之后，那张脸便从窗户上移开，随着来时的那种窸窸窣窣的脚步声向远处走去。我听见那双布鞋在黑暗中碰到了一些石头和马粪，接着又踩在了一些落叶的上面，发出了一阵轻微的沙沙沙的响声。

谁？我问她。

没看清，好像是连生。她说。

哪个连生？放羊的那个？我说。

村子里有两个连生，一个粉红色面孔的姓王，以放羊为生；另一个叫赵连生，矮个子，是一个木匠。

好像是赵连生。她说。

她的话使我的目光变得短浅而毫无见识，我不知道赵连生为什么没有进来，我不相信他会在这样的一个漆黑的夜晚里无所事事地四处游荡。他是乡村里的那种有心计的能人之一，他的一招一式，任何一个举动或表示，其中都包含着他的某种意图和目的。在我粗浅的印象里，赵连生是一个十分勤劳的人，他早年常在山上偷偷摸摸地砍柴，他依靠卖柴火使他的家庭优裕于村中任何别的家庭，他的女人在那种环境中养得白白胖胖的。他用卖柴火得来的钱在老房子的基础上盖了三间新瓦房，院子里也铺着青砖。那时候乡村里的人家还没有画炕围的习俗，赵连生是方圆一带村子里第一个用油漆彩绘炕围的人。两名画工在他的瓦房里干了三天。画成之日，村子里大多数的人都拥进了赵连生的院里，他们看见赵连生的屋里用油漆画满了色彩鲜艳的风景画。线条起伏的湖水，湖中粉红色的人影和狭小的船只，岸边的柳絮和亭台，一切都使围观的村人感到新奇而美丽。炕壁上怒放的硕大的花朵更使一些女人流连忘返，陌生的风景和艳丽的油彩覆盖了她们的目光。数年之后，她们的这种目光被移植到山区层层叠叠的梯田里，变成了另外的一些东西。就是那些无法言明的东西，使昔日尘土飞扬的山梁无端地产生了一种灵气，产生了炎凉分明的温度和距离，产生了记忆和沉闷的回声，产生了难以消失的梦乡和呢喃如初的呓语。

有很多年了，昔日山梁上人欢马叫的繁忙景象早已荡然无存、声息皆无了，可每当月明风清的春夜或大雪封门的冬夜，有人从那些寂静而苍茫的山梁下走过时，时常会听到昔日里的那种尖厉的吹哨子的声音和推土的声音，独轮车吱吱呀呀的响声使人想到有关的重量和距离，尖厉的哨子声像鸟的尾巴一样蹿入空中，消失在无边无际的风中。这种现象蹊跷而古怪，许多的人都由此认为山梁上时常闹鬼。年老的人则回忆说，很久以前的一支贩卖盐巴和布匹的驼队由此向西行进，冬季里的一场大风使他们的计划和行程受到了阻止，他们不得不停下来等待气候的转换。风沙过后，全队的人马忽然间荡然无存。有人在他们曾经休息过的石篱旁找到了几粒金属的纽扣、半只残损的算盘和一副镜片脱落的水晶石眼镜。此外，还发现了一片圆圆的比眼镜片略大一些的玻璃，捡到这块圆玻璃的人名叫石旺。那些年，我们经常看见石旺的儿子总将玻璃片揣在口袋里。天气炎热的时候，石旺的儿子便在地上放一团棉花或一张薄纸，然后将那片圆玻璃倾斜起来，一面对准天上的太阳，一面对准地上的棉花或薄纸，不一会儿工夫，玻璃下面便出现了烟，紧接着棉花也被点燃了。石旺发现这一奇妙的情况后，便将那玻璃视若珍宝，时时揣在自己的怀里。石旺常在地头边用它来点烟，或点燃一堆篝火。那时候，山区里很多人都十分羡慕石旺的那块神奇的玻璃，玻璃下面时常出现的那种无形的来历不明的火使人们感到难以理解，山区里大人小孩都把那片形迹可疑的圆玻璃叫作“火镜”，有人甚至怀疑说很有可能是一面照妖镜，一面失散多年的古代的照妖镜。他们说普通的玻璃片你就是敲碎它，砸烂它，它也不会冒起烟发出火来。这件事情使许多人都曾陷入过深深的冥想之中。“火镜”的出现使山区里的一部分有心人在一段时期走路时总是低着头，两只眼睛四处扫来扫去，他们都估计能发现一点儿什么类似“火镜”一类的罕见之物。民间是广阔无限的，在民间的大道或岔路上，经常有人会捡到一些东西。有值钱的宝贝，也有不值钱的破烂；有平淡无奇的日常生活用品，也有陌生而罕见的古怪之物。在民间，那种古怪之物有时会被视为神的象征。葛家湾的一名铁匠在回家的路上捡到两块树皮，形状酷似菩萨的头像，回家后便供奉起来，逢年过节便率领一家老小烧香跪拜。很久以后他才知道那是小孩们游戏时用小刀雕成的两只树皮面具，是用来装神弄鬼吓唬对方的。

夜晚里常常出现的那种昔日的尖厉的哨子声和推土声使山梁四周的人迹越来越少，许多曾经亲自聆听过那种声音的人都把各自的经验延续成一个又一个噩梦，他们三更天才能昏昏入睡，天不亮的时候便又会突然醒来。时远时近的用铁锹拍土的声音使他们彻夜不得安宁，独轮车的声音一直到天亮时方才渐渐消失。梦中的花头巾和黑棉袄像古怪的飞鸟或云彩一样在昔日的山梁上飞来飘去。土墙下的篝火熊熊燃烧，里面烘烤着半熟的土豆和昨夜的干粮，火光映照着一张张昔日的脸，溅起溅落的火星总是像声声叹息一样转瞬即逝。

真有那样的事情？我问她。

她说，我听他们说过，说得有鼻子有眼的。我从不到那一带去，我的几亩地在河川对面，那是平地，浇水很方便。

那梁上经常冒烟，看样子好像有一个石灰窑。我说。

她看了我一眼，说，是有一个石灰窑。

早些时候，在太阳落山之时，一些黑色的人影无声无息地出没在石灰窑附近白色的烟雾里，被雨水洗过的一缕山地夕照使窑前凌乱的工具变得肃穆而久远。烟雾漫过工具上粗疏的纹路和闪光的断面，土布衣衫被风拂动，在烟雾中飘飘欲仙。附近树上的几个雀巢都笼罩在弥天的白雾中。

乡村的夜晚，漆黑，幽深，有时很久都听不到一点声音。也有的时候传来吱的一声，跟着窗户也发出响声，好像是附近谁家关门的声音。

你回来还习惯吗？她说。

她说话的时候将声音压得很低，好像我们之间在谈论一件秘密的事情。这时，我忽然看见了她的眼睛，我很吃惊。

还行，总归还是自己最熟悉的一个地方。我说。

不过也像是一碗饭。她说。

一碗饭？怎么讲？

放凉了呗。

我心里一惊，她说得真是准确，尽管是最最平常的一句话，最不起眼的一个比喻。我何尝不是早有那样的一种感觉，感觉一切都已变得冰凉，却是一种空洞的大而无当的不适和冰凉，却没想到那最应该是一碗早已蒙满岁月的灰尘且又早已放凉了的饭。味道还是几十年前的那种味道，但已不能够再食用。

有一阵子，她没有说话，两只眼睛晶莹而沉静，像一个迟缓的失明的人那样一动不动地望着窗外。她的眼神和表情使我想起了小时候看过的一个故事，故事中的那个女孩子被地主在眼睛里灌进了水银以后就是这种样子的，眼睛很亮，却一动不动，毫无变化。我想起那个穿着红衣裳的女孩子就是这样像一只标本一样端坐在灵柩的前面。

又有一阵，她忽然又絮絮叨叨地说着什么，她一定是看见了什么或想起了什么。我屏声静息地坐着，脑子里却极尽混乱，她的有些话我也并没有听清。暗夜里传来的一种支支吾吾的声响使我想起了村中那些一扇一扇的旧门。时间的流逝和风雨的剥蚀使那些门日复一日地风化下去，干燥而艰涩的门轴在来回转动时便会发出种种奇怪的声音。

我决定出去看看。

就在那时，又听见附近人家的门在响，有人回来了，或者出去了。树在唰唰地响着，树枝间回荡着满满的风声。

它有时蹲在墙头上，有时就在房顶上，或烟囱的后面。她说。

给我电筒。

她将手电筒递给我。我在她一起一落的呼吸声中从炕上下来，起身向外屋走。我撩起屋门口的那道沉静如水的花布门帘，在我走至漆黑一团的堂屋里以后，我感到它仍在我的背后轻轻地拂动，飘扬。我拨亮了手电，松动而腐朽的门闩在狭窄的手电光圈里正在脱落，发出了一阵艰涩而含糊不清的声响。

院子里的风很凉，手电光在越过墙头以后就不再成为光了，变成了一种微弱的灰蒙蒙的东西。墙头上的草被风吹得东倒西歪，瑟瑟抖动。手电光在墙头上一寸一寸地移动着，并没有猫的踪迹和影子出现在光圈里。

墙头上只有一只破旧的布鞋。

手电光停留在那只鞋上。我看见那是一只针线脱落的手工缝制的布鞋，黑色的布面早已泛出灰色，鞋帮和鞋底上都绽开了裂缝和几个窟窿，这是那种早些年人们时常穿着的鞋。她也许是没有看见，也许看见了，却早已熟视无睹。我见过很多人家的墙头上都有类似的东西，一只鞋，一团乱麻，几块看不出本来面目的玻璃，一只被泥土覆盖了的手套，甚至一个卡在墙头上的马鞍子，一只死去多年的鸟。

我将那只鞋扔到墙外，风声减弱了它落地时的重量和声音。

院子里的格局和农具这时依然散发着一种浓浓的太阳的气息，这气息使我想起了白日里的乡村风光和劳作的情景。我看见我母亲当年时常默默推着的那盘石碾此时依然泛着隐隐的青色。夜风吹不动沉重的石碾，只将碾盘上的尘土吹落，拂拭得干干净净。积落在磨道上的树叶发出簌簌的细响。

我站在院墙下，脚边碰响了一只瓦盆。黑暗中，我感到那只瓦盆是赭红色的，能发出一种清脆悦耳的声音。在已逝的那些岁月里，村里的人死了，死者的亲人便用它盛放燃烧的谷糠，披麻戴孝的人将瓦盆高高地举过头顶，在哭声中砰然落地。村人常用那种红瓦的碎片驱邪祛病，医治头痛或某些怪病。

夜晚的风声灌满了整条街道，沿街两边的门窗都在风中呱嗒呱嗒地响着。

狭窄的手电光跃上屋檐，在长满青草的屋顶上慢慢地移动，灰色的屋瓦和耸立的烟囱在无声无息的光线中依次闪现出来。那些瓦都旧得不能再旧了，在光线中呈现出一片灰蓝色的情调，瓦片上点落着一处处白色的鸟粪。烟囱上的一块用以指示风向的可以随意转动的砖头使我产生了强烈的上升的念头和微微的睡意。那时候，无论与谁家的孩子打了架，我们都会在夜深人静的时候抬着梯子，爬上他们的屋顶，用早已备好的石头或柴草将他们的烟囱塞满，堵得严严实实，滴水不漏。

屋顶上一片平静。

风中弥漫着土的气息和睡眠的气味。深蓝色的夜空和闪烁的星斗使我想起了一种印有白色碎花的老蓝土布。黑暗中，我听到有两个人说着话从外面的村巷里走过。两种声音和速度各不相同的脚步声在不久之后便分开向两个方向走去。他们分手的那个地方有一口井，井台四周的水迹使其中的一种脚步声显得烦躁不安而无可奈何，啪叽啪叽的踩水声持续了很久以后终于渐渐地消失了。

手电光从平静而黑暗的屋顶上滑下来，在它行将熄灭之前，照见了屋檐下的两只上面箍有铁圈的棕色木桶。

我的一只手在那只青色的石碾上停留了一下，它像深秋里的井水一样冰凉而光滑，早年间依附在上面的粮食的残骸早已被风吹净，使它又如最初一样成了一块纯粹的石头。我没有闻到丝毫粮食的气息。

我重新回到屋里以后，她正一个人坐着，显出一种无所事事的样子。

看见了？她问道。

没有，外面风很大。我对她说。

我听错了。她说。

我听着你在外面没有动静，我就知道是没有。这两年，我总是出岔子，不是听错了啥就是看错了啥。她说。

村里晚上真安静。我说。

她笑了，仿佛突然之间明白了什么。笑过后说，安静好吗？可见也不一定，好多人也并不都喜欢安静，要是喜欢，村里的人就会越来越多，不会越来越少。

突如其来的一阵孩子的哭声中断了她的话。哭声来自邻院，脆弱而无力。紧接着传来了女人尖厉的声音和男人瓮声瓮气的声音。

是亢龙家。她说。

我知道亢龙的两个孩子从出生以后就患了软骨病，不会走路。大一点儿的那个孩子到了上学的年龄以后，亢龙的女人每天背着去学校，放学时再去背回来，一年四季总是那样。上了几年学以后便不再上了，如今有十七八岁了。虽然身体仍像六七岁的孩子那样大、那样软，但嘴边已长起了毛茸茸的胡须。

白天的时候，我看见他嘴里叼着一支烟，在院里和几个孩子打扑克。我说。

别看身体不行，一点儿也不傻，聪明得很，算账比大人都灵，数钱的时候又快又准。还会说日本话。她说。

会日语？

会。经常看见他坐在窗户前叽里咕噜地说着，念着。

真是没想到。

我对他妈凤仙说，等你们一家人将来要去日本的时候，就不用愁了。凤仙说，还能有那样的时候，我们梦也没有梦过呢。

她告诉我说，那个小一点儿的孩子已经十二岁了，可成天卧在炕上，看上去像个一两岁的孩子，一点儿力气也没有，连一个苹果都拿不动。都没指望了。

每年过年的时候，亢龙都会放一大堆的鞭炮和礼花。她说。

是想驱邪，祛祛晦气呢。我说。

他们两口子快愁死了。她说。

没有找医生？

好几个大的地方都去过好几次了，都说治不好，没有用。

她十分忧愁地说着，神色有些凄然。这时那孩子早已不再哭了，微弱的气力和枯萎的骨肉使他的哭声无法持续多久。

人活着总是不能顺顺当当的，不是这方面不对，就是别的方面不对。她说。

没有万事如意的人。我说。

她听我这样说，抬起头看了我一下，她的神态看上去松懈而倦慵。

你也有麻烦事？她问我。

哪能没有。我说。

她苦笑了一下，笑得缓慢而十分拖沓。她说，日子过得真是快呀，当年那个小孩子也终于有了他自己的麻烦事。

还不是一般的麻烦。我说。

她说，哄我的吧？越说越没边儿了。有点儿麻烦事也就算了，还不是一般的麻烦。能有多麻烦？照你这么说，那些真正麻烦缠身的人就别活了。

我说，关键是看怎么对待。

不管啥事，都不要生气。我这些年就从来不因为哪一些事情生气，犯不着。她说。牵扯到自己的，生也没用；不牵扯自己的，气也是白气。

她说得很平静，这使我有些吃惊。她的这种姿态抵消了我的某些想法，使我一时间也像她那样变得浮泛而空洞，平静如水。夜晚里的一些尖利的触角从四面八方伸展出来，造成了无数不同的距离和空间，其间贮满了均匀的夜色。在一些网状的格局里，睡眠和荒草同生同灭，叹息常常使流水腐烂。

我想起了发生在从前的一部分人与人之间的对话，沉逝的日子使其中的内容早已荡然无存，谈话的双方有的早已死去，只剩下了一种空洞无物的视线，只剩下了一种并不存在的距离。那些日子里，关于她和那位下乡干部陈满囤之间的种种流言在村子里四处涌动，许多人总是时时刻刻用眼睛盯着她的裤带和四肢，盯着面孔红润、虎背熊腰的下乡干部陈满囤。陈满囤的几根肥胖的手指常常使周围的那些人疑虑丛生，提心吊胆，一个夏日的午后，哥哥看见陈满囤赤条条地从水库里洗澡出来。陈满囤爬上岸以后，阳光正照耀着他身上金色的汗毛，粉红色的身体使哥哥感到无比刺眼和压抑。这位昔日的木匠，有时一连几天都不说一句话，他仿佛早已忘记了说话，与此有关的表达的功能也正在日渐丧失。他的木匠工具大部分都被尘封在从前的一间布满蛛网的空闲的房子里，与一堆废弃的锣鼓和铜号堆放在一起。乡村的灰尘密封了他的情同手足的工具，也密封了他的目光和全部的记忆。他日日蜷缩在工地上的一个角落里，没完没了地修理被风和土毁坏了的各种农具。对于斧子和锯条的使用方法及其过程，他感到无比陌生而力不从心。他甚至忘记了墨线的正确画法和卯榫的原理及用途。许多的事物都使他说话的功能日渐衰退。有一段时间，除了他自己的两只脚以外，他几乎再看不见任何的一种东西。他的两只眼睛里每天都空荡荡的。有一天半夜时分，工地上静下来以后，他忽然听到从自己的身体内部传来了一阵叮叮当当的斧凿之声，这声音使他很快便眩晕了过去。不久之后，一阵粗浊的锯木的声音又将他重新惊醒，他闻到了一种潮湿的带有腥甜气味的木头的味道，那是松油的味道，木头被锯开以后的棕黄色的和雪白的景象。工地上的灯火寂静如初，劳作了整整一天的人们早已睡去，众多的工具异常凌乱地散落在四周。许多工具上已经十分潮湿了，都挂上了均匀不等的水珠。一盏昏昏沉沉的夜灯下面扔着几件破烂不堪的老羊皮袄，遭虫蛀过的陈旧的羊毛在夜风中轻佻而忘形，纷纷扬扬，四处飘舞。它们得意而忘形，忘记了自己原来只不过是一撮撮散发着土地气味的羊毛，它们都以为自己是引人注目的花瓣或蝴蝶。冥想中的一声婴儿的啼哭划破了初冬时节的山区夜空。

他丢下了尚未修理完的几件农具，躬身蹿入一辆独轮车的下面，山梁上渐渐渗出来的一处处殷红的血迹使他想到了一些类似夺命的场面。四周空无一人，但到处似乎都晃动着若隐若现的人影和一些似是而非的声音。他的目光在层次分明、重重叠叠的梯田之间盲目而行，如一名跛腿的老人。风沙和农田的阻隔使他的行进变得困难而吃力，早年间那种无师自通的灵秀之气早已离他远去，踪迹难觅了。就在那天午后，一名不知从哪里来的偷偷地出来做活儿挣钱的木匠被抓获，各种工具铁证如山地堆积在一起，满头大汗的木匠从主家的两只水瓮之间的空隙处被抓住，被捕获，耗子一样浑身颤抖不止。主家的男人背着他那个尚未完工的柜子到农田水利建设的工地现场去展览，展览过后，柜子被当场没收，用斧子劈烂。

北风呼啸着从冰凉的土地上刮过，一个弯腰铲土的人突然被风吹倒在地。

他远远地望见了她的乌黑的剪发，一条印有红字的白毛巾在她的手中迎风飘扬。她举着灰色的喇叭到处喊话，激烈的言辞在风中四散而去。她走到一架独轮车旁，用脚踢醒了一个正在装睡的剃着光头的人。光头像一只灰色的蚂蚱一样从地上跳起来躲到她的身后。北风追逐着挖土的人群，许多人丢弃了手里的工具，惊慌失措地向一些深深的壕沟中逃去。他们奔跑在灰蒙蒙的山上，像一群黑色的山羊，像纷纷滚落的石头或炭。

她的一系列猛烈而生硬的动作使他感到难以理解。从此以后，他养成了一种不懂装懂的不良习惯，渐渐形成的陌生的品行使他在观看她奔跑时感到了一种强烈的快意。昔日里一切的秘密都早已不复存在了，几乎所有的人都知道在她的大腿内侧有一颗黑痣，状如一粒饱满成熟的小麦。每当用手指抚摸或按动那颗黑痣时，她便会在突然之间变得昏昏沉沉，产生出强烈的难以抵御的睡意。如火如荼的日子使她的两只眼睛下面时常有一道阴影，这使她显得老成而干练，稳健之中可以让人产生极大的信赖和依附之情。一个夜晚，又一个夜晚，她总是通宵达旦地工作到第二日天明。灰蒙蒙的山区晨光对她并不重要。

挖土的人都已疲倦了，他们将各自的工具挂在胸前，注视着裸露在土层外的灰色的陶片和潮湿的草根。目光痴呆的兽医正给一位被车轮撞倒的民工包扎伤口。殷红的血不可避免地溅落到兽医的手上和身上，使他变得有些烦躁不安，心不在焉。一阵风将兽医手中展开后的白色绷带吹走，兽医蜷曲的身子在风中疾跑起来，追赶着行踪不定的白色绷带。绷带越过重叠不清的壕沟和沟沿上的浮土，越过杂乱的工具和人的头顶向山梁下一道干涸的河川里飘去。受伤者的干号惊动了一个人。壕沟里挖土的人停止了手中挥舞着的铁锹，自动地让出一条道来，让下乡干部陈满囤顺利地通过。她跟在陈满囤的后面，风吹动她的头发和纱巾，壕沟里的人都注意到了她多像是那些宣传画里的某一个女人。

我不行了，我活不了啦。

受伤者在陈满囤的注视下哼哼呀呀地号叫着，他的一只鞋子埋到了土里，只露出一个后跟。谁也不知道什么时候他的脸上也全是血，血迹斑斑。浮动的土使他污黑的一双手渐渐变成灰色，他翻滚的身体将周围的地形折腾得一片狼藉。

出了什么事？

他的腿好像断了。

陈主任，能追认我为烈士吗？我想成为一名革命烈士。

受伤者的恳求取代了哼哼呀呀的号叫，埋在土中的鞋子重新暴露出来。灰色的布鞋像一只石槽，里面填满了土。

下乡干部陈满囤冷笑了一下，他弯腰撩起了自己的裤筒，露出了腿上的累累的弹痕和旧日的伤疤。

没见过你这么不要脸的人。

陈满囤说着，将那只灰色的布鞋踢出老远。

不抓你的典型是因为你流了血，不要得寸进尺。

尘土卷着陈满囤魁梧的影子渐渐远去。受伤者终于在土里扒出了另一只鞋子。周围的人已经散去，只有风声还在，卷着浮土，从灰蒙蒙的山梁上刮过。

兽医重新出现在风中的时候，壕沟里挖土的人都看见了他东倒西歪的身影。

时光一点一点地顺着低矮的墙根从窗外流走了，晾晒在院子里铁丝上的几张塑料布在飘动的过程中发出了和窗纸一样的声音。夜晚里的一些形状各异的草垛这时依旧暖烘烘的，散发着白天的气息。从屋檐上垂下来的一根草绳在窗外舞来舞去，草绳上依附着一些旧日的丝瓜叶子和残茎。

起风了。

这是一个没有月亮的八月的夜晚，山区梁峁上稀稀落落的星斗闪闪烁烁，许多高寒地区的坚硬的植物像无边无际的芦苇一样动荡着、呜咽着，众多寂静而苍白的羊肠小道在夜晚里变得忽高忽低、四分五裂。

檐下的草绳碰响窗户的时候，她从外面抱回几根木柴，山区的寒意中依然夹带着不少冰凉的露水。她把木柴堆到灶下后便蹲在灶前，她的肩膀在举起木柴时抖了一下，她的神态像一个准备点燃烽火报告战乱来临的古代信使。

晚上还需要烧火吗？我对她说。

她愣了一下，突然停下了手。她将头转向我时，我看见一种困惑不解的神色停留在她的脸上。她的眼神像一个迷失了方向的行人。一根木柴僵直在她的手上。

你不冷吗？她问我。

不冷。我说。

天一黑，就觉得像是到了冬天。她说。

她说完低下头，将手中的木柴放到地上，但片刻又重新捡了起来，向灶膛里塞去。接下来，一股青烟贴着木柴从灶膛里冒了出来，她掩着嘴咳嗽了两声。

后半夜可冷了。她说。

噼里啪啦的火光映照着她的头发和脸。那一瞬间，我看见她的黑发中夹杂着一些白发，这种发现刺痛了我的目光。

地方越冷，人的寿命越长。我说。

她说，活那么大有啥意思呢，一点儿用也没有。

我听说后山狼儿洼有一个老头活了一百二十岁了，还每天背着干粮上山打猎。我说。

真有这事？编的吧。她说。

我说，报纸上都登了，光那支猎枪就有十几斤重。

这不是好事。她说。

这还不是好事，谁不希望都能那样。我说。

她说，你不懂，一个人要是到了该死的年龄还不死，还能津津有味地活下去，那他的儿孙后代就要遭殃了，今年死这个，明年死那个，专拣年轻的有用的死，没用的反倒活得挺好。

谁说的？我问她。

她说，这是天理，凡事道理都一样，吃进去就得吐出来，挣了钱就得花出去，只进不出，只生不死，那就要出问题。有生有死才叫世道，既然老的不肯死，就只有小的死。

火光使屋里忽然增加了一些散乱的影子，像是有很多人闯了进来。

一堆木柴烧去一半的时候，她忽然站起身对我说，我给你炒扁豆吧，我记得你小时候成天兜里装着炒扁豆。

不是都不种了吗？那种豆子可够稀罕。我说。

我种的。她说，别人都嫌收得少，我一个人，收多收少都不怕。

多少年来，这个老式的院落里的墙皮脱了一层又一层，墙里墙外的野草枯了一茬又一茬，绿了一年又一年，但出来进去的只有她一个人。我想起了那个名叫燕燕的小女孩，假如她活到今日，应该也有十八九岁了。记不清是哪一年了，是一个赤日炎炎的夏天，她和哥哥收养了别人家的一个尚未满月的小女孩。那个小女孩刚抱回来的时候还没有名字，她和哥哥想了几天才取名为燕燕，燕子。猝然到来的小女孩使他们的日子收获并增添了一种激情，弥合了他们的一部分缺憾。他们把橘红色的南瓜掏空了瓤吊在房梁上充当游戏的气球。哥哥用木头制作了一套烟盒大小的精美的小马车，他用滚圆的豌豆安装在车轮里充当珠子，使小马车日夜在他们的土炕上徐徐滑动，辚辚有声。他们把自己能够想起的所有美好的词语都用到了孩子的身上，但尽管这样，每逢吃饭的时候，他们还忘不了互相指责对方语言的平淡和词汇的贫乏。哥哥用淡黄色的质地细腻的梨木制作了一弯新月，固定在屋里的后墙上，小燕燕即使在风雨交加的夜晚，也时时能看见屋里的那道美丽的月牙。日子一天天过去，后来，有燕子飞来了，它们叽叽啾啾，早出晚归，在他们的屋檐下筑起了温暖的巢。

初秋时节的一场大雨使北山的水库里涨满了水，燕燕娇小的尸体被巡逻的民兵从水库里捞上来以后，民兵们听到了一种呼啸声。这个三岁的小女孩在雨中追逐一朵行踪不定的喇叭花时跌入了水中。豆大的雨点敲打着各种各样的工具，追逐着工地上所有的人，雨点溅起的尘雾掩盖了众多的视线。那时候哥哥正在修理一辆运土的小车。当巡逻的民兵托着一个水淋淋的东西出现在一道低矮的土围子前面时，他藏在那辆坏得七零八落的木轮车下久久不肯出来。被雨打湿后的刨花像肮脏而虚浮的泡沫一样堆积着，使人们无法看到他的脸，只看见他的一条垂死挣扎的腿在雨地里瑟瑟抖动，像一条被捕获后的鱼。

他在废弃的木轮车下睡着了，但时隔不久便又醒了过来，开山的隆隆炮声惊破了他的梦。雨水使炮捻燃烧的速度比往日慢了许多，冗长难挨的等待和猜疑令人焦躁不安，难以忍受。当头破血流的炮手被人从山上抬下来的时候，哥哥看见了躺在一辆木轮车里的无声无息的小燕燕。小燕燕的头发被雨水淋得如同一缕缕漆黑沉静的羽毛，软软地贴在脸上。接下来，哥哥看到一只肮脏的沾满泥水的手正在将小燕燕脸上的雨水徐徐抹去，这个动作刺痛了哥哥干燥的视线，他号叫着从那辆残缺不全的木轮车下冲了出来。

住手！

雨雾中他的两只眼睛变得血红。

哥哥弓一样的身体冲过去的时候，那个人的手突然远离了小燕燕的脸。那个人用两只湿淋淋的手捂着自己的裤裆，突然干号一声倒了下去。

他看见那个人像一棵不太高的枯树一样扑倒在泥水里以后，便挺直了弯弓似的身体，他从木轮车里抱起了小燕燕。燕燕冰凉的小身体使他感到事情有些奇怪。一个推土的人在他的视线里浑身发抖，战战兢兢地朝不远处的一道土围子前跑去。推土人跑动的姿势如一只受惊的老鼠，这使他差一点儿笑出了声。雨水流进了一道道壕沟里，使里面挖土的人互相碰撞起来，纷纷从沟沿上爬了出来。燕燕的衣服上淌着水。仰望山区灰蒙蒙的天空和密集的雨帘，他看到了不计其数的荒唐的姿势和尴尬的场面。他抱着小燕燕想疾走如飞，但却不时地被什么东西绊倒在泥里。他怀疑自己的腿在昨夜里受了风寒的侵袭。

燕燕，一朵花跑了就让它跑了吧，为啥要追它呢？

你不就是一朵花吗？

他叽里咕噜地对怀里的燕燕说着，空中银灰色的雨线和脚下四处横流的泥土使他的大部分言辞变得含糊不清，甚至连他自己也有些难以理解。

不久以后，他忽然看见兽医的身上披着一个装化肥用的塑料袋子在雨地里发疯般地跑动着。他看看怀里的小燕燕乌青的脸色和身体，便朝兽医呼喊起来。雨雾压低了他的声音，使他感到喊起来十分吃力而艰难。之后，他看见兽医回过头来边跑边看他，兽医朝他笑了一下，紧接着便又朝前跑去，白色的塑料袋子发出哗哗的声音，在风雨中越飘越远。

兽医这个王八蛋，看他往后还有什么脸再让我给他白做板凳？

视线中的距离越来越远，奔跑着的披着白色塑料布的兽医渐渐地在远处消失了。他终于看不见兽医和他的那块白布了，他望见泥泞的雨地里只有几件七零八落的劳动工具。

他抱着孩子跑着，却又感到无处可去，无路可走。

他听见自己的叫喊声在空旷的雨地里显得非常软弱无力，毫无意义。阴晦的天气使他的呼喊连正常的一种回声也无法形成。他在地上的几处积水里看见了自己荒唐可笑的身影和姿态。几枝野菊花在附近的一处崖头上竞相摇晃，崖头上朱砂般的红土被雨水冲刷得鲜艳明净，像一片西下的夕阳。

大雨过后的一天深夜，他被山区里一阵婴儿的哭声从梦里惊醒。夜晚里的寒气从四面八方袭来，一些高寒植物的茎部已经挂上了明显的淡淡的霜露，这种现象使他突然意识到了什么，他这才想起该给小燕燕制作一具童年的棺材，以使她不再裸露于这寒冷的人世。他找到了几块木板，他一心想把这个小小的木箱子弄得光滑一些，好看一些，但荒废的技艺和奇缺的工具却使制造出来的木箱子粗糙无比，丑陋不堪。他久久地注视着这个技艺拙劣的木头箱子，直到山区里的第一声鸡啼传来的时候，才起身将小燕燕放了进去。之后，他又将他曾亲手制造的那辆精美的辚辚有声的小马车和那一弯淡黄色的月亮都放到了小燕燕的身旁。在此之前，他发现小马车的一只轮子转动起来十分艰难，他细心看过之后才知道那只轮子上的一根辐条不知在什么时候早已经断了。他找来一把竹叶扫帚，从上面抽下一根相当于辐条的竹签重新安在了轮子里。

之后，他夹起木箱子，向山区西北方的山梁上走去。黎明时的山风吹动他的衣衫，他感到自己的头有些沉。两边的灌木丛不时地从木箱子上划过，发出一种刺啦刺啦的声响。天上没有太阳也没有月亮，只有稀稀落落的几颗星星，像是大旱之年的几粒令人想入非非的玉米或小麦。翻过一道野草丛生的山坡以后，他说，燕燕，到了杨树湾了。往年杨树湾的蝴蝶可多了，往那儿一落就是花花绿绿的一大片。在山上石灰窑前干活儿的人常常从弥天的白雾里钻出来，眺望野草摇曳，蜂飞蝶舞的杨树湾。从这里开始，地势一点一点地渐渐升高，沿途两边的草木也越来越稀疏了，四周都是土质粗疏的沟谷和干旱如烟的梁峁，梁峁上的天空低低的，总使人感到天倾斜着与土地粘连在一起，难解难分。

夜风中弥漫着土的冷味和石灰的气息。飞起的石灰是一种模糊不清的记忆，有如磨坊里涌动的面粉。他抱紧了那个粗糙不平的木头箱子。他说，燕燕，赶快闭上眼，飞起的石灰可呛人了，后山最厉害的土匪桂老三就是让石灰蒙了眼才被人捉住的。

粗糙的木头箱子轻飘飘的，仿佛一点儿重量也没有。

他是在后来迷失了方向，看不见路上和四周的一切以后，才发现自己被涌动的石灰蒙住了双眼。在此之前，纷纷扬扬的石灰已使他变成了一个浑身披霜挂雪的人，但他对此一无所知。当他在突然之间看不见一切的时候，眼睛开始疼痛起来。他用一只手揉着失明后的眼睛，手臂上的石灰末在泪水的溶解下重新进入了他的眼中。

他不走了。他站在冷风吹拂的山路上等待眼睛重新睁开，四周的沟谷和坡地使他停下了自己的脚步。飞起的石灰是一种柔情似水的物质，使他在一瞬间突然丧失了全部的记忆和经验。他感到情不自禁的泪水正贴着他的胸脯向他的衣服深处流去。

他将快要滑落出去的木箱子夹紧。他说，燕燕，等一会儿再走。

石灰飞到我的眼睛里了，我刚才还说人家桂老三呢。

他想找一个能坐的位子坐下来等一会儿，失明的眼睛，火辣辣的，泪水盈盈。他一点儿也不敢随意乱走，只是小心翼翼地在原地上转了几个来回。

在他准备坐下来的时候，他突然感到脚下出现了风声。

那个粗糙的木箱子伴着他一起向下坠落的时候，他的耳边一直呼啸着一种声音。他感到那是飞起的石灰，但他又觉得不是石灰。世上会飞的东西不只是石灰，许多柔情似水的东西都会飞，而石灰在潮湿的夜晚里是一种飞不起来的东西。

在十二月漫长的黑夜里

火生着以后，我把剩下的那些木柴抱出去，在墙角里码好，又苫上油毡，这样，下雨或下雪的时候，木柴就不会湿了。有一年，父亲在屋里生火，也是因为他当时懒了一下，火生着以后，没有把堆在旁边的木柴抱出去，结果着了火。那一次，我们家被烧得很惨，一片黑灰，只是没有人受伤，父亲的头发被烧焦了一些。父亲说，头发烧了好说，可以不花钱再长出来，这要是把帽子烧了可怎么办，还不得重新花钱去买帽子吗？帮助我们救火的人说，别的都不要紧，只要人没事就是最大的胜利。父亲听了他们的话以后，哭丧着脸说，这也叫胜利吗，这是多么大的胜利啊！分明是老天爷看我们不顺眼，不想让我们活啊！村长在一旁说，胡扯什么！是你自己不注意，怎么成了老天爷的事？不要什么都怨老天爷。老天爷很倒霉呢，经常总是断不了做冤大头，替别人背黑锅，无论谁做错了什么，都从不从他们自身找原因，反而首先都要怨他。村长这样说的时候，看上去显得很委屈，很忍让，很能忍辱负重，仿佛他自己就是那个经常蒙冤而又无法昭雪的老天爷。

几年以后，父亲去世的时候，天正下着雨，家里阴暗得像晚上。他看了一会儿墙上母亲的遗像，又看看我，然后十分不放心地对我说：

“千万千万要记住，一定不要把木柴放在火旁边。”

我朝他点点头，告诉他说我记住了。

“你以为我真是病死的吗？”接着，他又说，“我完全是被那场火给活活烧死的。要是没有几年前那场火，多了不敢说，我再活五年，绝对没有问题，这个把握我是有的。”

那时候我还不太懂事，我对他说，你放心地去吧，我保证不会把木柴放在火旁边。

有一天，我在放学回来的时候遇见了村长，村长把我叫住，很关切地问我父亲临死前都说了些什么。我就把父亲临死前说的那些话，包括什么再活五年啊，有把握呀之类的话都告诉了他。村长听后，半天没有反应。后来，他嘴里念念有词地好像在算一笔账。五年？他看看我说，五年也就是一千八百多天。就那么几天，依我看，活不活也寡淡。多活五年又能怎么样，不能怎么样，也没什么意思，是不是？一辈子都没有意思，剩下短短五年又能有什么意思？就算是拼命活，又能活出什么来？

我觉得村长关心的不是这些，而是担心父亲在临死之前有没有骂他，是不是还在记恨他。这是一个活人的担心。一个现在还在活着的人，要是知道自己被一个要死的人临死之前骂过，甚至把那种记恨永远带走，带到另一个世界里去，心里肯定会非常不舒服，也许在以后的日子里会一直不舒服下去，甚至影响他的活着。我是这么想的。

火着起来了，蓝白两种颜色的烟渐渐地变成了红黄的火光。我坐在一只小凳子上，听见锅里的水慢慢地响了，发出阵阵咝咝的声音。

又过了一会儿，丝丝缕缕的白汽像传说中的妖一样从里面袅袅娜娜地钻出来。它们看上去真的很像妖精，有的一出来就不停地扭动，有的一直向上而去。

我想起学校里的林老师经常也是这样坐在一只小凳子上，一边等待水在锅里翻滚，一边低着头想心事，有时候水开得哗哗的，她也注意不到。

学校里的操场是用红黄的胶泥铺垫出来的，是学校里的每一个人一点一点地把它踩平踩实的。我们没有钱请轧路机来将它压平，夯实，校长就发动学校里所有的人都到操场上去踩。红黄的胶泥地上站满了人，在校长的带领下，每一个人都在原地踏步，四周一带回响着均匀而又此起彼伏的脚步声，在旁边地里干活的人们不时地停下来看我们。我们没有机器，但我们有腿，还有脚，这两样东西都是可以不花钱的，动用它不需要请示任何人，不必看谁的脸色，因为那是我们自己的。这是校长说的。人们站在黄泥上，有的边踩边望着头顶上面的蓝天，天上不时地有鸟飞过，甚至还有鹰在盘旋。“同志们，不要到处乱窜！能把自己脚下的那一块地踩平就很好了，就已经很不错了。”校长用嘶哑的声音一遍又一遍地告诉大家，“是的，不要到处乱窜，不要到处瞎跑，跑来跑去只会让我们的脆弱的操场变得越来越糟，变得更加脆弱。”

“李世民，你看你把你那边的操场折腾成什么啦？像什么？像雨天里的牛栏。

“同志们啊！我们的操场是经不起折腾的，无论如何都经不起，一点儿都经不起，难道不是这样吗？从某种意义上来说，它比林黛玉还要脆弱许多！”

初一年级的一位老师突然呼起了口号，他大声地说：

“我们能够到处乱窜吗？”

“我们不能够到处乱窜！”他的学生们齐声附和道。

接着，他又说：

“是啊！我们难道准备要在操场上折腾吗？”

“我们没准备要在操场上折腾。”学生们又说。

“为什么？”

“因为操场是你们的，也是我们的，但归根结底还是你们的，归根结底还是我们的。”

校长停下来听了一会儿，脸上的困惑渐渐变成一种谁也听不清的喃喃自语。他马上想起了距此不远的一家医院，那里的病人对医生们说，医院是你们的，也是我们的，但归根结底还是你们的。

星期六下午，我在操场边上的篮球架上面坐了一会儿。正要离开的时候，忽然看见一块石头下面压着一张纸条，纸条的另一半正在风中抖动，飞舞。将纸条从石头下面抽出来以后，看到上面写着孤零零的一行字：

等你，你不来，我先回去了。

我看了一下，又将纸条放回到石头下面。我不知道是谁写的，但明白是一个人写给另一个人的。我很快就离开了那里，又穿过学校南面的那片小树林子。

走在回家的路上时，那张像一根羽毛一样的纸条还在我的眼前不住地抖动，飞舞，甚至跳跃，它像是寒冷所致，又如同受到了极度的惊吓，恐惧万分，既然一个人没有等到另一个人，那个人也不一定会去石头下面把那张纸条取走。没有人会去取，最终它一定会被风刮走，吹上天，吹得无影无踪，下落不明。

我在想，要是在城市里，这样的一个意思，只需不留痕迹地打一个电话就行了，完全没有必要用自己的手把它写在一张纸上，又跑到操场的边上，找一块石头把它压住，把自己的一腔情感，也可能是一厢情愿，压住。还不能完全压住，还得留一点儿在外面露着，便于发现。完全压住了，反而就等于什么也没有压住。

在我们这个相当闭塞的小地方，可怜的人们只能用这样的笨办法来表达自己，进而再随着时光的流逝，慢慢地一点一点地暴露自己，闪现自己。

最终，让自己像一座孤独的坟墓一样完全凸现出来。

晚上，我正在吃饭，光宗来了。光宗是我的同学，也是村长的儿子，并且是村长唯一的一个儿子。为此，村长给他起名叫光宗，不久，又给他起了字，叫耀祖。现在，人们光有名，没有字了，但村长非要这样做，非要和别人不一样。这样，光宗实际上就等于有了两个名字，名光宗，字耀祖。我记得有一次在村长家里，村长曾经很激动甚至很冲动地对我们说：

“我认真地了解过了，从古到今，可以说还没有哪一个人能同时拥有‘光宗耀祖’这四个字，没有过，从来也没有过！这个名字我算是起对了。”

见我们都看着他，他解释道：

“有的人叫光宗，但不一定同时还叫耀祖；有的人叫耀祖，但不一定同时又叫光宗，是不是？但是现在，在这里——在我们这个家里，这种千年一成不变的僵死的令无数人都十分难堪的局面终于被打破了，终于被一次性地突破了，终于被改变了！”他停顿了一下，马上又接着说道：

“不是我今天在自己家里，在你们面前跟你们吹，这个名字我算是起对了，可以说是空前的，它填补了我们国家姓名史的空白。但不一定是绝后的，有的人也许会用‘荣华富贵’给孩子作名字，名荣华，字富贵，也说不准。”

“不可能的事。”光宗说，“现在的人再也不可能叫荣华富贵，没有人会傻到那种程度。”

我不禁有些钦佩村长，他轻轻一下就将自己从前的一次行为上升到了理论学术的高度，并在不经意之间又模模糊糊地有了一种其他的色彩和意味。我对他说，现在很时兴四个字的名字，不如去派出所办理一下，把光宗的名字改成四个字，直接让他光宗耀祖。村长听了我的话，一开始还不住地点头，并有些兴奋地看着我，觉得也许还不错，是个好主意。但过了一会儿，我就看见他的眉毛有些痛苦地拧到了一起。他紧张地思索着。

“不行，这样恐怕不行。”他看着我和光宗说，“你们想想看，‘光宗耀祖’本身就已经是四个字了，如果再加上我们的姓，那就是五个字了。五个字会怎样呢？会引起别人的误会，以为他是个日本人。而日本人也不全是五个字，有的就只有四个字，甚至只有三个字。”

“可以不要姓。”我说。

“不妥。”他看着我说，“姓怎么可以说不要就不要？你这个孩子什么也不懂，姓不可以不要，不要名也得要姓。一个人怎么能没有姓呢？”

这时，光宗对他说：

“日本人怎么啦，日本人难道不好吗？我巴不得别人把我认成日本人呢。日本人现在很有钱，世界各地都有日本人的影子。为什么？因为人家有钱，有很多很多的钱，可以想去哪里就去哪里，想干什么就干什么。美国人在世界上尿过谁？谁都不尿，谁都不在他们的眼里，但美国人就尿日本人，就在乎他们。”

“我的儿，你是想让美国人尿你，在乎你？”村长说。

“我不是那个意思。”光宗说，“我只是说，日本人没有什么不好，日本人的名字也没有什么不好。比如说，我的名字叫田中喜一、桥本太郎，甚至龟田、丸尾，我在学校会是什么样子？我敢肯定我会和现在完全不一样。”

说着话，光宗朝我挤了一下眼。

“这事好像有些复杂，让我考虑考虑。”村长对我们说，“你们放心，我是一个很民主的人，在支部内我是一贯讲民主的，在自己家里更得讲。”

光宗来告诉我说，他的姐姐明天就要出嫁了，作为唯一的弟弟，他要去送亲，将姐姐送到男方家里。光宗要我与他一同去送他的姐姐，并且已征得了他父亲——村长本人的同意。我对他说，有一个弟弟去送还不够吗，我去又算什么？光宗对我说：

“傻瓜！主要是为了让你去吃饭，也省得你一个人在家里做饭了。你自己能做出什么来？不过是瞎鼓捣一气。你应该去看看大厨师是怎样做的。”

他伸过头来看了看我碗里的东西，对我说：

“吃的是什么？乱七八糟的！就这还不想去呢？一言为定了，明天我们一起坐车去。我听我爹说，他们家要来三十几辆小车呢。”

送走光宗后，我想起了我的姐姐。

姐姐要比光宗的姐姐大，但她的婚姻至今还没有着落。父亲和母亲去世后，我们家里就剩下我和姐姐两个人了。姐姐一直在城里，但我一直不知道她在干什么工作。有一年暑假我去城里看她，姐姐把我安排在一个旅馆里住下，她天天来看我，有时候和我一起在旅馆里吃饭，有时候就在街上。我曾经几次想去她工作的地方看看，但每次都被她拒绝了。“那有什么好看的？”她说，“反正走到哪里都是些人，你没见过人吗？”有时吃饭的时候，她坐在一旁长久地看着我。她对我说，你好好学习吧，什么也不要想，等你考进城里的重点中学来，我们就能经常见面了。我说，到那时候，我们能住在一起吗？我要你给我做饭，我还没有吃过你做的饭呢。姐姐说，恐怕不行，重点中学都管得很严，学生都得住在学校里。我现在就一直住在镇上的初级中学里，周末的时候回到家里看一下，自己给自己做几顿饭吃。姐姐问我都会做什么饭了，我把自己会做的那几样都告诉了她。姐姐说，不管做什么饭，不管做得好赖，首先一定要保证煮熟，吃生的或半生不熟的可不行。我向她保证我每次都能把饭煮熟，姐姐笑了。她对我说，等姐姐在城里有了家，那时候你就可以经常来了。我说，姐姐，你快点儿有家吧。她有些疲惫地看着我，她的那种笑容里也满是驱赶不去的倦意。

我在想，光宗的姐姐无论如何都是幸福的，因为他们有他们的父亲和母亲在呵护着一切，而且还有三十几辆车来隆重万分地迎接她，男方那边看样子也很把她当回事。而我和我的姐姐则无论如何都不行，我们没有父母。等我姐姐将来出嫁的时候，我们或许连一辆车也弄不到，我不可能也没有任何办法像光宗的父母为光宗的姐姐操办婚事一样为我的姐姐操办婚事，我拿什么能和村长比？光宗临走的时候还说，等将来我姐姐出嫁的时候，他也和我一起去送我的姐姐，也做一回我姐姐的弟弟。我对光宗说，我们可没有那么多的汽车，也许连一辆也没有。光宗说，那我们就走着去，谁规定结婚就一定得有汽车？什么也没有也一样结。

姐姐，我们走着去行吗？

姐姐，我们可以走着去送你吗？你会感到难过吗，为自己的简陋而不像样子的婚礼？

入睡前的最后一个印象是一缕奇怪的阳光，明亮，纯净，而又蓬松，仿佛刚刚被雨洗过。

你不应该想这些事情，这不是你应该考虑的。林老师对我说，我知道你的父母都不在了，但尽管这样，你姐姐的婚姻也不应该像一个包袱一样成天背在你的身上，你才有多重，敢承揽那样的事情？你担不动的。就是我们周围的那些成年人也常常承受不了，被压得苦不堪言。就说我们的校长，他的头发为什么一下子就白了那么多？愁得，吓得。校长比你坚强吧，比你能承担事情吧，但生活仍然让他感到发愁，感到害怕，感到活着心里没底。学校里一摊子，家里一摊子，无论哪一摊子都让人发虚。又对站在我旁边的光宗说，你姐姐结婚是好事，但你还是个孩子，你不应该在她的婚礼上喝酒，而且还喝得像一个不省人事的醉鬼。赵光宗啊赵光宗，你听我说，一个东倒西歪的醉鬼，将来是不可能光宗耀祖的，无论如何都是不可能的，怎么说也是不行的。这样的人对他的国家和社会也没有什么用。

锅里的水在不断冒泡，有时甚至像滚滚的怒涛。林老师一边往锅里削面，一边轮番批评着我和光宗。削好两碗以后，她捞出来，又分别浇上卤汁，端到我和光宗面前，对我们说：

“吃吧，吃完再和你们算账。”

“我不吃。”我说。

“我也不吃。”光宗说。

“为什么不吃？必须吃。”她举起手里那块削面的铁板朝我们晃了晃，“我命令你们吃掉。”

一道明亮的弧线从我们的眼前掠过，很快又回到她的手里。白色的水汽将她罩住了。

雾气中传来她的声音：

“他说不吃，你马上也说你也不吃，你们什么意思？听着，都乖乖地给我吃了！”

看不见她隐在雾气中的脸和眼神，但能从声音中听出她是冲着光宗说的，因为光宗是跟在我后面说的，又比我多说一个字，林老师就记住他了，林老师最不能容忍那种附和别人的人了。

站在黄泥的操场上，能看到隐现在树丛后面的一段微微发红的围墙和几辆藏头露尾的自行车，但那些自行车里没有林老师的自行车。林老师住在学校东面的宿舍里，因此她不需要骑车。尽管有人说她“这个女人不寻常”。但我们都认为她是一个很好的人，还是一个端庄秀丽的女人。学校里任何一位女老师都不能用“端庄秀丽”来形容，只有她能名副其实地配得上这个词。“端庄秀丽”这个词并不是所有的女人想配就能配得上的，有的人即使强行把它加到自己的头上，也等于穿了一件借来的衣服。有的人美是美，但与端庄无关。

在我们的记忆里，在我们的幻觉里，学校里红瓦的教室和宿舍时常在风中被吹得歪歪斜斜，有时甚至好像要向远处飘走。

有一天我又梦见那些红瓦的教室和宿舍在风中变得歪歪斜斜，摇摇晃晃，又摆出一副要飘走的样子。我忽然想起林老师还住在那些红瓦的宿舍里，不知道她这会儿正在干什么。接下来，我听见校长用他的嘶哑而惶恐的声音喊道：

“快拦住那些房子，不要让它们跑了！一定要想办法拦住！是的，我这就去报告上级！”

“不行啦，恐怕来不及了！”

“一定要想办法拦住它们，坚决不能让它们跑了！是的，必要时可以请附近一带的农民兄弟来帮帮忙。告诉他们，我们不会亏待他们的！是的，我以校长和支部书记的双重身份来担保，一定不会亏待大家的！”

“校长，我们穷得一无所有，食堂里连筷子都没有，我不知道你拿什么酬谢人家？”

“笨蛋，先把房子救下来再说！那些教室和宿舍要是都跑了，你我就都成了没有庙的和尚。”

“校长……”

“别他妈的这么叫我，我不是什么校长！赶快去准备绳子和杠杆，一定不能让它们跑了！明白吗？”

“明白，不过绳子还差得很多……这真让人头疼。”

“快去找呀！站在这里不动，绳子能自己爬过来找你吗，绳子又不是蛇。”

“听见了没有，校长说了，绳子又不是蛇，别指望它们自己爬过来找你。快去找绳子！”

“这些狗日的房子！最近一个时期以来，真是越来越捣蛋了，越来越不像话了，真让我操碎了心！”

“校长……”

“又怎么了，像死了娘似的！绳子呢？真伤脑筋！”

“已经找了不少了，但看样子还是不够。”

“可以考虑把那些牛和马身上的缰绳解下来……”

“这些办法都已经试过了，都不行。老乡们把他们的牛和马护得紧紧的，根本不让解。”

“做工作呀，给他们做工作呀！牛头不烂大火煮，只要把工作做到家，群众是会理解我们的，是会支持我们的。要记住，任何时候都一定要记住，只有落后的干部和落后的工作方法，没有落后的群众。这还没有让你去发动群众呢，仅仅是让你们去向群众借一下他们的牛缰绳，就把你们愁成这样！要告诉群众，要向大家讲明白，让他们心里有底。缰绳呢，我们只是暂时借用一下，因为关系到教室和宿舍的去留问题，生死存亡的问题。用过以后呢，我们会及时还给大家的，我们也不可能留下来据为己有嘛！我们要那么多牛缰绳干什么，没有用嘛！我们也没有养牛，即使养牛，牛缰绳也应该由我们自己想办法解决，总不能指望占老乡的便宜吧。再说，养得起牛，应该配得起绳。因此，要让大家有放心感和强烈的安全感，请放一千个心，绳子一用完，马上就给大家送回来。”

……

风停了，人声还在嘈杂。

那些树叶都落了，操场南面的小树林子里被铺得又厚又软，致使原来的几条又白又细的小路都不见了，人走在里面的时候，脚下颤颤的，飘飘的，簌簌作响。光宗说，要是把很多的钱铺在地上，让人在上面走，很可能就是这样的一种感觉。这样的事情很难进行试验，因为不可能有那么多的钱铺在树林子里让我们走，而且真的走在那上面也很难说会怎么样，它给我们的感觉或许远不及那些随风而来的树叶，树叶上面有自然形成的纹理和脉络，像是人的神经和感情，树叶又时常散发出清香的苦味。头顶上面的天被分割成一小块一小块的亮色，如同镶嵌在树林上面的玻璃。光线强烈的时候会以伞状的形式直接照射下来，然后又在树林子里拐弯抹角地穿行，摇晃，有时候会在某一棵树上突然不小心撞得粉碎，纷纷扬扬地在人的脸上或身上留下众多斑斑驳驳的阴影。

小树林子里以前有猫头鹰和一些彩色的像羊那么大的鸡，人一走进去，它们就会发出阵阵怪声怪气的叫声，像是用一种很特别的圆润的铜号吹奏出来的。曾经有人说那些彩色的像羊一样大的鸡是凤凰，但人们都不信。人们都学精了，谁也不相信谁，有时候会连自己也不相信。

我有时候想，一个人要是连自己也不相信，那活着还有什么意思。

后来，不知从什么时候开始，小树林子里的那些东西都没有了，都不见了，人再走进去的时候，再也看不见它们飞舞时的影子了，再也听不见它们那怪声怪气的叫声了，只有太阳的光线在里面沉睡或乱舞。

不知道它们都到哪里去了。

远远地看见一个身材颀长的女人站在旧日的一道土墙前面，身边立着一只皮箱。又跑了几步，终于看见是姐姐。真的是姐姐！

我的眼泪一下就涌了出来。

姐姐穿着一件黑色大衣，手套也是黑色的，身边的那只皮箱也是黑色的。

但是她的脸白得让我感到吃惊。

来到姐姐面前的时候，我早已擦干了眼泪。男人不能也无论如何不应该在女人面前这样，尽管眼前的这个女人是我的亲姐姐。

姐姐没有家里的钥匙，她回来后一直站在这里等着我。我想起去年夏天的一个午后，我穿过那片小树林子，从学校里回来的时候，看见姐姐正站在她现在站着的这个地方，用一只手遮挡着夏日午后强烈的光线，朝学校通往故乡的路上眺望着。

“姐姐——”

我仿佛真切而清晰地听到我在去年八月骄阳下的那声呼喊……时至今日，它仍在通往故乡的路上回响着。

我们打开寂静而熟悉的家门，屋里回荡着一种往日灰烬的气息。在此之前，屋顶上摇晃不止的枯草像一丛丛、一簇簇令人悲恸的往事一样使我们感到伤心而难过。尤其是不常回来的姐姐，屋顶上的荒草在她的眼里似乎摇晃得更加异乎寻常，遥远而又清晰。在我的感觉里，那些已逝的往事就是这个样子的，就是眼前或身后那一蓬一蓬的荒草，就是那些枯枝败叶。

姐姐放下手里的箱子，又脱去大衣。我从井边挑水回来时，她正在清扫屋子。她头上罩着一块毛巾，在她弯着腰的时候，很像是村里一位勤劳的妇女。

“我们吃什么呢？”

“你想吃什么？”姐姐看着我说，“我来做。”

院子里也长满了荒草，有的还在支支直立，有的齐刷刷地向一边倒去，能看出风吹过的痕迹，过度的倒伏使那些草都露出了它们的苍白而杂乱的根部。我们不在的时候，不知有多少风曾经在这个院子里刮过，呼啸而来，呼啸而去；不知有多少鸟在这里飞过，叽叽喳喳地叫过，辛辛苦苦地在这里搭窝，筑巢，哺育出一代又一代的小鸟；不知有多少只凶残的野猫曾经在这里大模大样地穿行，秘密地等待，居心叵测地埋伏；不知有多少雨落在这里后，并没有顺着门外流去，而全部渗入到青草的根茎之下，使那些青草不断地向上猛长，发疯似的猛长，滋生出旺盛无比的活力和不可思议的朝气。

半夜里，姐姐在噩梦中突然哭醒。

黑暗中，我看见了她的起伏的身体和抽搐不止的肩膀，我就是在她的那种嘤嘤咽咽的哭声中睁开眼睛的。黑暗使我得以近距离地仔细地注意我的姐姐，黑暗又使我感到我们相隔万里，仿佛她此时此刻正在另一个遥远的世界里哭泣，垂泪，让人尤其是我爱莫能助。我束手无策地看着她侧躺在那里的影子和轮廓……不久，她的抽泣停止了。她爬起来看了我一会儿。

再躺下去的时候，她变得无声无息。

外面呜呜的风声如同一个人大声哭着，向远处走去。那人哭得捶胸顿足，悲愤不已又无可奈何。

我在想，如果我比现在再稍大一点，很有可能我就是那个人，一路哭着，完全不清楚自己要到哪里去。

我醒来的时候，姐姐早已起来了。姐姐站在门口，看着初升的太阳，阳光照在她的苍白的脸上，使她一动不动地站在那里。小的时候，她也常常这样站在家门口，弯下腰，曲起双腿，跳着往前走，清脆的笑声回荡在院子里或很多个清晨黄昏里。现在，无论从哪个方面来说，那样的一种姿势和声音都显得过于遥远了。我不知道姐姐站在那里想什么，更不知道她是否想起了那些。姐姐像是家里来的一位客人，又像是一个揣着地址追寻故旧的人，地址也许对了，但要寻的人却早已不知去向。

上午，于兆龙从我们家门前经过的时候，走了进来。本来我看见他已经走过去了，但很快又返了回来。我对姐姐说："于兆龙。""什么？"姐姐抬起头望着我。本来我要告诉她，刚才过去的那个人是于兆龙，但就在这个时候，于兆龙从外面走了进来。

"于兆龙，怎么是你？"

姐姐有些惊讶地看着于兆龙，她站起来，用手将自己的头发向后撩了一下。

"是我。"于兆龙笑着说道。

"你这是要干什么去？"姐姐说。

“昨天我就看见你了。”于兆龙说，“虽然那时候天快黑了，光线也不太好，但我还是一眼就认出是你，我敢肯定那就是你，一定是你回来了！别的女人不可能有那样的身材和背影，尤其是在这个鬼地方。”

于兆龙的脸上充满了笑容。

“于兆龙，你这条死鱼，知道是我回来，也不来看我，还装着没看见。”

我知道于兆龙是姐姐从前的同学，平时我也不怎么见他，隐约听说他如今手里也有了一点儿钱，因此，人看上去也活得很有精神。“死鱼”是他上学时候的一个绰号。现在，听见姐姐这样叫他，他的眼睛竟有些湿润，先前的那种很灿烂的笑容慢慢地凝固在他的脸上。他看着姐姐，说：

“莉莉，再叫我吧，再叫我一声死鱼吧！已经有很多年没有人这样叫过我了。”

“你怎么样，还好吗？”姐姐说。

于兆龙先是点点头，接着又将头摇了几下。

“已经结婚了吧？”姐姐说。

于兆龙又点了一下头。“你知道吗，莉莉，”他说，“她和你一样，也叫莉莉。老天啊！”

“孩子也有了吧？”姐姐说。

于兆龙仿佛愣了一下。迟疑了一会儿后，他慢慢地又似乎有些难为情地伸出两根手指头让姐姐看了一下，很快又十分慌乱地收了回去。

他的脸有些红。

“于兆龙，没想到你已经有两个孩子了。”

“没办法，莉莉，我真的没办法，我在很多事情上全都没办法。很多人以为我活得很愉快……很多人都以为我在这个世界上活得很舒服……”

“难道你不好吗，可是你看上去很好。”

“唉，莉莉……”

姐姐和于兆龙像两个不期而遇的路人，遍地摇曳的荒草成为他们此刻谈话的主要背景和依托。我听见于兆龙对姐姐说：“你看，你看，你再看这儿。”不知道他让姐姐看他的什么。他们的谈话我并不是都能听到的，有些话如同草丛里的虫子一样，一旦钻进那茂密的深处以后，就再也没有下文了，无论如何也再不可能把它们逮回来了，即使逮回来，也已往往不再是当初的那些了，更何况我从来就没有想过要逮什么回来。看到有人和姐姐认真地谈话，我的心情是高兴的。我在我们这个时常荒芜破败的院落里看到一种曙光和生机。我喜欢看他们谈话，但我并不想倾听他们在谈什么，不想弄清楚他们谈话的内容。对于我来说，只要有人在这个多年寂寥的院子里说话，就已经足够了，就已经感到非常满足了。在那样的时候，连那些荒草和断壁都是美的，人世间的一切都充满了令人眷恋的柔情。

当我后来从外面回来的时候，我看见于兆龙正神色黯然地坐在那里，对姐姐说：

“……困难就在这里。麻烦的是，她一向总是对我很好，可以说百依百顺，我的一切也就是她的一切。正是这些，才让我无论做什么都有些于心不忍，无论做什么都下不了最后的决心。她要只是一个坏女人，甚至一个泼妇，事情也就没那么复杂，也就简单得多了。问题是她不是一个那样的女人！莉莉，我几乎很难找出她的毛病。有一个时期，我一直在找，一直在那样做。”

“于兆龙，我觉得你该知足了。一个男人有那样一个女人，你还要什么呢？”姐姐说，“你还在一直瞎找什么呢，还有什么不满足的。”

“莉莉，你听我说……”

“你现在是不是特别希望能抓住她的一些什么把柄，希望她能犯一些错误，从而给你留下口实，好让你理直气壮，名正言顺，顺理成章？”

“莉莉……”

“于兆龙，你这条从前年代里的死鱼。”

“莉莉，我现在真正感觉到自己是一条死鱼，日夜都翻着苍白的肚皮，浮在水面上。水是脏水。”

“……”

“莉莉，是脏水！我日夜都浮在脏水上。”

午后，我们从家里出来，我去学校，姐姐回城里。我看了一眼身后那个院子，我们一走，它又重新归于荒芜和寂寥，恢复了往日的凄冷。走在路上的时候，那遍地的枯草还在我的眼前一遍又一遍地摇晃，倒伏。我替姐姐拎了一会儿她的箱子，不久又被她接了过去。

“省点儿力气，用到学习上吧。”姐姐对我说，“不要为这种没用的东西消耗你的力气。”

我问姐姐，于兆龙是不是想要和他的女人离婚？

姐姐说，你听谁说的？你操这个心干什么？姐姐似乎很生气地看着我。她对我说，不要管什么于兆龙李兆龙的事，他是不是要离婚，他无论干什么，都和你没有关系，半点儿关系都没有，明白吗？我点点头。姐姐又说，你真让我生气，你竟然会去想这些事情。我对她说，我并没有去想，我不过是随便问一下。她说，这种事情连问也不应该问，尤其是你不应该问。你要是在学校里也还在想这些乱七八糟的事情，我们这个家就真的彻底完了。我向她保证我从来没有想过这些事情，几年来，我也是今天才第一次看见这个叫于兆龙的人，哪里有时间去想他和他的那些事情。我们慢慢地走着，午后的风吹在身上和脸上，远没有傍晚那样寒冷。有一会儿，我从脸前感觉到它很像是春风，是三、四月里的那种风。

我看看姐姐的脸，她好像已经不生气了。风吹拂着她的大衣，使她看上去飘飘欲仙，使她变得轻柔而灵动，似乎要随风远去。我对姐姐说，姐姐，你还记得陈丹华吗？姐姐说，怎么不记得，我们曾经是好朋友，不过，自从她结婚以后，我们再没有见过。怎么啦？我说，现在轮到我和她的妹妹是同学了，她的妹妹和学校里的一位老师好上了，可能就要准备结婚了。她已经不上学了，但经常还到学校里来，帮那位老师洗衣服，收拾房间。有时候，我们看她腰里扎着花围裙，在那里认真地晾晒衣服，完全是一副典型的家庭主妇的模样。听说他们每天都在纸上谈兵，在地图上做艰苦而又愉快的、复杂而又简单的长途旅行或远程奔袭，期冀有朝一日能够亲自去实践。

“她才多大，”姐姐说，“她和她的姐姐可完全不一样。”

姐姐的脸色变得凝重起来，她一边走一边有些出神地看着远处。一些发红的树叶映入我们的视线之中，树叶稀疏而零落，有的树上只有寥寥无几的几片，在早晨的霞光里，它们有时完全接近于透明。

分手的时候，姐姐又给了我一些钱，她没有嘱咐我要省着花，她知道我会节省的。我对她说，姐姐，你什么时候还回来？她说，你好好念你的书吧，只要一有空，我就会回来看你。又说，在学校里千万不要想什么乱七八糟的事，所有的事情都不要去想，只想你自己的事，只想读书的事和与读书有关的事。我不住地点头，告诉她我会听她的话的。我这样说的时候，我看见姐姐笑了，她的笑容让我想起了我们早逝的母亲。姐姐。母亲。从侧面的轮廓上看去，姐姐很像母亲。

连续一个多月，每天都有一个人在我们的操场边上坐着，那是一个罩着一脸愁容的四十多岁的男人，一声不吭地长时间地坐在那里，从来也没有看见他舒展过一下。有时候，我们从操场的另一端，沿着宿舍后窗下面的小径走过时，远远地看见他像一只受伤的黑鸟一样蹲伏在那边的一道红黄的土坎上。天气晴朗的时候，他就是这样的一种形象。天阴的时候，他如同一堆土，像一块从远处运来的石头。

有一天，校长从自己的家里出来后，绕到他时常坐着的那里。一开始的时候，对于校长所说的话，他似乎一句也没有听懂，只是有些困惑不已地看着站在他面前的人，甚至注意着别人的口型或表情。后来，校长对他说，老兄，你不能再这么干了，无论如何不能再这么干了。你知道吗，你的那种样子，让我们这里的孩子们吓得不得了。另外，老师们也感到很不安，尤其是女老师，长相一般的还好说，还不要紧，她们自知自身没什么危险，因此也不惧怕什么。只是苦了那几个有几分姿色的，她们甚至不敢独自一个人去给学生们上课，连回宿舍也像做贼似的，你看这事闹的！她们总是哧溜一下钻回去，又哧溜一下钻出来。有的慌张得出门的时候连衣服都来不及换，连头都来不及梳，甚至连饭都顾不上吃，没心思吃；有的坐在办公室里惊魂未定，心神不宁，心既不在曹营又不在汉，不知在哪里；有人甚至忘了自己姓什么，叫什么，有人叫一个人的名字时，一下子会有好几个人都同时面无人色地站起来……你看这事闹的，你看你把她们吓成什么啦？

听完校长的一番话以后，那个人似乎变得比以前更加困惑。他用一种十分茫然的表情看着校长的因激动而变得通红的面孔，对校长说：

“你说完了吗？你说完了我再说两句。”

“你说。”校长喘息着说。

“我不知道你在说什么？你到底在说什么？”

“说什么？说我们从前的很多规律和传统在不知不觉中被你搞乱了。自从你来了，就把什么都弄乱了。你是谁？你到底是从哪里冒出来的，成天不声不响地坐在这里干什么？”

那个人的表情像是快要哭出来了，他有些难过而又天真地看着校长，说：

“我做过什么吗？我觉得我没有做过什么。”

“还没做过？”校长说，“你整天坐在这里，本身就已经让我们非常受不了啦，你还要做什么？”

“我好像有些明白了。”他说，“我原以为你们不曾注意我，我原以为你们不在乎。”

“在乎，我们什么都在乎。”校长说，“我们是一群斤斤计较的人，工资里少一个子儿也要难受好几天。”

那个人朝校长笑了一下，那种软性的笑容几乎可以像水一样流动。校长最后的一句话仿佛使他受到了重重的一击，使他站起来的时候有些踉跄不稳，头重脚轻。他慢慢地向远处走去，粘在鞋底上的红黄胶泥以一种斑斑驳驳而又崎岖曲折的形式留在他的身后。那样的一种印迹，有时很重，很显眼，有时又什么都没有，仿佛他从来不曾走过，仿佛他像一种随风而逝的声音一样不留任何痕迹。

这以后，他终于消失了。

大约两天以后，我们在距离学校不远的粮站附近又看见了他，一场车祸使他死于非命。没有人认识他，知道他是谁。我们在那里站了一会儿，后来，有人用席子将他盖了起来。我们看到他的脑子，光宗形容说像是辣椒拌豆腐，这个印象深深印在了我们的记忆里。那一团黏稠的东西就放在他的耳朵边，像是自己从头颅里跑出来的。

在他的身上，人们找到一张纸，上面写道：

我不在乎千里迢迢，忍辱负重，也不在乎倾其所有，但我不能不惊异于你的变化无常。活了这么多年，我第一次明白所谓的现实生活原来竟是这样的虚假，虚伪，飘忽，不可靠，是如此的不堪，让人永远无法相信！它远不及一篇虚构的故事真实。此外，故事本身还有一种美感，而现实生活除了丑恶和肮脏，它还有什么呢？

这些天，看到你生活得似乎很好。又看到你面对我时的那种冷酷和无情，我想，一切都已经死亡了。我总算明白了。

我要回去了。我也该走了，早就该走了。

校长说，早知道这样，还不如就让他一直在那里坐着呢，其实他并没有妨碍我什么。

又说，他要是一直坐在那里，或许会成为我们生活中的一个伴，我们没事的时候可以和他聊聊，说说话。

唉，真是一个可怜的人！

校长这样说的时候，很自然地想起了那几个神经兮兮的自以为有几分姿色的女人，接着又想到了隐藏在那封信中的那个变化无常的女人。校长想，女人啊！真他妈的！一般人们只说男人没有一个好东西，其实女人也一样！这些变化无常的妖孽们，千百年来不知道先后埋葬了多少人的情感和生命。

可怜啊。校长说，真是可怜！越想越可怜。

站在校舍后窗外面的小径上，越过黄泥的操场，能看到那个人曾经长久地坐过的那道与田地相连的土坎。现在，那里灰蒙蒙的，蓬乱的荒草摇来摇去。

现在，一只瘦削的白猪正在那一带狂奔，看上去像是一名正在拼命锻炼身体的干部或知识分子。

到了晚上，街边上的血已经完全被尘土盖住，看不见了。几只狗在四周一带转来转去。

那天夜里，一直有一种隐隐约约的哭声在幽暗无边的空气里飘走，游荡。

那样的一种哭声，如同一些被人为扯断的线头，短短的，茸茸的，纷纷扬扬而又若有若无地伴随着我们走进梦里。在漆黑一团的梦里，在行走的过程中，凭着脚下不断传来的响声，我知道遍地都是枯枝败叶。

有一天，村长到镇上开会，来学校里看了看光宗。我们送他出来的时候，村长悄悄地对我说：

“我们家光宗在学校里有没有交女朋友？”

“没有。”我说，“我敢保证没有。我们都还这么小，怎么可能会有那种事情。”

“别说小，现在的孩子可不比以前。”村长说，“从前像你们这么大的孩子懂得什么呀，成天挂着两股鼻涕，只知道捣蛋，只知道傻吃傻睡。”

“我们现在也还不懂那些。”我对村长说。

“这么说，光宗没有？”村长紧盯着我，仿佛我在说谎。

“没有。”我说。

“真的没有吗？”

“真的没有。”

“唉，没有就好，那我就放心了。有就麻烦了。”

“真的没有。”

“唉，你知道吗，你和光宗不一样，别看你们是同学，又是好朋友，不一样就是不一样。你是苦寒的孩子，懂得生活的艰难，又知道用功，但光宗不懂这些。他的身上老有钱，当然，这也主要怨我，一个人老有钱也并不是什么好事，根本不值得得意。我活了大半辈子，现在总算悟出一点秘密：钱是会说话的！有时像先生一样语重心长，有时像女人一样柔情蜜意，娓娓动听，有时又在你不经意之间吱吱地尖叫，甚至呐喊。那是在干什么？那是在提醒你，别忘了它的存在。不管语重心长也好，不管柔情蜜意、娓娓动听也好，不管吱吱地尖叫还是大声地呐喊，所有这些声音，中心意思只有一个，就是让你拿着它去胡闹！钱的作用是什么？除了少部分用于生活开支外，很大程度上是用来让人胡闹的。个人拿着它胡闹，国家与国家之间也拿着它胡闹，只是说法不一样，提法不一样罢了。你要是不去胡闹，你要它干什么？它对你是完全没有用的，一点儿用也没有，半点用也没有。话说回来，生活是什么，生活本身其实也是在胡闹。是的，正经的也好，不正经的也好，事实上所有的一切都是在胡闹。”

“你是怕光宗拿着钱去胡闹？”

“是的，我说了这么多，我担心的正是这个。”

尽管村长把自己的声音尽量压得很低，但他的那些话还是被走在我们后面的光宗差不多全听到了。光宗来到村长面前的时候，村长似乎被吓了一跳。

“爹，你悟到什么了？”光宗十分生气地对村长说，“我不知道你在胡说什么？你怎么能那样不负责任地胡说？”光宗指的是村长担心他有女朋友的事。我知道光宗，他很在乎别人说他这个。

“我是怕呀！我实在是担心呀！”村长停下来，很无奈地看着我们。他说：

“女人，你不到那个年龄的时候，千万不能去沾，沾上就麻烦了。就是到了那个年龄，也不能像愣头青一样。愣头青往往是会被那些精明得快成精的女人从心里笑话的。”

接着又说：

“你想有烦恼吗？那就去沾女人，并拿出你的真情。用不了多久，保证烦恼和痛苦会源源不断地滚滚而来。这一点没有问题，不会有偏差。”

我以为这是他的经验之谈。村长这个人其实也很不寻常，很不简单呢。

“不是都告诉你了吗，我没有。”光宗说，“我再告诉你一次，我没有。”

“你就是有，我们也不能答应。”村长笑着说道，“告诉你们，我现在还不想这么早就做爷爷呢，谁要是突然叫我一声爷爷，我会非常难过的，我目前还根本不能适应这个非常特殊的称呼。还有你妈，她也非常不愿意听见有人管她叫奶奶，她这会儿正美得滋滋的。奶奶是那么好做的吗？活了大半辈子，突然发现自己挺美，就像讨吃的捡了个金元宝，不知该怎么办才好。”村长停顿了一下，对光宗说：

“对啦，你妈昨天穿了一双鞋跟又高又细的新鞋，兴致勃勃地刚出去没多久，就让石头绊了一下，摔了一下。”

“不要紧吧？”光宗说。

“脚有点儿肿，不太要紧。”村长说。

“她就不能穿稍微低一点的吗。”光宗突然又说。

“她要是知道你这样说她，她会伤心的。”村长对光宗说，“她其实也有点后悔穿那么高的跟。”

“你说她了吗？”光宗说。

“我没有说她，她已经摔了一下了，还用得着我来说吗。”村长说，“女人啊！永远都是那么让人头疼。”

“她回来的时候，是不是特别垂头丧气？”光宗问。

村长点点头。那还用说吗。

我们来到操场边上，一只鹰正在那片小树林子的上空一遍又一遍地来回盘旋，许多褐色的树枝、棕色的树枝呈现在我们的视线里。四周的灌木也是那样的一种色调，只不过更密集一些。村长说，上午在镇上开会的时候，忽然听说白庙的一个女孩子，刚上初中一年级就怀孕了，一开始的时候，大家都不信，以为是镇长在和大家开玩笑。又听说南园的一位七十四岁的老太太也是那样的情况，而且最要命的是还不知道何人所为。后来，镇长就生气了。镇长十分恼火地对大家说，你们他妈的别不信，别以为我在和你们说笑话，我没有那样的心情和闲工夫！你们要是不信，下午就带你们去看看，就当是一次集体组织的参观学习，让你们看看，让你们亲眼见识见识那是怎么回事。看见镇长这样气呼呼地一说，大家于是就都相信了。人们很吃惊，也很兴奋，每个人的表情都不大一样。镇长说，这些事情让我在县长面前很没面子，让我丢尽了脸，无论我走到哪里，都有人看我，好像是我……为什么那种事都出在我们这里？一定要找找原因！今天叫你们来，就是为了找原因的。这时，有人对镇长说，在我们身上找原因？你不会认为是我们这些人干的吧？镇长说，那也难说！怎么，你以为你就不可能吗？先别忙着洗刷自己，别把自己洗刷得那么干净，似乎一尘不染，这个狗日的世界上，又有几个人是真正干净的！不是吗，难道我说得不对吗？

镇长说得对。村长说，这个世界啊，已经被人们折腾得越来越不成样子了，一年不如一年，一天比一天糟糕。你现在还能经常见到那种一说话就脸红的人吗？已经很少了，已经十分罕见了，已经没有了。这种人的数量只会比大熊猫少，不会比大熊猫多，眼看就要完全灭绝了。

村长心情很沉重地和我们分了手，我们看见他一个人走进那片小树林子里去了。在一条又细又白的小路上又走了一会儿以后，树枝把他挡住了，我们终于看不见他了。光宗对我说，不知道你发现没有，我爹这个人好像和以前完全不一样了，变了很多，变得很厉害，不像是我从前的那个爹了。也许是开会开的。前些天他还告诉我，他每开一次会，就等于接受了一次教育，接受一次短期训练。

小树林子里静极了，只有那些蛛网在阳光下闪闪发亮。

回来的时候，在小径尽头的那道白色的月亮门附近，我们看见了陈丹华的妹妹，仅仅几个月以前，我们还是同学。现在，她站在那里，看上去似乎很无聊。让我感到惊讶的是她现在的形象，她穿着一双拖鞋，嘴里噼噼啪啪地嗑着瓜子，整个人完全是一副已婚妇女的形象。她朝我们这边望了一眼，看见我们后，很快又把脸扭了过去。

“这个小贱人不是怀上了吧？”光宗朝那里看了一阵后对我说，“你看她那腰，好像已经不对了，好像比以前粗多了。你看她那样子，懒懒的，看上去呆头呆脑的。我听说所有怀孕的女人都是这个样子的。”

我想起了姐姐曾经说过的话。

“校长最痛恨这种事情了。”光宗对我说，“他要是知道了，一定饶不了他们。”

我想，要是她真的怀孕了，她还敢像现在这样凯旋的英雄一样大摇大摆地在学校里到处出现吗？连我们都能看见她那种样子，难道校长看不见吗？校长又不是瞎子，校长在某种意义上也是一个十分精明的人，又是过来人，知道的也比我们多得多，他肯定知道应该怎么做。校长是一个有勇有谋的人，不但这样，在很多事情上往往还能使出某些令人意想不到的，令人惊叹不已，甚至令人叫绝的奇招，我们私下里常把校长的这种谋略称为“中华一绝”。校长很能喝酒，但从来没见他醉过，不像某些人那样一喝醉就头上扎着手巾，手里敲着脸盆，在学校里扭秧歌，猪啊羊啊，送到哪里去。也不像某些人那样哭哭啼啼，伤心欲绝，或者把裤子脱下来拎在手里，挨着屋子去串门，见人就热情地打招呼，大声地寒暄又答非所问。校长对我们的林老师很好，很尊重，但有时也会说她几句。有一年，食堂里既没有钱又没有粮了，校长就领着我们所有的人去医院里献血。去了那里以后，他第一个就率先把胳膊伸出来；不久，又第一个率先昏倒过去……现在，我在想，一定有比这更麻烦的事情堆积在校长的心头，使他懒得去理睬他们，无心去顾及他们。

我对光宗说，我们走吧。

几天以后，在回宿舍的路上，光宗又遇到了陈丹华的妹妹。他看见她的时候，她又正在那里噼噼啪啪地嗑瓜子。光宗正想走开，她却摇摇摆摆地迎了上来，站在他回宿舍的那条必经的路上，对他说：

“别人笑话我，你也想笑话我吗？我不怕你们笑话！我要是在乎，就不会这么做了。”

看见光宗愣在那里，又说：

“回去好好想想去吧，你妈当年怀你的时候，肯定还不如我现在这个样子呢。你要是不信，就回去问问她，当年还不定怎么邋遢呢。”

“我们那天说的话，一定被那个小妖女听去了。”光宗对我说，“要不她怎么能一看见我就问得那么准确呢？真正让我措手不及又哑口无言。你知道吗，她不但说了我，连我妈也给捎带进去了。”

我看着光宗，想起了那天的距离，想起她站在那道白色月亮门附近时的那种样子。按距离她不应该能听见，但光宗那天的声音现在想起来却并不算小，他从来就不知道怎样小声说话；而且她也是个聪明的姑娘，或许那天她所处的位置又正好是一个顺风的地方。这样，光宗的那种毫无遮拦的说话声随风传入她的耳中也是十分自然和有可能的事情。

“听到就听到了。”我对光宗说，“谁让我们不小心呢，谁让人家的耳朵那么好呢！反正已经被听去了，反正她也已经说过你了，还能怎么样呢。”

“你没有看见她的那种样子。”光宗说，“她看上去很生气，好像要把我一口吃了。嘴上说不在乎，可脸都气白了，像纸一样白。”

我对光宗说，用不了多久，她可能就真正变成我们的师母了，她会突然变大，一下子比我们大一倍。

光宗被我的话吓了一跳，他瞪大眼睛，用一种十分困惑而又有些愣怔的神情看着我，似乎在认真地掂量“师母”一词的含义和重量。他的喘息声飘在我的脸前，让我感到很痒，仿佛一只绿色的蚂蚱正在缓缓地爬行。天快黑了，那些红瓦的房子里有的已亮起了灯光，从白色的月亮门里面传来阵阵嘤嘤咽咽的声音。我听了一会儿，是胡琴的声音，是胡琴在嘤嘤咽咽地响，有人正沉浸在其中，似乎越陷越深，似乎只剩下一双眼睛还露在外面，其余的一切都已经不见了。

校长说，谁是我们的敌人，谁是我们的朋友？这个问题原来一直是革命的首要问题，现在不是了。注意听着，并不是说我们现在就没有敌人，全是朋友，而是说人们不应该主动去为自己树立敌人，敌人这种现象可能永远都是存在的。我们打算与任何人都和平共处，互相尊重，而绝不应该为自己去争取敌人。至于友谊，那是当然要缔结的，一定要缔结，要广泛深入地与各种各样的人缔结各种各样的友谊，能缔结多久就缔结多久，能缔结多深就缔结多深。月亮已经偏西了，树木的影子停留在墙上，像是一种久远的烙印，偶尔才会轻轻地移动一下。说吧！轻轻地说，慢慢地说。有一次我梦见一道似乎是这样的考题：月亮在后半夜的时候是什么样子的？有人看完后十分生气，谁他娘的想出这种题目，这是谁干的？想想就会明白，后半夜的时候，我们大部门的人都还正在梦里呢，谁能去关心月亮在那个时候的情形？除非整夜不睡，坐在那里，或者中途突然爬起来，披着衣服悄悄地出去。是的，悄悄地出去，并不是怕惊动了月亮，当然另有原因。原因不能说呀。人生在世，有些话可以对所有的人讲，有些话只能对少数人讲，有些话只能对某一个人讲，还有一些话不能对任何人讲，只能说与你的手，只能让它倾听。不是吗？亲爱的同志们，朋友们！真话好不好？当然好！但历史的经验值得注意！人生的经验也在一再频频地告诉我们，真话好是好，但没有几个人爱听，愿意听，你要是从小至今一直坚持对任何人都说真话，你会得罪所有的人，所有的人也都会无一例外地成为你的敌人。你若不信，从下半生开始试试。我知道，这是在冒险，当然是在冒险，是在出生入死，从来还没有人这样试过呢，这当然是在拿着鸡蛋碰石头，这当然是在拿自己与整个世界开玩笑。同志们，朋友们！这样的玩笑是开不起的。孩子，我们不会让你去送死的，世界那么大，又那么厚，那么硬，你能硬过它吗？你拿什么去和它较量？“较量”这个词用在这里是非常不对的，应该叫胡闹。是的，是胡闹。你就是一时冲动也好，真的犯傻也好，我们都不会让你去胡闹的，不能眼看着你去送死。为什么我们常常会泪流满面，心如死灰？某些时候就是因为太过于冲动，太过于激烈，甚至几近于残酷，也不能排除我们因一时的不慎而说了真话。现在已经是后半夜了，我也看见了有关月亮的大部分情形，可那又有什么意义呢？说实话，我真没看出这里面有什么意思。意思，意义，你听见了吗，你听见你在说什么了吗？我要说你是一个不自觉的人，你又犯了说真话的老毛病，我真拿你没办法。听着，收起你的那套丧气话！没人愿意听！什么叫意思和意义？每天活着就是意思和意义，就这么简单，一点儿也不复杂，不深奥。与一个不算陌生的男人或女人一起吃饭，睡觉，出入，与一群孩子开玩笑，给他们说笑话，让他们感到幽默而开心，与一些无关紧要的人在一起共事，并时常抱之以笑脸或点头摇头，等等这些，难道还不算意思或意义吗？人们需要被鼓舞和感染，需要在一定意义上被欺骗，生活多么美好啊，多么有意思啊！活着多么有趣啊！不能给他们像轮胎一样撒气，就目前抓得这样紧还时常有漏气现象发生呢。我们不要求你所说的每一句话都是宣言或口号，警句或箴言，甚至好听的甜言蜜语，那样对你是太苛刻太严厉了一点，不太公平，而且也是不现实的，但至少你说的不应该那么难听，不应该那么让人丧气，至少应该听着顺耳一些。不是吗？有些问题不该你追究的就不要去追究，你追究那些研究那些干什么？除了乱人心，乱自己的心，还能有什么别的意义？人民害怕移性，而你想做的恰恰就是这些，你是多么糟糕，多么让人不放心啊！意义这个东西还真是个难以说清难以描绘的东西。比如黑夜，黑夜的意义是什么，是黑暗吗？是闭上眼睛吗？似乎都既不准确又不完整，但又不无关系，分明都沾着一点边。到处都是类似这样的一些似是而非的问题，时常感到疼痛，却又一直找不到痛点在哪里。一开始你以为是脊梁出现了问题，常常让你卑躬屈膝，点头哈腰，但摸上去后才知道那里并没有什么感觉，不痛不痒。于是，你又开始疑心自己的脸、肝脏甚至大脑。初看上去，似乎哪里都没有问题，但问题又的确存在，可以瞒别人，说什么也没有，但瞒不了自己。尤其是北风呼啸的时候，尤其是当北风呜呜咽咽地从外面经过的时候，这样的感觉就会突然变得像皮下的肋骨一样清晰可触，甚至异常棘手。还是校长说得对。他说，关于目前的形势和任务，我刚才已经讲得很明确了。如果有谁还不明白，请私下里单独找我谈，我的门随时都是敞开着的，随时向所有的人敞开着。我随时都在恭候大家，欢迎大家走进我的门里，我们可以共同学习，解决问题。不要因为我是领导，就不去找我，或者千方百计地躲着我，我不希望看到那样的现象，那样我真的会生气的，我代表组织向你们生气，你们受得了吗？听明白了吗？是的，一定要去找我，不要害羞，也不要害怕。我有什么可怕的？我觉得我很和蔼可亲，很平易近人嘛。是的，你们要是不找我，我还要亲自去一个一个地找你们呢。我这样做，就是想与你们打成一片，亲如一家。如果有可能，我还想介入你们的私生活呢，你们的家庭，婚姻，老人和孩子，甚至亲戚朋友，我都想了解一下，我有这个责任呢。我这样做，并不是为了想让自己得到什么，更不会像过去那些腐朽的人一样为自己去争取什么，不是的，这是不可能的！这一点务必请同志们放心，把心放得宽宽的，把心放到肚子里。我常想，领导究竟是干什么吃的，就是为了与大家谈心的，就是为了化解矛盾、解决问题的。如果你们大家是一块又一块的冰，那么，我是什么呢？毫无疑问，我就是一锅正在沸腾的大雾弥漫的开水，我希望你们都能跳进来，或游泳，或沐浴，或鸳鸯戏水。

是的，我要把你们统统化掉，让你们真切地感受到温暖来自组织和我个人方面的双重的温暖与关怀！我很乐意这样做，是的。天已经很晚了，很多人的脸上布满了暮色般的愁容和倦意，有的人站在那里就睡着了，打着呼噜，鼾声连天，由于人声过于嘈杂才使那声音一直抬不起头来。四周一带的树木都光秃秃的，连一只乌鸦和喜鹊也看不见。只能听见一些叫声，但那不是乌鸦或喜鹊的声音，而是有人用喇叭和假嗓模拟出来的，一会儿叫几声，过一会儿又叫几声，目的也许是想分散人们的注意力，也许是别的。几只耕牛像比赛一样在操场上狂奔了一阵后，留下了许多碗大的蹄印，蹄印上被刨起来的那些疏松的虚土成了蜗牛们出没的地方。校长看了一会儿那些碗口大的蹄印和那些在土里拱来拱去的忙忙碌碌的蜗牛，眼睛渐渐地有些湿润了。他哽咽地说道，同志们，看见了吧，都看清楚了吧，展现在我们面前的这些乱七八糟的东西是什么？难道仅仅是几个牛蹄印吗？这时，有人说道，那当然是牛蹄印，不是牛蹄印又是什么？难道是我们自己的蹄印？你说那是什么？它总不至于是我们这些人的饭碗摆放在那里吧？校长朝那边扫了一眼，脸上浮现一丝苦涩的笑容。看得出来，他正在努力克制着自己的某种情感。停顿了一会儿后，他说，我早就说过，要团结周围一带一切可以团结的力量，工人，农民，小商小贩，引车卖浆之流，甚至有小偷小摸习惯的人，甚至有劣迹的社会闲散人员，凡是能团结的，我们都要尽力去争取团结他们，这对我们是非常有好处的。一旦与他们建立了某种友谊之后，他们再来破坏我们的操场的时候，可能就不那么好意思了。再想偷偷摸摸地把我们的篮球架锯倒或者掀翻的时候，也会认真地考虑一下，这样做很有可能是错误的，把篮球架锯倒或掀翻，既对不住朋友，又有犯罪的可能，就不锯了吧，就不掀了吧，就让它们好好地在那里站着吧！说起来它也并不妨碍我们什么。以前，他们常常趁我们中午或者晚上睡觉的时候，躲在暗处，用砖头或尖利的石块砸我们的玻璃，一砸就砸个乱七八糟，一塌糊涂，让人气绝。现在，可能也就不砸了吧。遇到有人再砸时，他们或许还会把那个人捉来交给我们发落。同志们，这种可能性是有的，是完全存在的。我估计他们再也不可能像疏散难民一样把他们的猪羊鸡鸭赶到我们的学校里来了，不会了，再也不会有那样的事情发生了。我们开始有前途了，有希望了，开始看到曙光了。他说着，身体微微地有些摇晃，前倾，尽管黑夜给了他较好的掩护，但还是被某些眼尖的人给看出来了。远处传来汽车的声音，持续不断的摩擦仿佛在证明它陷在河滩里不能自拔了。一个女人在说，徐懋功，你这个挨千刀的！姑奶奶要和你离婚，就在今天这个晚上！没有人知道徐懋功是谁，但人们从那个女人的话里替他感到难过。女人啊，真他妈的！有人在黑暗中叹息。旁边一个五大三粗的女人立即针锋相对地反唇相讥，男人，真他妈的！没有一个正经东西！都是些靠不住的货色！男的不行，女的也不行，如此说来，这世上竟很难挑出一个让人满意的人来，也许只能到某些书里去寻觅，得之，我幸，不得，我命。粗疏而砺手的北风迎面吹过来，让人禁不住发抖，战栗，愁容紧锁。一些窗户在砰砰啪啪地乱响，大门吱吱呀呀地合上又被打开，向外泼水的声音和匆匆赶路的声音交织在一起。你这个小贱人！这回看你还往哪里跑？妈妈呀！请好好保重自己，等莜麦熟了的时候我再回来看你。这时，有人提醒校长，不久前在操场上四处拼命狂奔不止，又留下许多碗口一样大的蹄印的那两头牛是一个叫卫三爷的老人的，并不是专门放出来要祸害操场，是因为卫三爷靠在墙上打盹，一时没有看住，它们自己弄断绳子从牛栏里一口气偷跑出来的。为什么会变得那么疯狂？可能是事先吃了两只鹅蛋的缘故。卫三爷记得它们的生日，今天正好是它们一周岁的生日，卫三爷为它们简单地操办了一下，每人两只鹅蛋，或许它们还和卫三爷共同分享了一点卫三爷的酒，不久以后它们就变得不能控制，变成那样了。卫三爷自己也没吃什么，只喝了几口酒，就感到有些迷糊了，很快就昏昏沉沉地什么也不知道了。鹅蛋？校长有些吃惊地看着站在他面前的人，似乎被吓了一跳。这个时候怎么会有鹅蛋？他说，这可是冬天啊！这可是数九严寒的季节呀！冬天怎么啦，冬天难道就不允许有鹅蛋出现吗？冬天难道就不允许人家鹅下蛋吗？你们人，又有多少人在数九严寒的冬天里生儿育女，人家动物们，植物们，可曾说过什么？有人立即建议，请一向以胆大心细著称的辛凤鸣老师回去在字典里查一查，或许能找到一个比较理想的答案。看不见辛凤鸣老师此刻站在哪里，却能听见他的那种哭笑不得的声音：别他妈的寡 × 了！不要什么都到字典里去找，你以为字典是什么？字典就是字典，字典又不是百宝箱！字典只负责解释每一个字的意思，怎么可能会有鹅蛋夹在里面？校长摆了摆手，说道，好啦，就不要去找，管他有没有呢！辛凤鸣同志说得对，字典就是字典，字典又不是百宝箱，里面不可能什么都有。我赞成辛凤鸣同志这样的观点。不过，我要说一下，辛凤鸣同志以后说话应该注意一点儿影响，老师嘛，是不是，不要一开口就寡 × 寡 × 的，什么叫寡 × ？“寡 ×”这两个字也是你能说的吗？那是女人们之间才常说的一个词，而且涉及的也是她们本身，她们可以说。但我们不能说，她们无论怎样说都行，但我们无论怎样都不能说。有风吹过来，校长的头发像茅草一样向一边倒去，那些像茅草一样倒伏的头发看上去的确风吹草动，一片惊慌，同时又有些痛心疾首而无可奈何。他忽然听到有人在这样说，苏雪霖，你这个狗娘养的！怎么回事？都已经一个多月了，为什么还不去找她？你可知道她每天都在等你？你要是再不去，我可就要采取行动了！告诉你，是一种非常极端的措施，你会受不了的。他努力眨动着一双有些疲倦的眼睛，在认真地分析着，判断着。是的，这究竟是怎么回事，到底在说什么？说话的人如同一根隐藏在参天巨树中的树枝一样根本无法看清楚，即使清清楚楚地垂在你的眼前，也不能肯定就是他。他又一次感到活着的艰难和痛苦，连简简单单地判断一件事情、一句话都是如此地吃力，还怎么能再去奢求别的什么？正在疑惑之际，又听见有人在说，老李，为什么还不去勾引我的老婆？实话告诉你，她已经等得有些不耐烦了。这一回，他是被认认真真、结结实实地吓了一跳，仿佛被从一个可怕的噩梦中吓醒后一样。他比任何时候都想看看这个说话的人到底是个什么样的人，为什么会说出这样骇人的话？而且是以一种十分平静又十分焦急，而又不乏真诚的心情？但已经看不见了。他无奈地闭上眼睛，想道，疯了，一定是疯了！这年头的人啊！如果说前面的那个人还一时很难说是怎么回事的话，那么，刚才这个人一定是真的疯了，或许比那些真正的疯子还要疯，问题还要严重。这样的一个人啊，无论说他什么都不为过，无论怎么说他都不为过，只可惜没有看见他到底长的什么样子。不看也罢，真要是看了，没准会后悔不已。不久前在打篮球的时候不小心扭伤了腰的两位女老师如今还沉浸在过去的呻吟之中，她们柔声叫着，眉毛一蹙一蹙的，看上去倒比她们没受伤的时候要动人一些，似乎这样更有一种魅力。如此，对她们来说，晚一天康复要比早一天康复应该更重要一些，伤痛恢复得越慢越好，痛苦多延长一天，美丽也就多驻留一天。否则，腰好之日，也是她们魅力消失殆尽之时。伤痛啊，请慢些好吧！让她们多美丽一天,美丽一天是一天。他挺了一下胸,面孔有些涨红，隐约感到腰里似乎有点儿不太对劲。他远远地看见了她，端庄，文雅，秀丽……他差一点儿叫出她的名字来。她的腰没有扭伤，她哪儿都没有扭伤，她和她们是不太一样的，因为她无论做什么都是那么小心，谨慎，思前顾后，徘徊不定。这样的一个女人啊！他想起了那个曾经长久地坐在操场边上，后来又在一场车祸中不幸丧命的人，想起了他身上的那封信，不知为什么，他总觉得那个人和她有关，他是来找她的。他曾经私下里问过她，但她什么也没说。从那以后，她再也不让他到她的屋里去了，见了面也都不打招呼。一定是恨上我了，他想，一定对我充满了看法。他心里难过得要命。有一次他怀着满腔的真挚和热情去看她，结果却被她的那种冷若冰霜和一脸的不屑给打了回来，很快败下阵来。从她那里出来后，他感到无地自容，仿佛整个世界都在朝他发出讥笑。这以后，他找到那个与学生谈恋爱的老师，以领导身份对他说，你是真打算要娶你的学生为妻吗？那位老师说，是又怎么样？他说，你能保证一辈子都对她好吗，不会变心吗？那位老师说，那倒很难说，人是会变的，不是一成不变的。他说，不行，你得负责，你得负起这个责来，无论如何。都什么年代了，还说这种话！她不需要我负责，什么时候只要她遇上比我更好的，她完全可以把我甩开，因为每个人都应该是自由的。原来是这样，那么，我是不是有点儿狗拿耗子？这两天，我看见她像个功臣似的在学校里到处走来走去，她肚子里的那孩子是你的吗？不是我的还能是谁的？是我的！几个月啦？这个我不太清楚。行，你行，你看上去比我们都行！做人的勇气你是够了，不像我们这些人一辈子活得窝窝囊囊，像老鼠一样，除了老婆就是孩子，除了丈夫就是父母，哪像是人过的日子？唉，再没有比我们更窝囊的了，无论有多么美好的愿望都只不过是一阵空想而已，永远都只是空想。别这样看着我，我没有嘲弄你的意思，丝毫没有！我很佩服你，很羡慕你呢。校长，言重了，千万不要这么说，我一直在等着你给我处分呢，我把人家的肚子给弄大了，自知在劫难逃，你处分我吧，无论给我什么处分，我都认了，绝无怨言！处分？处什么分？你在胡说什么，为什么要处分你，为什么要给你处分？我不给！是的，不给，你想要也不给，这事我说了算。依我看，该受处分的是我们这些人，真正应该受到处分的是我们这些一辈子循规蹈矩，小心谨慎，瞻前顾后，死气沉沉，窝囊得不能再窝囊的人，不是吗，难道我说的不对吗？校长，你真是这样想的？怎么，我的话里难道有假吗，有什么值得怀疑的地方吗？信不信随你。校长，谢谢！我也代表她谢谢你。谢就不用了，让我们在今后的日子里共勉吧，啊！是的，共勉，让我们共勉吧！从那里出来后，他的精神不像刚才那么萎靡不振了。本来他还有些话要说，但那位年轻的同事兼属下似乎很清楚他的一些心事，还提到了她……这又让他意想不到，感到惊讶不已。不能再继续说下去了，他想，他的心已经变得很乱。

狗日的人类啊！这以后，他几乎是不辞而别地从那里出来，像一个无家可归的人一样看着坐落在远处近处的一些房子。不要忘了给南瓜配花。一个声音回荡在多年以前的某一个早晨里，是父亲临走时留下的，现在听上去，音色依然未减。他还是个孩子，你老让他去干那种事？母亲对父亲说。父亲朝他望了一会儿，终于还是走了，并没有把女人的那种担忧当回事，终于还是把去南瓜地的任务留给了他。父亲走后不久，他去了那里，大片的南瓜和葫芦正在生长之中，今天正是它们开花的日子，众多鹅黄的喇叭状的花朵颤颤巍巍地开放在他的视线里，使他的眼前和周围一带灿烂极了，辉煌极了。踏着满地晶莹乱滚的露水，按照父亲的吩咐和交代，他小心翼翼地将花朵的雄蕊插入雌芯之中，十三岁的少年第一次朦胧地目睹到生命的方式和过程，在慌乱中不甚清晰和完整地探听了一次生命的含混而抽象的秘密。他的手抖得很厉害，以至于手指和手背上沾满了鹅黄的花粉，眼睛里也仿佛全是那种晶莹而缠绵的鹅黄。雌蕊里面有一滴像蜜一样甜的汁液，仅有那么一滴，以前，他常用嘴将它们吸吮得干干净净，然后回味着留在嘴里的甜蜜。自从有一次被父亲发现，并招来一顿严厉的责骂之后，他才开始明白那仅有的一滴甜蜜的汁液是属于花蕊本身的，从此他再也没有去吸吮过一次。多年以前的甜蜜就这样在寻常之间竟成为永诀，现在，回忆使他的嘴里感到发苦。当他眼前再次浮现出那个永远的露水遍地的早晨时，他听到身边有人在叫他，回头去看时，竟然是她！……这个女人啊！这个让他日日夜夜都魂牵梦萦的女人啊！很多时候，他觉得她就是蕴含在花蕊中的那一滴仅有的甜蜜的汁液，稍一不慎，便会蒸发掉，便会被吸吮掉，消失得干干净净，这使他在不断到来的忐忑不安中过了一天又一天。什么东西是最让人害怕的？什么东西是最让人怀念和留恋的？北风吹拂着，让很多东西都发出了各自的声音，有时候那些声音竟会完全一样，你相信吗？你相信那个在风中战栗的女人是因为冷吗？仅仅是因为冷吗？一个人一声不响地走远，以后又完全消失，有时候并不是被丑恶逼走的，也许是由于无边无际的困扰，甚至也许是为美丽本身所逼？在他（她）的身上，一定还保留着许多香草般的记忆和霞光似的梦想。镜子啊！请你告诉我，谁是这个世界上最美丽的女人？我仿佛曾经见过她，曾经被她的手轻轻地打过一下，从此心头总是荡满了怡人的绿荫。这是个事，这绝对是个事，而不是无关紧要的，它会贯穿一个人的一生。有一天我正在上课，校长领着一个陌生的人来找我，来人给我带来了姐姐在城里死亡的消息。我无声无息地看着他，我觉得站在我面前的这个人好像在说谎。他在不住地摇头。校长看见我脸上河流一样的泪水时，对我说，不幸随时都会光顾每一个人，要挺住。那一瞬间，我看见四周一带的那些红瓦的房子又在开始摇晃，翩翩起落，昭示着它们又要远走高飞，随风而去。我隐约听到校长又在忙着找人，找绳子和杠杆，极力挽留那些浮动不止的房屋，阻止它们远去，使它们能够重新安静下来。那时候，我想起一个人，包括他的那种一往情深的眼神，想起姐姐最后一次回来时对他的那种不乏亲昵的称呼。于兆龙。于兆龙。我在心里默念着他的名字，跑着去找他。来到他家门口的时候，听到他的女人正在里面叫他。她既不叫他于兆龙，也不叫他兆龙，更不像姐姐生前那样叫他死鱼，而是叫他龙——，声音拖得长长的。我又敲了一会儿门，他终于出来了，看见是我，他吃了一惊，我把事情向他说了一遍，他表示不信。我又重复了几遍，再加上脸上的泪水，他终于信了。怎么会这样呢？他说，怎么会这样呢？我看见他和刚出来的那时候不一样了。你去找过村长了吗？你们校长呢？他说。找人家村长有什么用？和人家校长更没关系。这时，那个女人又在里面声音拖得长长的叫龙。他回过头去说，我说两句话，马上就回去。接着又对我说，你应该去找找他们，他们会帮你料理的。路上小心一点儿，啊。说完，他就关上门回去了。这以后，我就走了。我走了一会儿后，抬起头朝天上看一会儿，冬天的月亮寂寞无比地挂在那里，仿佛一张苍白而憔悴的脸。

十月

一

万顺被带走的那天，外面飘着一点小雪。在倪云的印象里，那雪薄得像纱，她很认真地记得它们的那种样子，她刚一打开窗户，就看见它们一缕一缕地飘了进来，有的直接上了她的脸和头发，有的刚一进来就不见了。

它们是斜着飘进来的，站在屋里，能看到它们如同一道一道的虚浮的斜坡被运了进来。

本来说好了要去白草坡接蘑菇，有一个叫老谭的人在那里等着他，但万顺吃过早饭以后在家里磨蹭了一会儿，等后来终于要走的时候，已经不行了，已经为时已晚，根本来不及出门了。

那时候，从敞开着的窗户里面，倪云看见街门被无声地推开，有三个人硬邦邦地从外面走了进来，走在前面的是副村长罗金灶，后面的两个人她不认识。他们雪乎乎地出现在倪云的视线里，让她不禁吃了一惊。

她听见她的心里哗啦地响了一声，是一种很难听的声音，她不由得皱了一下眉头。

她想，坏了。

那时候，倪云的心里忽然有了一种十分泥泞的不干净的感觉，可是又不知道那种东西是从哪里来的。她在心里对自己说，好像麻烦来了。那样的一种泥泞的让人寸步难移的情景，她不是没有见识过，就算是有日光在上面黄亮黄亮地照着，也完全不起什么作用，有时候，在那光线里还会蒸腾起另外一些本来没有的东西。

就在她打算更进一步往深里琢磨究竟是哪一方面的麻烦时，他们已经带着一股凉气来到了她的面前。副村长罗金灶对她说，和他一起来的这两个人都是乡里的干部。倪云看着他们，她的睫毛忽闪了几下。她在想，乡里的干部就乡里的干部吧，和我们又有什么关系？就算是县里的干部省里的干部，那又怎么样？他们当他们的干部，我们过我们的日子，一点儿边都挨不上。

那时候万顺已经穿戴整齐，身上还挎了一个包，正打算要从他们的身边经过，但是被罗金灶叫住了。

罗金灶说，要出门？

万顺说，对。

这就要走？

这已经有点儿迟了。

听见万顺这样说，罗金灶回过头看了看那两个乡里的干部，他有些心惊肉跳地对他们说，不问不知道，一问吓一跳，差一点儿跑了，真悬哪！我们再迟来一会儿，或者再扯一会儿别的事情，我们可就逮不住他了……我现在可是知道时间的重要性了，懂得它的厉害了，它不光是金钱……

万顺说，要逮我？

罗金灶说，不是要逮你，是要让你去乡里参加一个学习班。我是说，咱们差一点儿就碰不上了。

学习班？

所有有拖欠的人都得去，要么把钱交了，交了就不用去了。你应该有一笔欠款吧，数目还不小哩。

那笔账我不承认，我觉得是在陷害我。谁知道是怎么弄出来的，好像是一阵风刮来的。

承认不承认那是另一回事，总是有吧？你比如，有一个人，明明杀了人，但是他百般抵赖，死活不承认，难道就因为他本人不承认就认为他是一个没有罪的人吗？他因此就没事吗？

看见罗金灶说得这样有板有眼，似乎又合情合理，万顺不知不觉地把挎在肩上的那个包取了下来，拎在手里。现在，他看上去像是一个因有事向老师请假而又没有被批准被答应的小学生一样，有些愣愣地迷惑不解地看着眼前的罗金灶，他忽然觉得，这么多年来，他真是有眼无珠，真的是小看了这个人。事情不落在谁的头上，他还会像过去那些年一样，像以往任何时候一样，不会对罗金灶这个人引起丝毫的注意，而肯定还会继续忽略下去。现在，连罗金灶这样的人都能这样，由此上溯到前些日子，那个让人觉得喘不过气来的昏昏沉沉的晚上……

仿佛有人在他的头上狠狠地猛击了一下，一个词突然像一块粗粝的小石子一样蹦进了他的脑子里。

于是，他几乎来不及斟酌和多想，只是带着一种被那块不知从哪里飞来的小石子砸伤的疼痛和迷惑，脱口说道，这是一次报复。

报复？

你们不明白，不知道这里面的弯弯绕。

是谁在报复你？

他看了看他们，那一刻，他感到自己几乎马上就要把那个名字像咯血或吐果核一样从自己的嘴里吐出来了，但不知为什么，连他本人也说不清楚，他很快又把它咽了回去，艰难的吞咽和退隐为他带来一阵真正的刺痛和一阵几乎不易察觉的痉挛，使他的眼角里不知不觉地沁出了泪水。这以后，他装作一种随便或无意的样子，抬起一只手，将那湿漉漉的东西掩饰性地抹去。

他问他们，学习班主要学什么？

他们说了一连串的内容。各种政策，各种法律法规，世贸知识，如何接轨，还有省委1—17号文件。

他说，和哪里接轨？河北？山东？内蒙古？

他们说，和世界，主要是和外国人。

不是和自己人接？

自己人接个什么劲？长得都一模一样，吃的差不多，穿的差不多，就连想的问题也都大同小异，有什么接头？一个人，从河北到山西，那一点儿也不新鲜，甚至可以说没意思极了，尘土飞扬，又乏味，又无聊，要多没意思就有多没意思。但是，一个人要是从乌兰到德国，从李庄到美国，那就不一样了。

外国人愿意和我们接吗？

哎，你管那么多干什么！这不是我们尤其是你这种人要操心的问题。

我有一批蘑菇和木耳，质量都没问题，有十几麻袋，不知外国人愿不愿意要？

先别扯这个，先把你的蘑菇和木耳放下，你现在首要的任务是去学习，明白吗？

对，把蘑菇放到一边，先去学习。

学完了就能把欠款免了吗？倪云说。

听见倪云这样说，万顺忽然变得有些烦躁不安起来，他生气地对她说，不要这么问，我们没有欠款。

听见万顺这样说，副村长罗金灶几乎是仇恨地瞪了他一眼，听见这样的说法，让他这个做干部的内心感到十分的麻烦而又愤怒。不能不麻烦，没办法不愤怒。他本想对万顺说：“你说没有就没有？”但话到嘴边，很快就又改变了主意。他觉得在这件事情上，无论如何都不能再继续纠缠下去了，这种时候，纠缠实际上就等于软弱和动摇，而他本人和乡里来的两名干部此时此刻并不代表他们各自，而是代表……是的，就是这样，就是这么回事。那么，咱们软过吗？什么时候软过？回答是否定的。而他本人，副村长罗金灶，老罗同志，要是像一个善于吵架的女人一样，与对方一问一答地交火，那无疑是在与对方进行舌战，展开辩论。啊！这是在干什么呢？万顺是个什么人？不过是一个倒腾蘑菇和木耳的小人物，他有什么资格和权利与咱们狡辩，与政府吵架？而他们三个人是来通知他、命令他的，并不是来动员他、劝说他的。命令他去他就得去，必须得去，去也得去，不去也得去，有条件要去，没有条件创造条件也得去，狗日的，我看他这回是去定了，非去不可了……啊！他娘的，这就对了，总算把相互之间的关系给梳理清楚了，差一点儿让他把我们几个人给绕迷糊了，差一点儿让他把我们领到黑豆地里去，差一点儿让我们都变成没娘的孩子。

梳理清楚双方的关系之后，罗金灶顿时变得轻松起来，他的嘴里发出一种嗞嗞的声音，既像是在练习吹口哨，又如同车胎撒气一样。他没有再继续理会万顺，因为他有很多理由认为万顺已变成一只煮熟的鸭子，已经不需要再费事了。这会儿再看万顺的时候，他已经不像刚才那么恼怒和仇恨他了，甚至觉得他有些可怜，站在那里是那样地孤立无助。他想，本来嘛，一个常年东奔西跑，贩卖蘑菇和木耳的人，能有多厉害，命中注定就是个吃素的。由此也可以得出一个结论，很多自食其力的人其实都是吃素的。这样一想过之后，他觉得自己所在的这一方实在是太强大了，太有力了，无论面对谁，谁都会变得落花流水，如同枯枝败叶，没有别的结果，结果只有这一种。于是，他转身看着站在一旁的倪云，对她说，那咋能行！要是那样的话，学习班的门早就挤破了。学习班的人啥也别干了，整天就埋头修门吧。刚修好，安上去没一会儿，转眼就又被挤破了。

说完后，他走到一边，看看眼前的几个人，原以为他刚才说的这些能赢得一阵笑声，最不济，至少也能够让两位乡里来的一直都愁容满面的干部笑出声来，但是没有，在场的几个人谁都没有笑，这大大出乎他的预料，他想，这是怎么回事呢？是我说得不清楚吗？还是他们没有听明白？或者是有什么东西闯进了他们的心里或眼里，分散了他们的注意力，让他们变得毛毛糙糙，心不在焉？是的，他只注意到其中一个人脸上的肌肉十分微弱地动了动，但那能叫作笑吗？肯定不能，肯定不算。是的，那不是在笑，可以马马虎虎地认为那种表情能够代表一切意思，但唯独与笑无关，怎么扯也扯不上。

这时，乡里的一位干部对万顺和倪云说，学习，不是为了学习而学习，主要是让你们提高觉悟，提高认识，通过学习，清楚地清醒地认识到自己以前那样做是不对的，甚至是十分错误和十分危险的，不是一个合格的公民一个好的公民应该做的，以后再也不能那样做了。学完以后，能够积极地主动地心情非常愉快地感觉如同去领奖或赴宴一样地把从前所欠的款项交清了，不需要让人督促，提醒，甚至登门索要，那样就没有意思了，不仅没有意思，连脸面也没有了。人活脸面树活皮，要是连脸面都没有了，蘑菇贩得再多，那又有什么意思呢？人不是为了蘑菇才活着的。为什么我们一再强调要学习呢？因为通过学习，你的觉悟提高了，认识也提高了，看问题、做事情从此就和过去再不一样了，别人做不到的，你就能做到，别人能厚着脸皮拖欠，你就不会了，而且永远也不会再发生类似的事了。在你的身上，开始闪现人类的希望。

看到倪云的脸上布满了沮丧和困惑的神情，乡里来的另一位干部说，当然，要是学得特别好，特别突出，可以减免一部分，不过，那得特别突出才行。

倪云想，怎样才能算是特别突出呢？得学到什么样的程度？她觉得自己想不清楚，也不明白。

雪还在继续飘着，这样小的雪应该是没有声音的，但是她觉得自己听到了雪的声音。

很快似乎又听见了往年的大雪像云彩一样一片一片地往下落，咚咚的回声从远处传来。

想到万顺还要去白草坡，而且还有一个叫老谭的人正在那里等着他，万顺到现在还在家里，出不了门，说不定那个叫老谭的人已经开始东张西望地不耐烦了，在骂万顺不守信用……又看到眼前的那三个人一直都虎视眈眈地站在那里，看样子万顺是插翅难飞。于是，她对他们说，我能不能替他去？

你去？罗金灶说。

这个家也有我一份。她说。

罗金灶说，我知道有你一份儿，你就是不说，也有你的一份儿，可那哪能行？这是去学习，又不是打牌，他手气不好，下去尿一泡，喝点儿水，镇定镇定，冷静冷静，总结一下经验和教训。你上来替他打一会儿，换换手——这是去学习。我们的社会有多好，依我看够好的了，再也没有比这更好的了。有了问题，不是打你、骂你、斗争你，也不把你一棍子敲死，而是让你去安静地学习，就像古人去修炼一样。普天之下，自从盘古开天地，世上哪有这样的好事？有吗？我敢说没有，百分之百地没有。这要是搁在过去，门儿都没有，你说不去就不去？一绳子就把你捆走，像拴狗一样把你拴走了。

这以后，他就不再理他们了，他觉得有足够的理由让他相信他们夫妻两人现在已成了实实在在的瓮中之鳖。走？往哪走？两个手无寸铁的社员，放开让他们走，他们能走到哪里去？能走出中国去？恐怕本省本县他们也走不出去。

正是因为这样，事情才让他这个做副村长的感到十分地安心和踏实，他才会转身以一种无比轻松的闲聊般的心情和口吻，像讲鬼故事一样，对乡里来的两个干部说，现在生活在村里的人，大不比从前那些年了，总的来说有些失控，很多人都管不住了，变得无组织无纪律，目无领导，完全不把乡、村一级的领导同志放在眼里。还有极少数的人甚至变得无法无天，不知不觉地成了贼、土匪，成为国家和人民的敌人。过去你要找一个人，十有八九能找到，不在家里，就在地里，除非死了，一般都能找到，就是死了，也有个坟在那里，你会明确地知道他在里面躺着。现在不一样了，有些原来挺熟的人，好几年也不见一回，很多人都像老鼠和蚂蚁一样，到处出溜，到处乱窜，你根本不知道他们每天都在哪里，在干什么。

应该是在闹钱。乡里的一位干部说。

对，是在闹钱，全国人也只有这一个目标，万众一心地闹钱。乡里的另一位干部说，这也是人们生活的全部内容。

罗金灶看了看他们两个，然后说，关于这方面的情况，我曾经向上面反映过，可惜一直没有回音。

又把声音压得低低的，说，万顺今天正好能撞在咱们的枪口上，对我们来说，完全是个意外的收获，也可以说是一个奇迹。说实话，来的路上，我一点儿把握也没有，一点儿希望也没有，根本没敢想到能正好碰上他。他要是天不亮就贩蘑菇走了，我们也没办法，总不能发通缉令去逮他吧。

二

望着寂静的院子，倪云想了很久，她想不起该怨谁，后来忽然觉得，要怪也只能怪万顺自己，他要是早晨起来后不在家里瞻前顾后忽东忽西地磨蹭，要是早走一会儿，哪怕提前几分钟，他们也就碰不上他了。

她不是没有提醒过他，她催过他好几次，提醒他不要让别人老在那里等他，要是事先没有和别人约好，没有人在那里等，迟就迟点儿，甚至今天不走也没有关系。可是，她越是催他，他越是在那里磨蹭，并且在磨蹭的过程中逐渐地又磨蹭、滋生出许多的事情，那些事情每一件听起来都与家庭有关，而且密不可分，同时又足以拖住他的后腿，影响他的行程，而要是一件一件地把它们累计起来，会变得庞大无比，异常繁重，让人感到不堪重负，无法忍受。他试图向她证明，他所想起来的每一件事情都是应该做的，而不是那种可做可不做的无关紧要的寡淡事，有些甚至还有一种刻不容缓的火烧眉毛的意味，要是认真地计较、分析起来，哪一件都是要紧的，没有一件不重要。他做到了，他让她比较清晰地看到了他想要说的那些事情，看到他不是在胡说，更不是在没事找事、故弄玄虚，而是所说的每一件事情都是十分真实的，实实在在地有的，即使想掩盖也是掩盖不了的，无论任何时候，它们都像一种不死的证据一样摆在那里，你一天一天地忽略它，看不到它，那是你的问题，不是它们的过错，你一天不去做，不去解决，它们就会一天摆在那里，饶有耐性地等待着，不声不响，不言不语，不嗔不怨。就算你突然死了，从这个家里被抬出去烧化了，埋了，它们也仍然还会在，所不同的只是你不在了。

先是发现家里的墙上有烟熏的痕迹，又黄又黑的景象，难看不说，还有一种烟熏火燎的呛人的气息。这样的墙，应不应粉刷一下？当然应该，谁说不应该？而且应该越快越好，明摆着的事。

住在顶棚上的老鼠，每到夜深人静的时候就出来活动、溜达，像是一些居民在自己家的阳台上活动，大多数的时候在轻轻地走，像树叶一样簌簌作响，但有的时候，不知发生了什么事，它们会像马一样狂奔，尽管没有像马一样打着响鼻儿，发出咴咴的叫声，但叫出来的却是另外的一种声音，一种与它们的身体极不相称的声音。那种声音，要说是老虎的威震山林的叫声，可能有点儿夸张，但也绝对算得上是一种怒吼，是的，就是在怒吼……此外，从它们活动的动静和规模上来判断，已经不是当初的那一两只了，数量明显增多，给人一种风调雨顺、人丁兴旺的感觉，一幅生活美满、安居乐业的幸福图景。关于这一点，倪云自己也有同样的感受，因而她相信这也不是万顺在信口胡说，凭空臆造，她本人也没少受过它们的刺激和折磨。这样的情形，难道还能够允许它们继续发展壮大下去吗？肯定不行，即使万顺同意，倪云也不答应。

附近的山上经常在放炮，每次炮声一响起来的时候，他们家里的窗户就开始跳，开始摇晃，跳得乱七八糟的，镶嵌在窗框里的几扇玻璃因此松动得像是老年人的牙齿，不知道什么时候会突然掉下来。沙子，风，晴天里的烟，动不动就从那些缝隙里钻进来了。进的时候是扁扁的，等一进来以后就开始往大里变，摇摇晃晃地，越变越庞大，变成没有节制的庞然大物，不久便把整个屋子都装满了，不久便把作为主人的他们从里面排挤出来。山上插着小红旗，放炮的人都厉害，一个比一个厉害，一个比一个灰，谁也不尿，想什么时候放就什么时候放，有时候半夜想起来，也会莫名其妙地来一下。听见门窗在松松垮垮地嘭塌，听见蝙蝠撞在了玻璃上，接着又碰响了屋檐下的一串干辣椒。来就来了，谁又能怎么样？翻个身继续睡。要是不睡，那你就醒着，也没人管你。

这是墙和门窗。

还有地。

还有院子，院子外面的墙头，墙上的砖头老让人顺手牵羊地拿走。也不知是谁，手那么贱。

还有缸里和柜子里的东西。

还有他们各自的衣裳，日常的穿戴。

万顺告诉倪云说，有一次他和那个叫老谭的人住在一个小旅馆里，夜里睡觉的时候，万顺脱了衣服，露出最里面的一件背心，那上面有几个破洞，老谭愣愣地看了一会儿，然后就躺下了。地上堆满了他们的蘑菇，蘑菇的气味熏得他们睡不着觉，他们只好聊天。老谭铁嘴钢牙，一口咬定万顺在自己的家里没有作为一个男人应有的地位，非说万顺吃的是猪狗食，干的牛马活儿，起早摸黑，过着一种水深火热的生活。老谭这样说，其主要依据就是万顺身上的那件难得见人的破背心，什么都不用说，那就是最好的证明。老谭趴在旅馆的枕头上，一边吸着烟，一边对万顺说，有时候还牛逼哄哄的，你看你穿得像个甚？你看你那件背心破得，像狼掏了一样，我也不知道你牛逼个甚？我这么老了也比你强，衬衫，好的，系的皮带，起码在二百块以上，二百块以下的根本不系，还不如直接用手拎着呢。老谭这样说，万顺当然不承认，他矢口否认，又隐隐觉得老谭这个人实在有些讨厌，别人穿得好赖，与你有什么关系呢？为这事，两个人差点儿吵了起来，都从被窝里钻出，坐在各自的床上，虎视眈眈地看着对方。万顺穿着那件有漏洞的破背心，气呼呼地对老谭说，不要再抽烟了，小心把地上的蘑菇点着了，点着了，咱们就都完了。老谭看着坐在对面床上的万顺，一边摇头一边说，真是个二货，连好赖都分不清，还要出来混事。我说这些，是在为你鸣冤叫屈，我自始至终一直都是站在你这一边的，你怎么反倒和我吵起来了？万顺说，因为事实并不是像你说的那样，所以我很生气，想不生气也不行。老谭说，这么说，是我在胡说？万顺说，你就是在胡说，从下了车，整整一个晚上，你一直都在胡说。

不过，生气归生气，吵架归吵架，老谭的那些话后来还是在万顺的心里种下了一些影子，让他时不时地会想起来，要不然，他也不会对倪云提起这些。

倪云说，以后你再出去收蘑菇，就西装革履地出去？

万顺说，我也没说非要西装革履，差不多就行了，到一些地方，不要让卡住，能进去就行了。

听到万顺这样说，倪云有些不明白地看着他。

万顺说，有一次，他和老谭两个人去一个市政府大院，找一位姓穆的科长，老谭一边打着手机，一边大摇大摆地进去了，他却被在大门口站岗的武警拦住了，武警死活不让他进去。为什么？就因为他穿得不好。

老谭穿得好吗？

老谭当然穿得好，常有人将他认成是腰缠万贯的港商或广东老板，就算这些都不是，至少他看上去也是一位体面的洒着香水的经常出入娱乐场所的人。

倪云看着万顺，她的神色有些黯然。

就是在那时候，她忽然感到屋里的空气有些闷，于是她走过去把窗户打开，刚一打开窗户，外面的那种轻纱一样的小雪就斜着飘了进来，有的直接上了她的脸和头发，有的刚一进来就不见了。

很快，从敞开的窗户里面，她又看见街门被无声地推开，有三个人硬邦邦地从外面走了进来，副村长罗金灶带着另外两个她不认识的人，那时候她还不知道他们是乡里的两个干部，他们雪乎乎地出现在她的视线里，让她吃了一惊。

她听见她的心里哗啦地响了一声，是一种很难听的声音，像是有什么东西摔碎了，她不由地皱了一下眉头。

她想，坏了。

她想，谁也不能怨，要怨只能怨万顺自己，他要是早晨起来后不在家里婆婆妈妈烦烦琐琐地磨蹭，而是早早地走了，那就什么事也没有了，就算他们三个人后来硬邦邦地进来，也不能把她一个女人怎么样。

从屋里出来，她一个人站在屋檐下，对面的墙头上落着两只喜鹊，看见她出来，它们很认真地看着她。

后来，她也开始看它们。

就那样双方一直对视了很长时间，像是事先约定好的一样，它们没有飞走，她也没有回去。

天阴得厉害，灰暗极了，连着好几天了，都是这样的天气，天是那样的不干净，陈旧，沉闷，不好看，散发出一种灰烬的气息，似乎还有瘀血包藏在其中。她觉得她从那两只喜鹊的眼睛里看出一些意思，世界好像晚上六七点钟的光景。

冷风在叫唤，就因为叫唤得有些怪，不是那种直来直去的口无遮拦的大喊大叫，所以感觉不太像是风，更像是一个看不见到底有多大的活物，吃力地喘着气，庞然地，圆滚滚地，正嗞嗞地不由自主地裂开无数道缝隙和口子，逐渐地将里面的一些内容显露出来。她看见那两只喜鹊身上的短毛和稍长一些的黑翎不断地被吹起来，又不断地跌落下去，虚虚浮浮地伏在那里，似在等着再一次被吹起。如果它们是两个人，毫无疑问那应该是两个穿着黑大衣的人，当他们在行走的时候，当风吹拂着他们的时候，那黑色的外套就开始摆动，开始向后飞起，露出里面白色的折边褐色的衬里或一些饰物——比如围巾一类的东西。另外她还觉得，它们也一定注意到了她的同样被吹得有些凌乱的头发。尽管天是灰暗的，没有一点儿亮色，但她还是习惯性地抬起头朝天上看了看，从时间上来判断，如果路上没有耽搁的话，她估计这会儿万顺已经到了乡里了。

三

大约一个多月以前的一个晚上，万顺从外面回来，一进门就对她说，他刚才碰见“猪头肉”了。

倪云愣了一下，过了一会儿以后才明白过来，他说的是村里的党支部书记贾汪。

万顺对倪云说，他冲我笑了一下。

倪云说，那有啥稀罕的。

万顺说，唉，我知道你肯定会说，谁不会笑，是个人就会笑。可是，你不知道，你是没有看见，他的那种笑……

有点儿瘆人？

你说对了，就是那样的。

怎么就碰见他了？

一开始的时候，我并没有看见他，我一直都是一个人在走，我在想那些蘑菇，越想越不对，刚收回来的那两天还好好的，肯定是有人往里面给尿了一泡，也不知是哪个狗娘养的干的。我就那么一边走一边想着，琢磨着，没有人给我们破案，我们自己破，世界上怕就怕“认真”二字，只要认真地去想，使劲地去想，总能想出点儿眉目来……可是，后来在德龙家的那个旧院子的旁边拐了一个弯以后，突然就碰上他了，两个人脸对脸地走到了一起。

一个黑黑的影子忽然在倪云的前面闪了一下，她听见从她的心里传来一声尖叫。

她刚要说什么，这时却看见万顺朝她做了一个手势，示意她不要出声，不要说话，万顺的那种样子让她感到非常奇怪。于是，她看着他，像是在面对一个从来没有见过面的人，尽量想把他记住一样，但眼前却渐渐地浮现出德龙家的那个残垣断壁、荒草丛生的旧院子，齐腰深的草里常有野猫和蛐蛐，野猫通体漆黑，忽隐忽现，如同一个噩梦或梦里的一个东西，来得快，去得也非常突然，就是人们通常所说的那种来无影去无踪的样子，常常总是一闪就不见了，唰地一下就走了，只剩下所过之处被碰到的那些草在乱摇乱晃。摇晃本身很能说明问题，证明它们本身受到了冲击或惊动，先前的那种安宁和寂静被打破了，摇晃也好，摆动也好，都是出于无奈。蛐蛐倒是一直都在不歇气地叫着，叫得真切，清晰，有高有低，有棱有角，但也只能听到声音，根本找不到出处，不知道它们到底在哪里……在那些荒草的上面，距离草尖一尺多高的地方，总有几只白蝴蝶在欢快地不知疲倦地翩翩飞舞着，看它们那种山花烂漫的样子，完全看不出是那里的老住户，倒像是初来乍到，对那里的一切都充满了新鲜好奇之心，到处飞来飞去，到处都看不够，飞得饱满，优雅，也不在乎有没有人看，因为总是没人的时候居多，从早到晚，几乎见不到一个人。要是有人站在高处从上往下朝那个院子里看时，看见那些翩翩飞舞的白蝴蝶，会以为是有人撕碎了一张白纸，把手里的碎纸片扬了起来。

她听见万顺在说，我就像看见鬼一样，当时头皮就麻了一下，又麻又紧，像是被人用分开的五指紧紧地罩住了……万顺的声音似乎在一个离家很远的地方，在那里反反复复地鬼打墙一样地徘徊、匍匐，先是原地打转，后来才一路爬着慢慢地传回来。他不由自主地打了一个冷战，接着又是一个，紧接着又是一个，尽管他没说出来，但倪云好像已经知道了，因为她觉得自己看到了，同时也感到了那种完全不由自己控制的悸动。他被吓得够呛。她听见有人在这样低声议论，神色诡异。事实上周围并没有人，只有他们两个，只有万顺和她自己，因为他们是在自己的家里。现在，她看着万顺，仔细地注意他，发现他的脸色果然像是臆想中的那些人们所说的那样一片灰白，不见血色。这以后，她又抬起头看看家里的灯，灯光有些偏黄，由此她认定不是灯光的作用，那种偏黄的灯光只会给人带来暖色，只会给人带来力气，增加血性，而不会让人面如死灰。

倪云，你听我说，正经的好人绝对不会那么笑，只有他那样的人才会那么笑。他是哪样的笑？你小的时候往水里扔过石子儿吧，你还记得那种情景吗？我跟你说，就是那种情景，就是那种感觉，石子儿一到了水里以后，它沉下去了，但水面却不平静了，像是受到了引诱一样，开始改变自己的模样，开始一圈一圈地扩大，从里往外扩，越扩越大，大得让你不知道下文，不知道结果……我在德龙家那个旧院子的旁边看到他的笑容就是那样的，只是在笑，一点儿声音也没有，笑容在一圈一圈地扩大。你看着他，满以为那种东西还要继续扩大下去，要溢出他的脸外，可是，就在那时候，他的笑容忽然之间就没有了，一丝一缕都看不见了，在你完全没有准备的情况下，他说收马上就收起来了。

他收他的，你准备什么。

唉……

他想收就让他收去吧。

唉，你是没有亲眼见过，没见过就根本体会不到那种东西，那不正常啊。

吃饭吧。

倪云，回来的路上，我一直在想，那不是什么好兆头。

他不想吃饭，可是又拗不过她去，不得不吃。

她把饭端上来，他连看都没有看清楚，就张开了嘴，一边往里面送，一边想，我从小就是个听话的孩子，谁的话都听，一直到今天还是这样，谁的话都得听。照这样看起来，以后恐怕也不会有多大的出入，活着好像就是为了顺从。他的嘴张得很大，他一点儿也不知道他的那种样子其实很夸张，甚至有些过分，而只是在感觉中觉得自己像是一只卧在草窝里的鸟，说不上很饱，也谈不上饥饿，只是一听见有饭来了，就马上习惯性地张开嘴，至于来到面前的是谷糜还是虫子，那倒完全没有考虑，因为即使考虑了，也完全是白费心思，弄不好还会是一次实实在在的自寻烦恼。倒是有那么一阵工夫，他真切而又惊讶地感到自己有着一张鸟一样的黄嘴，就是那种随着春天一起到来的稚嫩的鹅黄。一直到最后吃完，他也不知道他吃的究竟是什么。按道理他觉得应该有蘑菇或者木耳，可是他回忆了一下，又觉得好像没有。有一瞬间，他想或许应该问问倪云，核实一下，澄清一下，别人不知道，说不清，她至少肯定知道，但马上又觉得不能问。那样的一个念头像一盏灯一样，刚点亮，刚举着出了门，很快就被迎面过来的风吹灭了。

这以后，他趁倪云不注意，急忙用一只手将他的嘴遮掩起来，他知道她有一双明亮的眼睛，还知道她心细，他不想让她看见他平白无故地突然有了一张像鸟一样鹅黄的嘴……他想，过一会儿也许就好了。

这以后，他就一直呆呆地坐在那里。

整整一个晚上，他看上去显得很疲倦、乏力，脸色虽然不像刚回来时那么灰白，可是却变得非常地黄，是一种再没有力气继续奔走、生长的枯黄，原先面上还有一些能够让人感觉到精明的东西，现在那些东西也全都不见了。它们这样轻而易举地说走就走，说不见就随随便便地不见了，不禁让他对它们的真实性和可靠的程度产生了疑问。

一直都是倪云一个人在说话，一直都是倪云一个人在出来进去地走动，万顺在靠窗户那里坐着，偶尔他会猛然答应一声，那是因为他隐隐地感到倪云在和他说话。也只是一种十分模糊而又飘忽的感觉，究竟她说了没有，到底又说了什么，他完全不敢确定，一点儿也不知道。他的那一声答应，更像是一次梦魇，像是大雾里的一种回声。因而，当他看着倪云的时候，他脸上的神情变得十分尴尬，仿佛做错了什么，而且错已铸定，连挽回和修补的机会也没有了。不过，就是这样的情形也是很少的，不多有的，大多数的时候，他像是在睁着眼睛睡觉，对周围的一切都少有反应。

倪云对他说，他不在的时候，他的姑姑来过了，姑姑说东山因为和别人打架，被捉进去了，姑姑来求他帮忙，托托人，再出点儿钱，把东山捞出来。

东山是他的一个表弟，就是姑姑的儿子，但是他觉得自己根本不认识这么一个人，不仅从来不认识，似乎连听都没听说过。他有些迷惑不解地看着倪云，不知道她在说什么。

我替你答应了。倪云对他说。

又说，我所以答应了，是因为我觉得他在里面住不了多长时间，用不了多久就能放出来。那么多的血淋淋的大案子放在那里，谁有心思去招理他们这些不起眼的小毛贼？他们就像是一些跳蚤，再怎么从他们身上挤，也挤不出多少血来。

他看着倪云，不知什么时候，她的头发从后面绾了起来，这使她看上去像是变了一个人。

和以前长得不一样了。他暗自想道。

这么一弄，真的和原来不一样了。他想。

外面在刮风，树木像是在风中集体奔跑、迁徙，那些细小的枝丫仿佛一些不能自理的孩子一样，不断地跌倒，再爬起来，在纷乱中哭爹喊娘地叫着。

他听见有的风被墙挡住了去路，发出愤怒的叫声。

又听见一些窗户像是在哭。

就那样坐着坐着，后来，他就渐渐地不知不觉地出溜下去了。他睡着了。

等倪云来插好街门和屋门，准备睡觉的时候，她看见他睡得像个闯了祸的孩子。

第二天晚上，几乎是在和前些天同一个时间里，万顺从外面回来，脸上灰灰的。一只鸽子在他们的玻璃上撞了一下，又在窗台上扑棱了一阵。万顺朝外面看了一会儿，然后有些心神不宁地对倪云说，麻烦来了，我们有了一笔欠款。倪云说，欠谁的？万顺说，欠村里的。倪云看着万顺，愣愣地想了一会儿，万顺那种灰灰的样子，再加上鸽子在窗户外面扑棱，让她感到自己什么也想不起来。万顺对倪云说，我和你一样，我也想不起来，可是有人能想起来，而且已经想出来了。

天还没有完全黑的时候，有一个人突然无声无息地出现在万顺的面前，把万顺狠狠地吓了一跳。来人是村里的守夜人七板，一只手是瘸的，一条腿是拐的，都是朝里弯回去的，至于瘸的是哪一只手，拐的是哪一条腿，万顺一点儿也不知道。除了这些，让万顺感到奇怪的是，他完全不知道七板是怎样来到他面前的，竟然让他一丝声息也没有听到，一点点影子也没有察觉到。平时的七板，走路的时候两只脚与地面摩擦得非常厉害，谁看了都会觉得异常地吃力、费劲……看着站在眼前的至少比自己矮一头的又像一个幽灵一样的七板，万顺想，没有听见他行走，没有听见他用脚刺啦刺啦地磨地，与地过不去，他是怎么过来的呢？难道是飞过来的？就算是从上面飞过来的，也不能完全就什么也没有，苍蝇在飞的时候还能时常被人看见呢，苍蝇小不小？比一般的鸟小多了，七板难道比苍蝇还小？难道是一个肉眼看不见的细菌？在万顺恍恍惚惚的感觉里，七板更像是一只浑身散发着腥甜气息的蝙蝠，是趁着傍晚时分暮色的遮掩无声无息地从空气里游过来的，飘过来的。

先姑且就算是这么一回事吧。万顺想道。

守夜人七板是来向万顺传达一个通知的，让他立即去村里的办公室一趟。万顺询问是什么事，七板摇着头说不知道。这以后，他们一起往办公室走，每走一步，七板的全部身体都要神经质地扭动抽搐好几下，万顺听见七板的那种刺啦刺啦的脚步声与粗糙的地面又难解难分地纠缠在了一起，摩擦得异常厉害。有时候，他走着走着，回头看看，不得不停下来，等一等走得异常费劲的七板，也不需要等多久，七板很快就从后面呼哧呼哧地赶上来了。

几次看见万顺停下来等自己，七板显得有些不好意思，很是过意不去。

你先走吧，不要管我。七板对万顺说。

但万顺没有独自走。

远远地就看见办公室里亮着灯，黄黄的灯光看上去毛茸茸的，房顶上面的烟囱里有烟冒出来，像是从下面挤出来的。党支部书记贾汪和会计王世信看样子已经恭候他有一阵子了。万顺一走进去，王世信马上展开自我批评，说了一通他本人的不是，说完后就打开一本账，翻到其中的一页，里面还夹着好几张大小不等的纸，王世信的一个发黄的手指头不断地在上面跳来跳去。那个手指头像是一个喜欢到处乱翻东西的孩子，不断地在发现，在表达，在证明……万顺就是在那时候看到那笔属于他本人的账目的，随着那个蜡头一样的手指后来渐渐地慢下来，安静下来，他感到自己的心里突然长出一片一人多高的杂草。

他说，有这种事？

看见那两个人都没有说话，都在盯着他看，于是，他又说，我不记得有这样的事情。

王世信说，时间太长了，也不能全怨你，谁都有可能忘了，尤其是债务这种东西，别人欠你的也好，你欠别人的也好，都容易忘了。

听见王世信这样说，万顺如同被一块石头砸在脚上一样，立即跳了起来。

他说，我没有债务。这是从哪儿闹出的一笔钱？

王世信说，从历年来的账上。

那时候，他感到了一种疼痛。

他看看他们两个人，说，你们可真能胡说。

王世信说，就算我们两人是胡说，可是，这么旧的纸，这么黄的纸，难道它们也会胡说吗？

当然会，它们凭什么就不能胡说。

王世信唉了一声，用一种叹息般的眼神看着他，接着，又看了看一旁的党支部书记贾汪。

万顺对王世信说，你别到处看，看谁也没用，我要去告，我要找地方去说理。

贾汪说，你去告吧，你即使不告，我也得去告，有这么好的证据放在这里，我不怕他法院瞎判，他们要是敢瞎判，敢胡判，他们本身还要犯渎职罪呢。

正是贾汪的最后这一句话把万顺给吓住了，万顺看见他说得认真、严肃，脸上和脖子上的“猪头肉”在微微地颤动，从很多方面来看，都不像是在吓唬他，是的，不像。万顺装作漫不经心的样子瞟了一眼放在王世信面前的那本账，以及那几张大小不一的颜色有些发黄的纸，就这么点儿东西，要是弄不好的话，难道就会让法院本身也犯了法，让法院也没脸见人？看贾汪的样子，像是对打官司很在行，而且似乎早就准备好了。

这时，他忽然看到王世信合上了账本，又收好那几张纸，脸上浮现出一层轻霜般的笑意。

他笑什么呢？

看着王世信的那张塌陷得很厉害的脸，万顺在心里说，王世信啊王世信，尽管你很瘦，瘦得像一只没奶的山羊，可是，在我眼里，在许多像我一样的劳动人民的眼里，你也一样是个“猪头肉”式的干部，你也一样是个“猪头肉”。

他把这些说给倪云听，两个人连晚上的饭也忘了吃，仿佛有一堆没有头绪的乱麻在屋里，堆在他们的周围，每走一步，都会被绊一下，每绊一下，就会比原来缠得更紧。后来，他们渐渐地意识到，这有点儿像是那种用马尾做成的套鸟的绳套，乖乖地在里面不挣扎还好，越挣扎，就绕得越紧，套得越牢。

倪云说，我们在哪里得罪了他？

万顺说，我也在这么想，回来的路上，我一直在想，我们究竟在哪个地方得罪了他呢？

想出来了吗？

没有。

肯定有，不一定是在哪里。

……

这天夜里，万顺梦见一个好天气，在他的记忆和印象里，他外出收蘑菇的时候，还从来没有碰到过这样的天气，老天爷似乎经常和他们这些出门在外的人过不去，不是刮风，就是下雨，不是热得要死，就是冷得要命，收到手的蘑菇受潮，发霉，长虫子，甚至彻底腐烂，是经常的事。有时候在别人的手里时还好好的，什么问题也没有，可是一等到了自己的手里就不行了，眼巴巴地看着看着就出了问题。日他妈的。

天气晴朗，草长莺飞，看不见水，却时刻都能听见水在流动，在哗啦哗啦地响，还能十分真切地感到水的清澈和明亮，树林和山脉都倒映在里面，在温软的微风中轻轻荡漾。在梦里他还在疑惑，还有些不敢相信，这是从哪里流出来的水，这么清亮干净的水现在可不多见了，要想见一次，可能和过去的人要想见皇帝见公主一样费劲，一样不容易，甚至无望。究竟是从哪里流出来的呢？他想起有一次他和老谭一起出去收蘑菇，一路上见不到一滴水，差一点儿把他们渴死。老谭不住地拍着自己的腰包说，我有钱。他想，这种时候，光有钱又有什么用呢，钱是一回事，水是另外一回事，有钱你能怎么样？还不是照样渴得你王八蛋头晕眼花。老谭不住地向四周一带张望。老谭对他说，这时候要是有人忽然端来一碗水，我马上给他一百块钱，你信不信？你作证，我要是反悔，我要是打折扣，我要是说话不算数，不给人家，我就不是人，我就是一个王八蛋……老谭啊!一向都硬邦邦的，谁都不尿，没想到也有不行的时候，也有他软的时候。

这以后，他梦见自己在睡觉，昏睡不醒。他看见自己睡着后的姿势，像一只弯曲的虫子。

他远远地惊讶无比地看着自己的睡相。

见过别人的睡相，形态各异，还从来没有看见过自己睡着以后是什么样子呢。

云蒸霞蔚。

那时候，一个全身镀金的人站在云里，身上缠绕着雪白的云彩，正在点名一样一遍一遍地叫着他的名字，叫声如同金属在鸣响。看见他睡得很死，没有任何知觉和反应，镀金的人很快就显得不耐烦了，从暄软庞大的云里突然伸出一只金光闪烁的手臂，空空的手掌像是叩门似的在空中抓了几下，先是抓来一阵风雨，一会儿又抓来一阵雷声，大雨滂沱，电闪雷鸣，起初的闷雷在经过一段时间的滚动和碰撞之后，演变为撕裂般的响雷。看见他依然沉沉地睡着，仿佛死去了一样，雷声于是就在他的屋顶上响起，之后又不断地从屋顶上跌下来，滚落到了院子里。

这以后，他看见自己终于被炸醒了。

很快，他又看到自己像是现了原形一样，像是缩了水一样，整个人极其微小地匍匐在地上。

那个镀金的人站在云里，用一种嘲讽的口吻对他说，你真是个属核桃的，不敲打就不行；你真是属煤油灯的，不点就不亮。

他不明白镀金的人为什么要这样说，这样说又是什么意思。他说，我昨天出去收蘑菇，一天没吃上饭，回来得又迟了。

镀金的人厉声说道，废话少说，赶快把你所欠的那些款项都交了，交了就没事了。

听见镀金的人这样说，他着实吃了一惊，一点儿也没有想到会说出这样的话来。他慢慢地抬起头，小心翼翼地仰望着上面，他本想问镀金的人为什么要这样说，为什么要站在村干部的一边，帮他们说话，助纣为虐，趁火打劫，但又怕闹不好得罪了对方，让事情变得雪上加霜，越发不可收拾。到目前为止，他还不清楚这个人是谁呢，轰的一声就跑出这么一个人来，他完全不知道他是从哪里冒出来的，是从哪个渠道下来的。他开始暗自猜测、分析这个镀金的人的来历和大概的身份，看样子首先不像是乡里的，甚至不是县里的，至少也是省里的。可是，真要是从上面下来的，又怎么可能对下面的事情知道得这么多这么细呢，这是绝不可能的！没吃过猪肉，还没见过猪跑吗，他知道有些所谓的干部都是些什么样的货色，都是些狗东西，狗贼，苍蝇，臭虫。

他猜出他的来历和身份，于是，他只得说，我冤枉啊，没有那样的事。镀金的人板起金属般的面孔，冷冷地说，谁说没有？不信你到你们会计那里去看。看见镀金的人不像是在吓唬他，更不像是在开玩笑，他愣住了，呆呆地望着云头。云，那些白得让他感到眼睛刺痛酸楚的东西，有一阵工夫翻卷得非常厉害，声势浩大，咄咄逼人，一浪一浪地压过来，凶猛得让人害怕。有一阵又出奇地平静，一动不动地堆在天上，像是扫到一起的雪。镀金的这个人到底是个什么人呢？他想，连那样的事情也知道，连账上的那些数字也一清二楚？除去这些，还有什么他不知道的呢？

于是，他大着胆子问了一句。

他说，连王世信这样的人您也认识？

镀金的人哼了一声，没有回答。那时，他看见他的一根眉毛像是受到苍蝇干扰似的跳动了一下。

四

母亲至今还住在倪云她们小时候住过的那个院子里，所不同的是，原来全家人都住在这里，现在只剩下母亲一个人了。另外，每一次回来，倪云都会有一种奇怪的感觉，明显地觉得这个当年十分宽敞的院子正在一天一天地变小，每回来一次，她就会发现她们的院子就狠狠地缩小一次，墙头也短了，矮了，而且还在一天一天地向住人的屋子前挪动，逼近。看着那越来越狭窄的院子和矮小的门，倪云有时候想，难道墙头也会挪动，也会走吗？要说它们不会走动，多少年来一直都是静止不动的，为什么院子会被逼成今天这副样子呢？她感到想不清楚，每次一推开那扇曾经无数次推开过的街门，视线被墙头上和屋顶上的那些不声不响的荒草牵引过去，都会有一种十分纤细的比头发还要细还要软的说不上来的难过开始在她的身体里面无声无息地行走，游动，进而又让她感到脸热，心跳，腿软。别人谁也不像她这样，和她从小一起长大的那些女伴，她们每次回娘家，有时抱着孩子，拎着东西，稀里哗啦地从外面一头扎进屋里。只有她，每次回来，一推开街门，就会被绊住，被周围那些熟悉的东西牢牢地牵住，像小的时候被酸刺勾住衣裳一样，一缕抹在山墙上的阳光，一朵小黄花，几个泥坛子，说不上是些什么东西，就能让她停顿下来……常常总是母亲隔着窗户先看见她，然后开门出来，把她叫进屋里。

埋着头帮母亲择了一会儿菜，一边择，一边听母亲唠叨一些事情，有时候听着听着就走了神，等回过头来再听的时候，母亲已经从张三家的外孙说到了天气，很快又直奔去年冬天，去年秋天，直至去年夏天，大水坑里淹死了人，一到夜里，就听见有人在街上的角落里嘤嘤咽咽地哭，声音说起来不算大，甚至像悄悄话一样低声细语，但不少人的耳朵里都能听见。

“一直在哭，”母亲说，“别人听了怕得不行，我觉得怪可怜的。我老了，没啥怕的，有一回我听见好像就在咱们家门外哭，我就出去看，一看，啥也没有。我又听了一会儿，声音好像是从孙举他们家的房后过来的。”

“深更半夜的，别人都不出去，你也不要出去。”她对母亲说，“万一跌倒怎么办？身边连个能扶你的人也没有。”

“看你说的，我哪能说跌倒就跌倒。”

“就算不跌倒，万一受了风呢。”

“我披着衣裳呢。”

母亲说着，笑了笑。

母亲朝她笑是有原因的，来了以后，她一直在埋头择菜，一句话也没有，一直都是母亲一个人在说话，说这说那，现在，好不容易看到她终于开口说话了，母亲觉得很高兴。

等择完菜，又要帮母亲洗衣服。母亲说，这天气，洗了也干不了，等天晴了再说吧。

于是她就坐着。

她看见挂在墙上的父亲的遗像。

在父亲的遗像的旁边，钉着一个钉子，是母亲自己钉上去的，钉子下的位置自然是母亲留给她自己的，将来有一天用来挂上她本人的遗像。照片其实早在两年前就已经照好了，只是现在还不能叫作遗像，无论如何都不能，所以母亲一直收着，放在一个柜子里，偶尔会拿出来看看，独自欣赏一下。要知道，并不是每个人都有机会和可能能欣赏到自己的遗容，能看到自己在这个世界上最后时刻的样子。

她闻到了母亲腌的泡菜的气息，它们从一个坛子里钻出来，像一条看不见的小龙一样在屋子里游动。

又看见母亲用黄布缝制的麻雀那么大的两只小老虎蹲伏在屋里的窗台上。

窗户上的几孔小玻璃擦得很亮，下雨的时候，母亲就一个人坐在窗前，透过那几孔小玻璃看雨；下雪的时候，也还是坐在那里，透过那几孔小玻璃看雪。雨有时候像是从天上放下来的细麻绳，一根一根地竖在院子里，垂在街上，地上已经全是水了，但上面还在不断地往下放，不容分说，不管不顾，漫不经心，只管唰唰地往下顺。下雪的时候，天上漏下来的是什么呢，当然不是白麻绳，而是数不清的白沫子。

母亲还给她说笑话听，像母亲这样的年纪，能够听到的事情已经不是很多了，而要在那些为数不多的从别人那里听来的传闻中挑出来几件让人听了觉得可笑的事情来，那就更少了，也更难，但母亲还是尽量地搜罗，像扫树叶一样，尽可能地把所看到的每一片都扫起来，然后拿给她看，说给她听，目的只有一个，就是想让她高兴。

她默不作声地听着。

她听到母亲停顿了一会儿，然后忽然对她说：

"出点儿钱，把万顺赎回来吧。"

她先是愣了一下，很快又看见母亲从身上掏出一沓钱，朝她递了过来，她怕烫似的往后面躲了一下。

"我不要。"她说。

"拿着。"母亲说。

"他不让赎他。"

"他愿意在那里面住着？"

"他是去学习，又不是去坐牢。"

"去几天？"

"大概一个多月。"

母亲用征询而又不解的目光望着她，有一阵工夫，她像是被什么东西噎了一下，感到身体里面变得很满，感觉中如同一湾满满当当的水，在轻轻晃动的时候，不时地有声音溅出来，有亮光跑出来。几乎就在同时，她隐隐觉得有人的身影在那种短暂的转瞬即逝的亮光里闪现，情景仿佛是在一个夏天的早晨，可是又没有十分明确的和显眼的标志证明就是一个夏天的早晨，从颜色上看来，要说是一个残阳如血、日头将要落山的黄昏时分，也完全说得过去。

屋里的光线告诉她们，外面的天色比不久前更暗了，窗户上是灰黑的颜色。

她没有留下来吃饭，她在母亲失望而又有些难过的视线里慢慢地向自己的家里走去，背后有一种微微温热的东西一直跟随着她，不远不近地照耀着她，她没有多想，她直接而又笼统地把它理解为那是母亲的目光和眼神，长的是目光，短的是眼神。在那种悠长的往昔一样的眺望里，她第一次意识到那种简短而有时又直接的东西从来都没有停止过生长。转过几个弯，又过了一个街口以后，她感到腰那里忽然凉了一下，紧接着，很快又涌起了一阵微微的酸痛，她知道，母亲的目光已经不在她的后面了，它们无法再一直跟着她了。

时光像是处于一天中的夜半时分，但又肯定不是那个时候。她从一些烟雾缭绕的院落前经过，很多人家还没有开始吃晚饭，猪在院子里来来回回地踱步，有的直接示威般的仿佛上访似的躺在堂屋的门口，出来进去的人都会被不小心绊一下。“这死猪，真会找地方。”肯定是有问题需要解决，不然不会平白无故地躺在这里，像是躺在信访局的门口。年幼的孩子在奔跑，叫喊，黑炭般的手里挥舞着熊熊燃烧的上面淋了柴油的不知从哪里捡来的旧皮带，旧车胎，上天入地，火星四溅。有水桶咣咣的声音和劈柴的声音在互相干扰，老年人也在趁机吃力费劲地咳嗽，有的咳嗽声不小心被抬高以后，半天下不来，高高地悬着，好久缓不过劲来。狗站在鸡窝旁边，表面看像是一名忠实的岗哨，但只要一有空，就会不断地嗅来嗅去，还常常伸出一只手，试图将鸡窝上的小门闹开。“走开，到一边卧着去，”主人说，“不要把鸡吵醒。”又说：“你站在这里，它们会睡不着的。”主人没有胡说，事实也正是如此，它们要是真的受了惊吓，就不再下蛋了，至少会在相当长的一个时期内下不出蛋来，一毛不拔，如同一个急火攻心的人，如同一个受到严重刺激的人，不再能够用平常的东西去衡量它，去要求它，也的确不好再那样。

烟囱里最初的黄烟经过一段时间的抽搐和扭曲之后，慢慢地过渡成为蒸汽一样的白烟，当意识到再没有什么可留恋的东西时，便义无反顾地向空中走去，越走越远，永不再回来。

为什么我的眼睛里时常会不知不觉地有泪水涌现，有时夺眶而出？那是因为我傻。我想过很多次，没有别的，原因似乎只有这一个。

灯光从一个一个的窗户上映照出来，透过那些窗户，能看到里面的人在走动，在训斥，在交头接耳，在无限沮丧地垂着头，在狡辩，在回忆，在发呆，在狼吞虎咽，在仰头服药，在伸懒腰，在查看电线的接头，在穿衣服，在脱衣服，在自娱，在自乐，在相思，在单相思……情形如同一出又一出的皮影戏。

她慢慢地走着，听见有紫红色的花椒正在一些烫手的锅里乱蹦乱跳，有清脆好听的女人的声音像美丽的蝴蝶一样在昏暗的时光里翩翩起舞，飞来飞去。

回到家里以后，她一个人躺着，家里，四周一带，几乎听不到任何声音。以往的时候，还能听到有人在街上说话，走动，可是这个晚上，仿佛所有的人都消失了。看着似乎在沉睡的窗户，她第一次发现，原来寂静也是有形式的，有时候是一种小范围内的安宁或悄无声息，而有的时候，比如现在，就是一种无边无际的寂静。

她想，假如万顺要是不小心被他们突然整死，从此再回不来呢？这样想的时候，她忽然感到脸前变得很热，嘴里变得又咸又苦，恍惚中看见万顺的血像羊血一样喷了出来，有的溅到墙上，像是墙上开出的梅花，更多的在地上流着，像打翻了的油漆。一个声音在说："这狗日的，身上的肉不多，没想到血还挺不少。"另一个声音说："最少也有一洗脸盆。"一边说着，一边如同踩着石头过河一样往那些没血的地方跳去。

万顺像一捆干草一样躺在一进门的地方。后来，有人看不过去，就转移到了门后。

她用手捂住脸，久久不敢把手拿下来。先是听到身体里人声嘈杂，地上是亮的，既像是白天，又有点儿像是一个有月亮的晚上，树叶也露出发白的一面。

嘈杂声渐渐小下去以后，有一个细细的蚊子一样的声音突然像跳动的灯花一样跑出来劝她，开导她，希望她能够胸怀国家，放眼世界。

又说，人生能有几回贱?

又说，别以为“贱”就是一个不好的词，不要忘了它还有另外一个很体面的同义词——积极。只是为了顺耳，为了好听，后者才被广泛地运用。

就这样娓娓地说着，让她在不久以后慢慢地听到了自己的心跳。一开始的时候，她没往很远去想，也没往别处去想，只是在琢磨，这是在说什么呢？但是后来，她忽然有点儿明白了，那样的一种劝导，表面上看是劝导，实际上更是一种真正的引诱和移性。她慢慢地腾出一只手，把跑到脸前的头发撩开。

五

她没以为自己能睡着，一觉醒来以后，从对面墙上的镜子里忽然看到了她的有些凌乱的头发。那时候正值深夜，她看到镜子的深处似乎有东西正在活动，仔细去看，看到似在开启，张合，于是就疑心是花朵。再盯着看看，忽然没有了，镜子的表面变得黑亮平滑，如一潭深水。

仅仅只过了一会儿，很快又听到镜子的深处有轻微的响动传来，这回她看得比较清楚，浮现在镜子深处的是几片粉红的花瓣，有的地方接近于肉色，能感到它们一开始是合在一起的，甚至相互有些粘连，但渐渐地，它们开始一片一片地分离，张开，颤抖着从里向外打开，盛开，翻卷，裸露，已经能够清楚地看见最里面的那些柔弱的花蕊了。

这以后又过了一会儿，她看见那朵花终于全部盛开，全部张开了，里面的一些包括花蕊在内的机关，也全都完全彻底、毫无保留地裸露在镜子的最深处，它们在一起一落地动，在大口地呼吸，吐纳……粉红的花瓣上面，褐色的折边似的陪衬上面，花蕊的里面，到处都缀满了无数晶莹的湿漉漉的露珠。

那时候，她好像把所有的东西都忘了，只听到自己长长地喘了一口气。

她感到自己有些累，于是，十分慵懒地伸开两条手臂，又轻轻地合上了眼。平常也没觉得有什么，以为就是一面普通不过的镜子，没想到里面竟会有那么多的名堂……天哪……妈啊……那最深处的东西让她着实感到难忘。她就那样闭着眼睛躺着，整个人变得十分松弛，迷离，很想爬起来再好好看看，可是又懒得起来，从腰到两条腿，再到上面，整个身体好像都不再由她本人说了算，她不再能够调遣它们，不再能够让它们乖乖地听话，说一是一，说二是二，她多少有些惊异于它们的任性，多变，善变，肆无忌惮和不服管教。有一阵子，她甚至不得不在心里问自己，这个像云彩一样丰润饱满的女人体到底是谁的身体？

就那样合着眼躺着躺着，她的眉毛忽然不由自主地跳动了一下，两根眉毛一起跳，不是其中的一根在单跳。就是那时候，她非常清醒非常明显地感到有一个人正站在她的头边，正在仔细地盯着她看。

她听见自己叫了一声，又有些害怕地睁开眼，看到她的脸前果然站着一个人。

她忍不住又叫了一声，叫过以后才看清那个人是万顺。

她哼哼呀呀地对万顺说：

“吓死我了。”

万顺还是像先前那样仔细地看着她。

镇定了一下后，她问万顺说：

“你不会是偷跑回来的吧？”

这个时候万顺已经在开始脱衣服，先脱掉的是最外面的一件上衣。他一边继续脱，一边对她说：“真是个傻女人，在胡说些什么！从来也不把你的男人往好的方面去想，一说到我，就总是把这些“偷跑”啊“逃窜”呀一类的不好的词往我的身上贴，硬要把它们生拉硬扯地和我连在一起，我在你的眼里就那么糟吗？也不问问我吃了没有，累不累，一张口就是：‘你是偷跑回来的吧？’不！我不是，我不是偷跑回来的。”

“好，我问你，你吃了吗？”

“没有。”

“累不累？”

“要说不累，那是胡说，不过，也不要紧，有一点点。”

“那你告诉我，你到底是怎么回来的，请假？”

“已经没有那个必要了。要是在刚进去的那时，请假也请不下来，但现在不一样了。我告诉你，我已经胜利地毕业了。”

“毕业了？”

“对，在所有那些人里面，我学得最好，也最卖力，乡里也很够意思，不但把‘猪头肉’和王世信两个狗贼强加给咱们的那笔账一家伙全免了，以后再不提起，另外我还受到表扬和奖励，很多人因此眼红得要命。”

“有这样的好事？”

“你不信？”

“这两天快把我愁死了。”

“不要愁，人的运气这个东西，说不来就老也不来，伸长脖子盼也盼不来，更何况那也不是个说盼就能盼来的东西。可是，它要是打定主意要来，铁了心要来找你，你就是想挡也挡不住，无论你藏到哪儿，它都能把你逮到。”

“你慢点儿说。”

“我觉得我现在就是那么一个被运气逮住的人，当然，你也是，因为我的运气也就是你的运气，因为我们两个人是一根绳子上的两个蚂蚱。”

“打个比方也打得这么笨，我不是蚂蚱。”

“怎么不是。你是一只母蚂蚱。”

“去！”

“这两天可把我憋坏了，我再不想去那个地方。”

“去过了就不用再去了吧？”

“当然不用再去了。人家好不容易把你放出来，完了你再拼命挤进去？”

后来，他们都有些乏力地把身体躺平，两个人都觉得有些眩晕，像是两名危险的高血压患者。

他说起了乡里的一些事情。

他说，白天他们学习，晚上就去听房，比看电视有意思多了，比电视里的任何一个节目都要有趣几倍，几十倍，几百倍。去听谁呢？听书记和乡长的。但书记一般不常在，偶尔才能碰上一两次，乡长却几乎天天都在。所以，名义上说是去听书记和乡长的房，实际上主要是听乡长一个人的，乡长就是主角。

乡长这个人，以前他们都不太了解，甚至可以说一点儿都不了解，但这些天，人们基本上算是把他看透了。总的来说，乡长这个人属于那种外强中干的人，白天看上去硬邦邦的，总是那么硬邦邦的，让人觉得他非常厉害，非常凶，乡里的几个年轻的公务员刚来时还在私下里常说这样一句话，叫“乡长猛于虎”，不是随随便便地乱说，胡说，完全是根据实际情形，根据他们各人的印象有感而发的。为什么会有这样的话，那是因为他们初来乍到，对乡里的一切都不了解，尤其是对乡长本人更是完全不了解才造成的，凭的只是一种粗枝大叶的表面印象。所以，当后来他们逐渐地对乡里以及乡长本人有了比较全面的更深一层的了解之后，那句话基本上就再不怎么被他们像以前那样说来说去了，再后来，就完全没有人说了，就因为与事实不符，甚至相去甚远。

实际的情形是，乡长在白天厉害得不得了，见谁骂谁，但一到了晚上，他就完了，他就不行了，不是假完，是真完，是真的不行了。站在外面的人们常听见乡长这样说：

“唉，他妈的，又完了，原以为这一回没问题了，没想到又完了。真他妈的！”

他身边的女人，有的从心里蔑视他，嘲笑他，看他的笑话。也有那种真心诚意的，从心里想帮他，与他一起着急，一起上火，一起恨铁不成钢，耐心地安慰他，一再地勉励他，慢慢来，这次不行，还有下次；今天不行，还有明天；今生不行，还有来世。

时常看见他水深火热地焦头烂额地大汗淋漓地爬起来，然后盘腿坐在床上，像是在修炼武功一样，左一下右一下地打自己的耳光，有时还拿头往墙上撞。

“乡长为什么要打自己？”倪云说。

“为什么？看你问的，你说为什么？那能为什么？还不是因为觉得自己无能吗，一事无成，气得，愁得，急得，麻烦得，闹啥啥不成。”

“自己打自己就能顶事了吗？”

“唉，穷则思变，那也是没办法的办法。一个人总那样，天天都那样，能不麻烦吗？一次两次那样，并不可怕，可怕的是一辈子都那样，永远都那样。你想想，他不打自己，不扇自己，又能去打谁呢？只能打自己，狠狠地扇自己。”

“想不到竟也是个那么可怜的人。”

……

这一夜过得又快又慢，天亮时倪云醒来，看到屋里只有她一个人，万顺并没有回来。

她闭着眼想了一下，随后便立即万分惊愕地突然翻身坐了起来。

她看看屋里的情形，又看看自己的身上，她愿意相信她刚刚从一个长长的梦里醒过来，可是……

她想让自己明白，可是又好像觉得不敢让自己明白。

这样想着，她有些僵硬而又酥软地坐在那里，两条腿紧紧地夹着，仿佛在为别人守护着一个秘密。

大约一个多小时以后，当有人来敲门，并在门外面大声叫她的时候，她仍然保持着那样的一种姿势，她没有分辨出是在敲谁家的门，甚至连母亲的声音也没有听出来。

而母亲的眼睛尽管昏花，却仍然还是一眼就看到她眉头紧锁。

六

临近十一月份的时候，天气开始变冷。有一天，她带着几件衣服，去乡里看万顺。他们在乡政府外面的一道长着荒草的土坎上坐下后，她仔细地看了看万顺，发现他似乎变得比以前更老实了，头发刚刚理过不久，身上的衣服也不太脏，比她在来时的路上想象的要好。

“谁给你理的头？像个锅盖似的。”她说。

“雀山的老李，李洞宾。”万顺说，“你也觉得像锅盖？我照完镜子后也跟他说过，可他非说不像，还说长两天就好了。”

“你在这里学得咋样？”

“挺好，没人打，也没人骂，饭也能吃饱。”

“我妈还让我花钱把你赎出来。”

“赎出来？不用赎，真的不用赎，花那个冤枉钱干什么。”

“你学得算是突出的吗？”

“不是，肯定不是，不光我不是，这里几乎所有的人也都不是。为什么呢？听我告诉你，不是我们无能，不好好学，而是因为有人太奸诈，太会算计。你知道有一个叫黄鼠窝的村子吗？对，就是我大姨的头一个男人的那个村子。这一回，黄鼠窝一共来了三个人，另外那两个人还好，只有一个姓陈的，真是个王八蛋，不论做什么事，不论在哪方面，都要抢在我们所有人的前面，只要有他在，别人就都是落后的，不落后也得落后，上一节课，能举一百次手。如果将来真有人能被免了债务，我想那个人一定是他，我们所有的人都这么认为，那个人一定是他，也只能是他，别人谁都不行。”

“那你们就都没有希望了？”

“那是肯定的。”

“碰上这么一个人，也真让人没办法。”

“要说是命不好吧，我也承认，要说一个两个，三五个，七八个人命不好，那也没说的，可是，那么多人，总不能都不好吧？可是，事实证明，就是不好，不管你有多少人，在这种事情上，和人多人少没有关系。我们村里那么多人，数谁的命最好？肯定是‘猪头肉’，来了这里吧，又碰上个姓陈的，要多倒霉有多倒霉，有他在，我们就集体没希望，他断了我们所有人的念想。”

“你知道我们在哪里得罪了他？”

“你是说‘猪头肉’吧？这些天我也一直在想，可想不出来，我真不知道在哪儿得罪了他，我觉得没有。”

“你觉得没有不等于真的就没有，一开始我也认为没有，因为实在想不起来。有一次，我妈问我，他的儿子结婚的时候，你和我去了没有。我妈这么一问，把我吓了一跳，我忽然想起来了，你和我都没有去。我妈告诉我说，除了你我，全村的人差不多都去了，连几个五保户都去了。王世信当结婚的总管，还负责收礼，几个五保户把上个月刚刚从王世信那里领到的救济金又给了王世信。他们对王世信说，转了一圈又转回来了，还一分没花呢，再还给你吧。”

“啊！你这么一说，我想起来了，这可能是一个问题。”

“可能是一个问题？这就是一个问题。紧接着，我妈又问我，完了以后，我们有没有去把该上的礼补上。我一想，也没有，人没去，礼也没有补交。”

“真的没有，我们把这事完全忘了。”

“你想想，那天你在哪里？”

“我肯定不在。让我想想……”那些天，我好像正在黑山头一带收蘑菇，对，就是，我想起来了，我有二十几天，将近一个月没有回过家……倪云，我不在家，我在外面收蘑菇，你应该在啊，你为啥不去？”

“我也肯定不在。”

“那你在哪里？”

“我想不起来了。”

“我不在家，你就到处乱跑。”

“我没有到处乱跑。”

“没有乱跑，那你怎么会不在家里？”

“我是个活人，总不能每时每刻都在家吧？一下也不敢离开，时刻坐在家里等着，等着有人来通知，送请柬，然后去给人家上礼？”

“正经女人都应该在家里。”

“谁不正经？”

“唉，我是说，按道理你应该在。”

“按道理？现在还有按道理的事吗？按道理，这些麻烦事就不应该有。按道理，我大老远跑来看你，给你送衣服，就是为了听你说我不正经？”

“我没有说你不正经。”

“那还要怎么说？那不等于就是说了？我认为你就是说了。你说，正经的女人都应该在家里，我正好不在，那就肯定不正经，不是吗？”

“唉，我不是那个意思，我不是那么想的。我在这里，没有一天不想你，我多想回去看看你。”

“你不用回去，回去我也不在。”

“唉，你看你，我想请假，可是根本请不下来。谁都请不下来。”

“那个姓陈的也请不下来吗？”

“你看你，傻了不是，一听就是女人的话，只有女人才能说出这样的话。听我告诉你，姓陈的根本就不可能请假，即使所有的人都请了，他也不会去请！你想想，他要是请了假，半路上不在了，他所有的那些努力和表现不是就都白费了吗？所以，无论谁请，他也不会去请，让他去请，他也不请，只有没希望的人才会破罐子破摔，一会儿弄出一个事，一会儿又鼓捣出一个理由来。”

“请假就是破罐子破摔吗？”

“我也说不清，反正凭感觉来说，我觉得好像不能算是什么好事。你请假，就说明你想离开，想去做别的事情。当然，有时是因为无奈，因为没办法。”

“我来给你送衣服，也是因为没办法。”

“倪云，别这么说——是我不对。”

“我不在家，应该是我不对。”

“看见那个从摩托车后面下来的人了吗？那就是乡长。”

“怎么戴着口罩？”

“因为他怕风，因为他弱不禁风。”

“看着好像挺强壮的。”

“那是假象，那只是一种外表，实际正好相反。要是外表也和实际一样，那就快完了。”

“你是怎么知道的？”

“一开始也不知道，可以说完全不了解。我，还有其他人，我们也是来了这里以后才一点一点地了解到的，不了解不知道，一了解吓一跳。这个人，就像一根芦苇，里面完全空了，又像一个糠心萝卜。就说骑摩托这件事吧，本来他们几个领导每人一辆，别人都是各人骑各人的，动不动一溜烟就跑了，只有他不行，他骑不动，每次出门，都必须得有一个人带着他，他坐在后面才行。骑摩托的人每次还都要像嘱咐老年人或小孩子一样一遍又一遍地嘱咐他坐好，抓紧，必要时还得伸出手抱住骑摩托的人的腰。你知道，没有人愿意带他，人们主要是觉得害怕，担心出事，他坐在后面，比一个八九十岁的老太太，比一个满月不久的孩子坐在后面还要让人觉得不踏实，不放心，时刻都担心一不小心会把人带丢了。谁愿意带一个八九十岁的老太太，谁愿意带一个刚满月的孩子千里走单骑？谁也不愿意，谁也不敢去冒那个险。带着他就等于是明知山有虎，偏向虎山行。他每次出门，都要临时找人骑上他的车带他，乡里的副乡长以下的干部、通信员，甚至连食堂里的大师傅、供销社的看门人、兽医站的退休老兽医，甚至还有保外就医的、缓期二年监外执行的，凡是能找到的，差不多都被他像抓差一样抓遍了。可以公道地说，没有众多的人的帮忙和支持，光靠他本人，他哪里也去不成，寸步难行，插翅难飞。为什么会这样呢？主要原因在我看来只有一个，就是因为他的身体过于虚弱，没有力气，完全没有能力做一个正常人能做的事情和应该做的事情。

“他没劲吧，还从来不愿意承认自己没劲，总觉得自己很行，很有劲，每天早上起来，也和别的那些干部一样，站在树下或坡上，胡乱地伸胳膊踢腿，弯腰扭脖子，别人怎么做，他也跟着怎么做，有时还要自作主张地盲人摸象地瞎子摸拐子地来几下所谓的太极拳，以为那样就达到了锻炼的目的，实际上完全是自欺欺人。有一次，他自己提出来，非要和一个叫秦二的人扳手腕，秦二一开始不愿意，也不敢和他扳，因为有人提醒过他，无论如何不能和乡长来真的。秦二也是个愣头青，刚开始还记得别人对他的嘱咐，但没过多久就全忘了，于是就伸拳撸袖子地开始扳。扳着扳着，乡长头一歪，就忽然不省人事地昏过去了，嘴角边还挂着一缕从嘴里流出来的东西，当时就把那个叫秦二的人给吓傻了，以为自己把乡长给扳死了。人们马上打电话，叫来了救护车，七手八脚地把乡长抬了上去。”

……

“乡长有一个外号，叫‘心有余’。”

“心有余？……那不就是力不足吗。”

“是的，正是那个意思。也不知是谁给起的，起得真好，简直太会起了。心有余……你闭上眼睛琢磨去吧，越琢磨越觉得对，越觉得有道理，再也没有比那更准确更合适的了，真不知道一开始是怎么想出来的。很多人都一致认为，给乡长起这个名字的这个人，绝对是一个被埋没在民间的天才。”

“乡长本人知道吗？”

“不知道他知道不知道，按道理应该知道。”

“乡长喜欢女人吗？”

“喜欢，喜欢得不得了，喜欢得还厉害呢，要不然怎么能叫他‘心有余’呢。我来那两天，还真以为有一个人叫辛有余呢，‘辛’不是这个‘心’，是‘辛苦’的‘辛’。没想到那就是乡长，乡长本人姓穆。”

“有一天，我梦见你回去了。”

“真的？”

“真的。”

“我回去以后吃饭了没有？”

“没有。”

“睡觉了没有？”

“没有。”

“饭也没吃，觉也没睡，那我干啥了？”

“啥也没干。”

“哎，是这么回事？……我真笨哪。”

“我看见你瘦得很厉害，像咱们结婚的那时候。”

“那倒不要紧。我只是在想，好不容易回去一趟，还啥也没干成，这个世界上可能再没有比我更笨的人了。”

“你要干啥？”

“我发现，人要是变起来的时候，不是谁能够阻挡得了的，不仅别人阻挡不了，就连你本人也阻挡不了。就说我吧，通过在这里的学习，我现在开始怀疑我们很有可能真的有那么一笔欠款，或许是我们自己忘了。”

“你原来不是说有人在报复我们吗？”

“那当然，‘猪头肉’和王世信陷害我们，报复我们，那也完全是可能的，很正常的，因为他们天生就是要害人的，不害就会觉得不舒服，觉得难过。谁和他们好，他们要害；谁和他们不好，那就更没说的，更要害了。总之，他们活着，就是为了害别人，为了让别人不能好好地活着，这一点，我从来没有动摇过。”

“我听得有些糊涂。”

“不糊涂。我是说，害人是他们的天性，他们要是在这件事情上没有陷害成，那也一定会在以后，在别的事情上继续等着你。至于我怀疑我们有欠款，那和他们没有关系。”

“你不恨他们了？”

“没来这儿以前，尤其是那天晚上，我恨得要命。从那以后，我看着天，经常希望天能够突然塌下一大块来，正好落在他们的头上，活活地把他们砸死，砸成肉泥。现在，要说有，还有一点点，但无论如何再也到不了那种程度了。这事我也觉得奇怪，不知道是怎么回事。”

“你在梦里对我说，‘蘑菇都开花了’。”

“我还说过这样的话？那一定是在胡说，蘑菇怎么能开花。”

“我当时也在想，这个人这是在说什么呢？周围一点儿亮光也没有，听到的话和声音也是黑咕隆咚的。”

“梦里的事情，不能够件件都当真。”

“有些东西，我听得也不是很真切，耳朵里老有杂音。”

“你一个人在家里是不是很闷？”

“有时候确实挺闷的。”

“我快了，我在这里很快就完了，再用不了多久了，你再坚持坚持。”

“我一定坚持。”

“你应该高兴点儿。”

“有时候想高兴也高兴不起来。”

“我是想让你高兴，不要去想那些不好的事情，那样的一些事情，把人想死也没用，只会越想越麻烦。”

“我已经不麻烦了。”

“好了，这就好了。”

“你看——”

“什么？”

“那边有人一直在看我们——”

“不要管他，他想看就让他看去，我们又没做什么见不得人的事情，我们不怕他看。”

“好像已经在那里站了好长时间了。”

“他有腿，非要站在那里，你也没有办法，不能把他撵走，谁也不能不让他在那里站；他长着一双眼睛，非要往我们这边看，我们也拦不住他，他愿意看就让他看去吧。”

“现在好像尽是这种人。”

“他要是不嫌累，就让他在那里一直站着去吧。至于我们，又不是一件东西，他也不能把我们看坏了。”

“你见过这个人吗？”

“见过，经常在这一带出现，也不知道他靠什么生活。真是个倒霉鬼，啥都看，没有他不喜欢看的，上面来了人，他理所当然地要看，因为没见过，透过墙头上的空砖缝也要看。平时，谁家娶媳妇儿，打发死人，甚至给小孩过满月，他也要看，回回都少不了他，要是某一件事情只有一个观众，只有一个看的人，那也一定是他。鸡啄米，他要看，狗打架，他也要看，母鸡领着一群小鸡在街上走，他更要看，眼睛睁得像锥子似的，好像人家领出来的那些小鸡们是他自己的孩子。”

“这样的一个人，应该是没有家庭的。他这么喜欢瞎看，真让人受不了。”

“我也在想，谁和他在一起呢？什么人和他每天在一个锅里搅和呢？谁和他在一起过，准能疯了。做别的也许做不成，要想疯掉，倒是一件很容易的事。”

“可我又觉得他是一个挺可怜的人。”

“你说得对。”

“你也这么认为？”

“我听说他的身上经常有伤，往往总是旧的还没去掉，新的就又来了。”

“哪来的伤？”

“人们打的。前天我们出去出操，跑步，看见他坐在一棵树下，正在很专心地修理自己的一条腿。”

“腿怎么修理？”

“应该说那是他腿上的一处旧伤，看样子至少有十几天了，已经结了一层硬硬的血痂，黑的，像一块铁皮，有一个巴掌那么大，四四方方的。他把那块硬甲一样的血痂慢慢地揭起来以后，露出了盖在下面的粉红色的肉和一些新的血，而那块硬甲一样的血痂被揭起来以后，另一头还继续连在他的腿上，就像我们平常打开一个盒子的盖子，被掀起来的总是三面，总有一面还和盒子本身继续连着。对，准确一点儿来说，他腿上的那块四四方方的硬甲一样的血痂，完全是一个盖子，被掀开后，就立在那里，等过一会儿，等他察看完那片粉红色的有伤的肉和那些新洇出来的血后，就又把那个又黑又硬的盖子重新盖上了，盖得严丝合缝，严严实实，一看就知道是原配。”

“你说得我都有些疼了。”

“人家本人看上去都不疼。”

“他就是疼也没有地方去说。”

“我走了以后，老谭有没有消息？”

“来过一次电话。”

“他一定在电话里说我了吧？”

“对，一开始是有点儿生气，说你不够意思，不守信用，让他在白草坡足足等了一天。后来，我把你没去成的原因对他说了，他也就不再生气了，还说，那没说的，从来都是胳膊拧不过大腿，更何况咱们这条胳膊还不是那种很粗的胳膊，而是细得厉害，瘦得可怜，其实，就算是粗的，就算是很粗很粗，那也照样没用，因为你无论多粗，本质上毕竟还是一条胳膊，粗了又能咋？”

“就是，真的不能怨我，粗了也没用，该咋还咋。”

事实上，老谭不仅打过电话，而且还亲自去了一趟，他像是从地里冒出来的一样，突然出现在倪云的面前，让她一时变得有些慌乱，甚至忘了是在自己的家里。

这些，她没有告诉万顺。

回去的路上，她一边走着，一边又忽然想起了老谭那种近乎赤裸的表达。

天又高又蓝，有黑黑的像饱满的玉米穗子一样大的鸟在飞，四周的荒草在摇晃。

老谭看着她，眼睛里有明显的光在流动，那种东西，倪云想，别说是她，恐怕再傻的人也能看出来。老谭一开始可能确实没有任何准备，当他后来第一眼看见倪云的时候，他不禁有点儿傻眼，来时的一肚子怨气也早就没了，跑得烟消云散。

“凭我和他一起共了几年事，我就知道他也不能是那种人，我心里有数。”

当知道原因后，老谭这样对她说。

然后就看着她，目光像水波一样在起伏，荡漾。过了一会儿，像是在对她又像是在自言自语地说，说起来万顺也够傻的了，家里放着你这样的一个女人，他还成天往外跑，鼓捣什么蘑菇啊木耳呀，那有什么意思？我要是他，我就哪里也不去，谁叫我也不去。

她说，他要是也这么想，那我们就饿死了。

老谭说，别以为饿死就不是一件好事。两个人一起挨饿，越来越瘦，身体也变得越来越轻，总有一天，两个人会像梁山伯和祝英台一样，忽然哗地一下，变成两只美丽的蝴蝶，双双飞走，那难道不好吗？那多好！

停了一会儿以后，又说，在我看来，与其累累赘赘地苦挣苦熬，还不如一下飞走。

她低着头，老谭的那些话让她觉得既可笑又感到有些脸热心跳……后来，她匆匆地透过窗户朝外面看了一下，竟连天色也没有看清，不知道那时是什么时辰。

又听见老谭在自言自语地说，当然，那也不能无原则地随便乱飞，瞎飞，关键是要看究竟是谁在和你一起飞，那才是最重要的。否则，无论飞得多好也照样没意思，还不如掉下来算了。

那样的一些话，当然她听过后就忘了，但没想到过了一些日子以后竟又清清楚楚地想了起来，长了出来，它们像是水里的木头，不断地漂上来，浮现出来，自己找上门来。

又有一天，她梦见她正要出门，却忽然被一截自己找上门来的湿木头撞得晕了过去。

这些，她都没有告诉万顺。

回去的路上，她慢慢地走着，那时，她感到一些人的样子正一张一张地从她的眼前被抽走。

正是初冬时节，她却闻到了一种刚刚钻出地面的青草的气息。又似乎隐约地听见一些声音正在寂静的原野上低声交谈。

黄花

一

大姨弯下腰捅火的时候，仍然能让人看出她的高大的身材。炉子里的灰被触动后，立即像一截灰白的柱子一样虚虚地摇晃着蹿了上来，有一些落到了她的头发上。那时候，周日高就站在距离她不远的地方，扁扁的鼻子一抽一抽的，露水一样的目光不住地滴到她的身上，先前她埋在炉灰里的几个山药烤熟了，她清晰地闻到了它们的气息。

“吃一个吧。”大姨对周日高说。

“不吃。”周日高说，“我来是有重要的事情。”

“啥事？”

周日高没说话，却唉了一声。

“不能说？”

说着话，她忽然感到周日高站到了她的身后。于是，她说：

“我得去碾坊。”

“又去碾坊？”周日高说道，“每次都是这样，我一来了你就要说去碾坊。”

“不去碾坊吃什么？你管饭？”

“你就不能好好说话？”

“我有多麻烦谁知道。”

“谁也有麻烦呢，哪有没有麻烦的人。”

听见周日高这样说，她突然将他推开，他摇晃了几下，总算没有让自己扑到炉子上。

“唉，你看你，”周日高说，“有劲儿也不能用在这上面啊。”

“把那间小房子的钥匙给我。”大姨说。

“啊呀！我的姑奶奶呀，别的你要什么都行，唯有这个钥匙不行。”周日高有些难过地说道，“这个东西，当年我在会上当着好多人的面发过誓的。我说：‘人在钥匙在。’‘头可断，血可流，钥匙不能断，更不能丢了，更不能给人。’”

“你走吧，我也得去碾坊了。”

大姨说着，几乎是将周日高推到门外，又告诉他说：

“以后少来，人们已经说闲话了。”

关上屋门后，忽然看见周日高的那件一进门就脱下来的短大衣还放在一个柜子的上面，于是，又抱起那件大衣，从门上的小窗户里扔了出去。

周日高在外面说：“唉，实在是做不到，要是能做到，要是有可能，我把我的心拿出来让你看看，我是愿意帮助你的，千真万确。你说，你现在就说，你还有别的什么事，说出来我一定去做。就是不要说钥匙这件事，那样一来，我会犯大错误的。”一边说着，一边弯下腰从地上捡起他的大衣，拍打了几下后抱在怀里。

从那以后，他再没有听到屋里有任何的动静。

他有些不死心，不相信她那么一个大活人会一点儿动静也没有，于是，又把一只耳朵贴到窗户上，凝神谛听，不但没有听见任何声音，反倒觉得耳朵有些痒。

周围一带静极了。他一边用一个小拇指掏着耳朵，一边打量着这个院子，不是头一次来这里了，可这里的一切看上去还是那么生疏。这是为什么呢，他问自己。很快，他就找到了答案，什么也不是，就是因为从来都只注意屋里的人，而没有注意过这院子里的任何一件东西……是的，就是这样，就是这么回事。是不是有点儿太明显太直截了当了？他想。是不是有点儿一根筋？是不是也应该多少注意一下一些与她有关的东西？看来得注意一下。天又是阴天，这些天来好像就没有晴过，天色总是铁灰的、铁青的，让人觉得有些暗无天日。树下堆着今年头一场下来的雪，颜色已变得和上面的天一样了。

他歪着头，在想一些事情。很快就想起了她刚才把他推出来时说过的话，说是下次要是他再胆敢走进这个院子，她就要用洗锅的水泼他。“哼！说是那么说，我看也不一定。”他想道。他很愿意把她刚才的言行看成是一时的气话和感情用事。是的，人在气头上，什么话说不出来，就是再说出比这更难听更厉害的来，那也是正常的，等一过去了，也就再没事了。过些天我再来，到时候看她会怎么样？他对自己说，女人，做了这么多年的武装工作和妇女工作，你老周难道还不了解她们吗，难道还没有摸透她们吗？难道在这些方面还是一个初来乍到的没有一点点实际经验的新手吗？她们往往是这样的，嘴里说的是一，喊的也是一，实际上心里想的却是二，甚至是三或五，所以，你不能把她们的话全当真，也不能纯粹一点儿也不当真。

是的，就是这样，就是这么回事，这就对了。这样一想之后，他顿时有一种云消雾散、豁然开朗的感觉，马上觉得心里和身上比不久以前轻松多了，他为自己能够在这样短的瞬间解开人世间的那么一个难缠的大死疙瘩而感到高兴，同时又有些不敢相信自己的机遇和巧劲儿。

晚些时候，他哼着一种十分离谱的小调，愉快地离去了。走到外面后又转回身，帮她把街门掩好。

有人带着口袋和绳子在街上说话，他急忙跑到一个低矮的门洞里弯着腰站了一会儿。后来，他忽然抬起头，看着对面的似乎正在蠕动的屋脊，低声问自己：我这是在躲什么呢？

大姨是在听到鸡的叫声后才发现天黑了的，它们在窗户外面挤成一团。有的不住地翻着白眼，在周日高不久前曾经站过的那个墙角里咕噜咕噜地叫着，像是胃疼。后来，她就忽然听不见它们的叫声了，不知是谁先带的头，它们都回到了窝里。

她又听了一会儿，确信周日高已经离去，这才出去关街门。在门口，她听到有两个人正在外面的黑暗中说话。

“狗日的队长，看我好用，就让我去给他的孩子叫魂。半夜十二点，去堡里的街上，时间还不能少于半个钟头。”

“你答应了？”

“我已经给他去过了。”

“他的哪个孩子？”

“我也不太清楚，好像是倒数第二，小的那个。”

“啊呀！”

“我拿着那孩子的一件小衣裳，一边走，一边叫着他的名字。”

“那孩子咋啦？”

“谁也不知道咋啦，就是一个劲地傻睡，总是醒不过来。一醒来，就开始说胡话，满嘴胡说八道，也不知说的是哪朝哪代的事。兔子，老太太，萝卜，白灯笼，绿缎子，大头人……天上地下，乱七八糟的，没人能听懂。另外，一看见有人去了，马上就像见了鬼一样，两个眼睛急溜溜的。”

“啊呀！”

“我给他叫完魂，回去把他的那件小衣裳盖到他的身上。我正和队长说话，他醒了。看见他爹——队长本人的时候，摇晃着手和他说再见，脸上红扑扑的，像是热得不行。队长本人也愁得厉害，不知道冲撞了啥。”

“像是吓着了。”

“我也觉得是吓着了。你要是去了，他看见你也一定会像见了鬼一样。唉，他那样一闹，马上让你进也不是，走也不是，觉得自己也立刻变得人不人鬼不鬼的，觉得自己也不干净了，身上有了邪气、鬼气。”

“一开始我还打算去看看，听你这么一说，我不去了。”

二

大姨对小十一说，那么多人家你都不去，怎么正好就找到这里来了？咋就知道我就是你的大姨，咋就知道要进这个门，就不怕认错了？

小十一站在炉子边，手里紧紧地握着那颗糖，他早已忘了那是一个可以剥开外面的纸放进嘴里慢慢地抿着的有着甜甜的味道的东西，而似乎觉得那是一个性命攸关的东西。炉子里的火被大姨捅得欢腾起来，显露出一种红黄的情景，在屋子里一闪一闪的。

大姨对小十一说，你这个小没良心的，在你三岁以前，你可是我们家的常客，一年中，总有半年住在我们家里，撵都撵不走。

这些，他都不记得了。

一开始的时候，还真不知道大姨长什么样。双马爷爷对他说，去投奔你大姨去吧！你还有个大姨，住在南边，跟着她，你受不了多少罪。双马爷爷孤身一人，和队里的两匹马生活在一起。双马爷爷对小十一说，本来我应该把你要过来，我也想把你要过来，可是我不行了。

小十一说，双马爷爷，你要了我吧，我愿意跟着你。

双马爷爷说，那样一来，人们会骂我，说双马想儿孙想疯了。

小十一说，人们为啥要那么说呢？

双马爷爷说，我活了一辈子，这也是我最不明白的一件事。

最早，他想过去投奔姥姥，可是姥姥也突然病倒了。自从母亲死了以后，姥姥就病了。姥姥现在还需要别人照顾呢，所以，小十一马上就觉得那条路不能去了，去了也白去，谁能顾上管他呢。不过，姥姥住的那个任何时候看上去都蓝乌乌的村子，他也实在是去怕了，以前每次去了都不敢出门，夜深了吓得不敢睡觉，总听见有人在外面的墙头上说话，脸灰得像砖头，眉毛和墙头上的荒草一起一落地摇晃。

小舅舅对小十一说，你妈要是还在，我妈就不会病倒。

小十一说，你妈要是没病倒，我就能去投奔她了。

小舅舅说，怎么连这么个道理也翻不清呢？我妈要是没病倒，那就说明你妈还活着，还在，既然你妈还在，还好好的，那你还投奔我妈干什么？

小十一有些糊涂地看着小舅舅。

于是，小十一告诉大姨说，姥姥也病倒了。

炉子里的火把屋里映照得暖融融的。

小十一坐在大姨家的炕上，看见窗户外面的玻璃上渐渐地有了一些东西，一簇一簇的草，一朵一朵的花，还有很多渐渐生出来的树、云彩和雾。他知道，这些东西本来是没有的，完全是冻出来的，等天一暖和，太阳一出来，它们马上就都不见了，也不知都躲到了哪里。天要是一冷，就立即又都纷纷地来了，探头探脑地出现在窗户外面。

大姨说："你妈到底是咋死的？"

小十一说："不知道。"

大姨说："你这个小没良心的，你妈算是白疼你了。"

小十一说："从家里走的时候说是去开会，等再回来的时候，人已经死了。"

大姨说："她是一个人回来的吗？"

小十一说："我不是说了吗，等再回来的时候，已经死了，死了还咋能回来？是几个人把她抬回来的。我看见她的脸上好像有血，又好像有人很忙乱地给她擦过，没擦干净。"

大姨说："人们还都以为她是病死的。"

"我妈没病。"小十一说。

母亲的身体尽管不如大姨那么健壮，但也绝对没病，肯定没有。那么大的两个水桶，里面装满了水，母亲挑起来就走了。小十一跟着走在后面，看着一路上滴滴答答的水，有时候要数一数，但总是数着数着就数不清了。母亲在前面一边走一边问他，小十一呀，什么时候就能帮妈妈挑水了？小十一想也不想，开口就说，明年。等到了明年，竟真的也能够挑水了，只不过用的既不是一路上咣咣作响的铁桶，也不是那种上面绕着好几道铁箍的死沉死沉的木桶，而是两个空罐头瓶子，上面拴着绳子，用一根细细的木棍挑着。母亲挑着满满的两大桶水在前面走，小十一挑着两小桶水紧紧地跟在后面。前面的大桶走得很快的时候，后面的小桶也跟得飞快；前面的大桶要是慢下来的时候，后面的两个小桶就也跟着慢了下来。那情景，像是一个人和她的影子，路上的人看见了，对母亲说，林老师，你的小十一已经能帮你挑水了。那时候，母亲就含着笑说，还早着呢。稍微大一些的学生不是不想帮她挑水，而是怕别人说她，说她剥削压迫他们。有一些晚上，天黑得伸手不见五指，小十一已经和母亲躺下了，听见门外有人低声说，林老师，开开门，我们给你送水来了。打开门，看见两三个，有时候甚至是五六个孩子，湿漉漉地站在外面，天上一颗星星也没有。

坐着坐着，小十一就渐渐地出溜下去了，屋里的暖意使他的眼睛不停地合上。

大姨说："要么不来，来了就睡，不能睡，跟我说会儿话。"

大姨的头发浸在一盆清水里，她的上面只穿着一件薄薄的白背心，这使她显得更加健壮、饱满。

小十一从炕上爬起来，把脸贴在窗户前的玻璃上，贴了一会儿，还是想睡。后来，他取出一根火柴，折成两截，分别将两个眼皮支了起来。顿时，他感到自己的眼前立起了两根柱子，透过那两条黄光，他看见大姨的头发在一个看上去很远的地方飘动了一下。

他说："大姨。"

看看盆里的水还很清，大姨让他下来洗脸。

大姨扒下他身上的那件小棉袄后，不禁惊呼了一声。大姨说："这哪是脖子！分明是一截没人要的车轴。"

这以后，大姨就开始使劲地搓他。小十一挣扎了几下，但大姨的那双手太有劲了，它们使劲地摁着他，使他像一只柔弱的小鸡一样怎么也扑棱不起来。

大姨说他黑得像个小要饭的。

不久以后，他听到水盆里响起一阵滴滴答答的声音。很快，又听见大姨说："看这点儿出息，洗个脸还哭？你就不想想你有多脏！"

"大姨。"

"双马从来不给你洗？"

"不洗。"

"一次也没洗过？"

“有时候实在黑得不行了，黑得连他也看不过去了，就洗一洗。不过，双马爷爷说，冬天的时候最好少洗，能不洗就不洗，因为要是洗干净了，出去会容易觉得冷。”

“这个死老汉，咋能这么教育一个孩子呢？原以为把你交给他，会让人放心的。”

双马爷爷后来看看也觉得不行，就说，不行，我弄不了你啦，你去找你大姨去吧。你不能成天总是跟着我放马，骑马。文化总得学吧，学总得上吧？我还能有几年活头，没几年了。等我一死，把马交回队里，就啥也没了。

原以为得在路上走好些天才能见到大姨，却没想到自己会像一个简单轻省的包袱一样一路上被倒了好几道手。先是双马爷爷的一个侄儿，一个斜楞眼的男人，要到南边去卖干草，双马爷爷就把小十一交给了他的这个侄儿。斜楞眼装好了高高的一车干草，把小十一扶上去，就让小十一坐在上面，也可以躺在上面，看着天和云彩。怕他路上掉下来，斜楞眼又上去把小十一和干草捆在一起，用绳子拴得紧紧的，只要干草不散，掉不下来，小十一也就没有问题，掉不下来。他们从天不亮的时候开始上路，等天又重新黑下来的时候，住进了一个很大的车马店里。斜楞眼把小十一交给了一个姓罗的老头。

在店里吃了一顿饭，再找斜楞眼时，斜楞眼已经连人带车都不见了。看着姓罗的老头碗里的辣椒像血一样越来越红，越来越浓，小十一既真切又模糊地听见有东西正往自己的碗里滴答。那是他自己的眼泪。

姓罗的老头对小十一说，好好的哭甚哩？我像你这么大的时候，可没有你这么舒服，正在受地主的剥削和压迫，每天干的是牛马活儿，吃的全是猪狗食，睡觉也只能睡一个来钟头。也想多睡一会儿，咋能不想，可是地主不让睡。

为啥不让睡？

我们那个地主，也姓周，只是不叫扒皮，而是叫周仁。叫是那么叫，实际上那也是个很能扒皮的家伙。

后来呢？小十一问道。

后来？后来毛主席就来了，忽然就来了，说来就来了，我们都还没有反应过来，人家就来了，一家伙就把我们都解放了，一下就让我们从此翻了身。姓罗的老头说，从那往后，好事也都接二连三地跟着来了。我们那些人当中的老大还娶了地主周仁老爷的小姨子。一开始的时候，那个女人死活不愿意，嫌我们老大长得丑，又脏了吧唧的，还说这事她从来也没有想过，从来没有考虑过。我们老大就让她从现在开始想，从现在开始考虑。老大还吓唬她说，毛主席教导我们说，你一定要嫁给我，不嫁是不行的，不嫁是不可能的，要想走正道，这是唯一的办法。女人想，真是一件怪事，怎么连这种事还有人惦记着呢？她实在是想不明白，也确实想不明白。有一天，老大从外面带回一本红皮书，对那个女人说，他们的事情就在这上面写着呢，写得清清楚楚，明明白白。女人被吓了一跳，不知道自己的事怎么到了那上面。接下来，老大打开那本让她觉得无比奇怪的书，哗哗地翻了一阵，然后又合上了。老大似乎胸有成竹地对那个女人说，我劝你还是放聪明一点儿，我再给你最后一次机会。要是一会儿等我找见了，再原原本本地念出来，那你可就麻烦了，那你可就麻烦大了，再说啥也迟了。这个过程中，女人一直坐在那里憋着，后来终于再也憋不住了，就对老大说，你也别费事了，我嫁给你就是了。

第二年，她怀上了孩子。孩子在里面动不动就踢她，蹬她，还经常用小手挠她，抓她，让她的心里感到很痒。家里只剩下她一个人的时候，她就拿出那本决定了她一辈子的红皮书翻着看，从头至尾地看。

每次看完以后，她都要一个人呆呆地想上半天。

小十一想，她在想什么呢？

姓罗的老头吸了一阵烟，正打算接着要讲时，就看见小十一已经歪在一只麻袋旁边睡着了。

第二天天亮以后，人喊马叫，很多的马车都要走了。姓罗的老头领着小十一来到一辆已经套好的马车旁边，已经有几口大缸早早地立在上面了。赶车的人脸黑得像锅底，伸手不见五指，耳朵和嘴唇却是白的，手里拿着一截皮绳。

姓罗的老头对那个人说，把这个孩子给捎上。

那个人看了小十一一眼，没有说话，很快就钻到马肚子下面绾绳子去了。

姓罗的老头对小十一说，上去吧，坐在缸里面。

上去以后不久，小十一就看见太阳从配电站和农机管理站的那几座房子后面慢慢地露出来了。

三

世界冻得像个铁桶，到了晚上，更成了一个黑灯瞎火的铁桶，无论挨到哪儿，都会感到寒气袭人，冷森森的，要是再碰上个铁东西，那就会把手粘住。被冻了的铁又生又冷，硬邦邦的，看上去十分强硬，但其实是黏的，人的手要是握上去，就会被不容分说地立即粘住，再要想拿下来，十有八九要被扯去一层皮。小十一现在想起来，不少人家的门环上，斧子上，拴狗的铁链子上，还有车帮上，都曾经没少留下过他们的皮和星星点点的血。有一年，小栓子抱住曹世荣家的一根铁管子，把脸贴在上面，等后来想走的时候，才发现他已经离不开那根铁管子了，他的脸被粘住了，已经走不了啦。后来拼命地硬拽下来，他们听见刺啦地响了一声，小栓子的脸马上就流出了血。曹世荣在炕上听见动静后，从屋里追出来，说，狗日的，你们这些小讨吃的，看把我的铁管子闹成啥啦？

街上没有人。

大姨的身上暖暖的。小十一的一只手藏在大姨的衣襟下面，像一只小狗一样紧紧地跟着大姨。

远处的那些白日里看上去十分峥嵘的山，此刻被冻得缩成一堆，只剩下一种黑乎乎的轮廓。

大姨要找的那几个人都在夜校里。

他们正在响亮地嗑着葵花子，每个人面前一堆，都嗑得四分五裂，乱七八糟，陈有钱、薛九斤、秦宇，还有入冬时才刚刚取代了民兵连长杨聚财的黄大锁。黄大锁坐在夜校里最破烂的一扇窗户下面，外面的冷风从那些窟窿里吹进来，他的脖子不时地往回缩一下。陈有钱对他说，真是个死心眼儿，你就不会换个地方坐吗，非得坐在那里？黄大锁说，不要紧，我不怕冷。陈有钱说，既然不怕冷，那你还总是一缩一缩的干什么？黄大锁有些委屈而又无奈地说，它吹到我脖子里来了，我总不能一点儿反应也没有吧。

陈有钱用力一拍面前的桌子，说：“好，很好！不愧是民兵连长，终于也学会跟我顶嘴了。”

又问秦宇和薛九斤：“我是不是老了？”

秦宇说：“你不老。”

“不仅不老，在我的眼里，你甚至还是个孩子。”薛九斤笑嘻嘻地说着，他的舌头慢慢地将一粒瓜子壳从嘴里面顶了出来，白白地显露在唇边，搁置在那里，然后又漫不经心地瞄准了正前方的黑板，啪的一声，那枚白白的瓜子壳便从他的唇边飞出去，牢牢地粘在了对面的黑板上。那情景，让刚从外面跟着大姨进来不久的小十一看得目瞪口呆，使他立即就对那个满脸胡子的人佩服得要命。小十一想，功夫真深啊！真是不得了呀！像是传说中的那些真正的高手，从来不需要随身携带任何武器，而总是能够就地取材，随意地拾起地上的一片树叶，眼睛也不看地甩出去，那树叶就会像离弦的飞箭一样将几丈以外的敌人一下杀死，而那些看上去气势汹汹咄咄逼人总是随身携带着武器的人才是一些装模作样的真正的笨蛋。

黄大锁看看陈有钱，他的嘴张了一下，很快又合上了。

大姨领着小十一来到陈有钱面前，听见陈有钱的嘴里有咯嘣咯嘣的很响亮的声音传来。大姨对陈有钱说，她想让这个孩子在这里上学。

陈有钱眼睛瞪得很圆，有些惊奇地问道：

“这是谁的孩子？”

“我妹妹的。”大姨说。

“你妹妹的……你妹妹的……”陈有钱盯着站在他面前的小十一看了一会儿，然后又看看窗户，然后又抬起脸仰望着房梁，看得出他是在思索，也好像是在回忆，又像是在努力捕捉什么。后来，他忽然说道：

“这孩子是姓谬吧？‘谬论’的‘谬’？”

“姓缪。”大姨说。

“啊，这就对了。”陈有钱说着，像是了却了一桩心愿，卸去了一层重负，浑身立即变得异常轻松起来。“广才家的，”很快，他又对大姨说道，“你是个明白人，和别的那些糊涂老婆不一样。有些事情我不说，你也应该清楚，你的那个姓谬的妹夫是个啥人，我们又不是不知道，我们知道得一清二楚。”

听见他这样说，大姨的脸立即变得通红。

“关于你的那个姓谬的妹夫，我们就先不说他了，他的事县里自有公断。”陈有钱说，“我想说说你们家广才，他还没有音讯吗？一点儿都没有？”

“没有，真的没有。”大姨说。

“哼，我就不信他没有托人给你捎过话，打死我也不信。”陈有钱说，“你当然会说没有，你是谁？我们也从不指望能从你的嘴里得到什么。早就有人对我说过，要想把你放倒，应该是一件比较困难的事情。不过，有一点你放心，我们一定要找见他，也一定能够找见他。”

“我们已布下了天罗地网，”民兵连长黄大锁说，“张广才一定会在人民群众的汪洋大海中落网的，我们终将把他捕获。”说完，他看了一眼陈有钱，发现陈有钱也正在用赞许的眼神看着他，这不禁让他高兴了好一阵。

“我还一直见不上他呢。”大姨说，“你们要是能抓住他，我也捎带着能见他一面。”

“广才家的，别在这里跟我们打擂，少跟我们来这一套。”陈有钱有些生气地说道，“作为他的女人，你现在还敢说广才没有问题吗？还敢说他是清白的？”

“他要是没有问题，他跑什么？”黄大锁说，“他应该和我们一样，坐在这里说话，学习，吃瓜子。”

陈有钱说：“远的咱们先不说。那个往口外倒腾链霉素的家伙是怎么和县医院搭上的关系？管部长告诉我说，一箱子一箱子地往外弄。在下河湾农场放火的那个人当初是谁介绍到农场去的？还有那个跑到外蒙去的右玉人，你敢说他临跑出去以前没在你们家里住过？没有吃过你做的饭？”

“我没给他做过饭。”

“敢说没有？炒鸡蛋，烙油饼，不是你做的？有人早就看见了，群众的眼睛是雪亮的。”

“听说那个家伙又从外蒙到了苏联。”薛九斤说。

“不管是哪里，外蒙也好，苏联也好，总之是跑出去了，一头扎进了敌人的怀抱里。”陈有钱说，“人是从我们这里跑出去的，广才在这中间应该负什么样的责任，我想我不用多说，这事傻子也清楚。”

一个戴棉帽子的人忽然从外面跑进来，踩得满地的瓜子壳发出一片响亮的嘈杂声。来人一直跑到陈有钱的面前后，又突然急刹车一样急忙把自己刹住，身体狠狠地摇晃了几下，两个帽耳还在上下扇动。小十一看着那人，差一点儿笑出声来。小十一想，他要是再不把自己紧急刹住，那就毫无疑问地百发百中地扑到坐着的那个人身上去了。

进来的人勉强稳住自己后，向陈有钱报告说：

“那个家伙说他肚子疼，正在地上打滚。”

“是不是装出来的？”陈有钱说。

“去旁边的福龙家借个碗，”薛九斤对进来的人说，“给他喝点儿热水。”

“本来我和他说得好好的，”进来的人解释道，“可谁知道他说着说着就啪地一下躺倒了。”

陈有钱说：“他有没有交代出新的问题来？”

“唉，没有，还是和我们一开始刚闹住他的那时候说的一样。”进来的人说，“我一直都在问他，想办法用话套他，甚至和他拉家常。不问不知道，一问吓一跳，他和咱们这里于世龙的女人竟是一个村的，好像还拐弯抹角地沾着点儿亲呢。他只是说，快过年了，家里一分钱也没有，要甚没甚，女人孩子都在家里等着，所以他就带了一些瓜子和粉面出来卖。那向日葵呢，是长在他自己院子里的，并不是用专门的地种出来的，也不是队里的。”

来人说着，瞟了一眼他们每个人面前的那堆葵花子，它就是从那个人的口袋里倒出来的。当初逮住他，往出倒的时候，那个人在一旁眼看着他的那些瓜子，他们一家人的希望，像水一样哗哗地从口袋里往出流，当时就往后一仰，昏过去了。一群人又掐又喊，才又慢慢醒过来，脸上的煤黑被泪水冲得一道一道的。

陈有钱忽然说：“那淀粉也是从他自己的院子里长出来的吗？”

陈有钱的话把进来的人吓了一跳，使他如同刚刚从一场梦中醒来一样，愣愣地站在那里。

“啊！这个我倒没问，他也没有细说，但肯定不是。”进来的人有些恍然大悟地说道，“是呀，谁会在自己的院子里种山药呢，那能收几个？啊呀！这倒是个新问题，我也让他把我气迷糊了，差一点儿让他蒙混过去。一会儿回去我还得重新好好审问审问他。”

“记住，不要让他睡觉，不要给他以稍息的机会，宜将剩勇追穷寇，不可沽名学霸王。”陈有钱对进来的人吩咐说，“要乘胜追击，熬他，熬鹰一样地熬他，使劲儿地熬那个狗日的。把咱们的人分成几班，轮流地问他，和他作战，和他比赛，看谁最先垮了。他狗日的也是个人吧，是人就有顶不住的时候。他就是个铁疙瘩，我们也得把他化了。”

“他就是个保险柜，我们也得把他闹开。”黄大锁说。

“去吧，好好闹去吧。”陈有钱对进来的人说。

来人又急急忙忙地出去了，地上的瓜子壳又传来一片响亮的嘈杂声。

“我也去吧。”黄大锁从那扇破烂的窗户前站起来，对陈有钱说道，“我怕他们不行。”

“对，这个时候你应该在场。”陈有钱说。

黄大锁从桌上抓了一把瓜子，也出去了。

小十一不知道自己是什么时候跟着大姨从那间墙上挂着各种锦旗，房梁上悬吊着汽灯的夜校里出来的，等他再抬起头时，他看到了天上的星星和附近的树，那些树像一群一群的人一样，都不说话，默默地站在那里。星星不是很多，也不怎么亮，像是从箱子里翻找出来的一些旧日的东西，晾晒在天空上。

像是穷人在晾晒仅有的几颗粮食。

那些人，坐在夜校里，嗑着瓜子，有电灯不用，非要点上雪亮的汽灯，要的就是那种气氛。

“大姨，那个人可真有本事啊，能把瓜子壳吐得那么远，那么准。我就不行，我一吐就吐到了身上。”

“真的不让那个孩子上学？”

“我也没说不让，我只是想压一压她。她总是瞧不起我们，从来也没把我们这些人放在眼里过。”

“哎，这瓜子炒得可真不赖，让人越吃越上瘾。”

临睡前，他掀起窗帘朝外面看了一下，然后说：

“大姨，玻璃上的那些花和树越来越厚了。”

“到后半夜会更厚。”大姨说。

“大姨，这里的炕比我们家原来的那个炕大多了。”

“过来和我一起睡吧。”

于是，他刺溜一下钻了进去。

“要睡就好好睡，别像小猪一样使劲儿拱我。”

“大姨，你的身上真光。”

“以前，我们小的时候，你姥姥常说，皮肤细的女人命苦，没福气，那时候我还不信，你妈也不信。”

“我妈到后来总是怕冷，身上总是凉凉的。有时候要是忽然热起来吧，比火还烫。”

“想她吗？”

“我总是想梦见她，可一次也没有梦见过。大姨，你说怪不怪？”

“从来也没有梦见过？”

“没有。”

“没有，那她也还是你的妈。”

“大姨夫真的跑到苏联去了吗？苏联多冷啊。”

“别听他们胡说，快睡吧。那说的是另外一个人。唉，那也真是一个倒霉鬼。”

四

县城留给小十一的印象只是一扇刷着绿油漆的门和一个吃起来觉得很酸的面包，还有一些灰色的台阶，想起来总是觉得空空的，像一座没有院墙的主人又外出了的院子。

那扇门，上半部分的绿油漆还很绿，下面就有点儿发白，能看出雨点溅上去的痕迹，一道一道的，一条一条的，都是斜的。旁边好像还有别的门，但他们没有看见。

大姨和小十一慢慢地推开那扇上绿下白的门，看到有几个人坐在里面，正在犹豫之间，听见其中的一个人突然朝他们喊了一声，大姨急忙又把那扇门合上了。

小十一对大姨说：“我爸爸在不在里面？”

大姨说：“走错了，不是这个地方。”

从那几级水泥台阶上下来后，大姨问小十一手里拿着的是什么，为什么总是握得紧紧的？小十一把手伸开，亮出那颗看上去已经很旧的糖让大姨看。

大姨说：“准备给你爸爸的？”

小十一点点头。小十一告诉大姨说，别小看这颗糖，他已经把它攒了好几个月了。

“别攒了，”大姨说，“你吃了吧。”

小十一摇晃着头对大姨说，那么几个月都攒过来了，我哪能说吃就吃了呢，哪能一下就吃了呢，要是那样，这几个月不是白攒了吗？又说，他常常是这样的，想吃的时候就从口袋里拿出来看看，看一会儿，嘴里就会觉得甜甜的，真的就像是已经吃过了一样，然后再放回去。来大姨家的路上，在那个车马店里，那颗糖趁他睡着的时候，自己从他的口袋里跑出来了，他睡得一点儿也不知道，幸亏被姓罗的那个老头捡到了，这才又还给了他，这事他现在想起来都觉得危险极了，时常一头一头地出冷汗。假设一下，姓罗的老头当时捡到后要是不声不响地放进嘴里咯咯地嚼着吃了呢，那又有谁能知道，肯定谁也不会知道。所以，无论什么时候，只要一想起那个姓罗的老头来，小十一的心里就全是感谢，像上午时分的阳光一样，黄黄的，亮亮的，干干净净的，连一点点不好的乱七八糟的东西也没有。不久前，当大姨领他往那扇刷着绿油漆的门前走的时候，他早就把那颗糖从口袋里掏出来握到手里了。

现在想起来，小十一越来越觉得坐在那道绿门里的那几个人很像是电影里的人。

大姨领着小十一来到城南的一条街上，街上看不见几个人，一个白头发的老人在临街的一座房子外面坐着。大姨停下来，朝四周看了一会儿，然后对小十一说：

“你就出生在这条街上。”

“真的吗？”小十一有些不相信。

“当然是真的，那还能有假吗。”大姨说。大姨告诉小十一说，在他快要出生的前几天，姥姥就来了。姥姥住在这里，就是要等着他生下来。后来，又过了几天，等他生下来以后，大姨也来了。那时候，这条街上的人比现在多，也比现在热闹，沿街两边的房子尽管最高的只有三层，可总像是在过节。顺便说一句，一个地方的房子高低和那个地方热闹不热闹完全没有一点儿关系。每到黄昏时分，住在街两边的人们都从各自的家里出来了，坐在门前慢慢地聊天，喝茶，孩子们踢着花花绿绿的皮球，推着铁圈哗啦哗啦地跑来跑去。

大姨这样说，让小十一忽然想起家里的一张比火柴盒略大一些的旧照片，照片上的几个人似乎刚刚在这一带打完篮球，每个人看上去都显得很小，衣服胡乱地裹在身上，越看越像是几只飞累了的鸟，正远远地十分懒散地走来。以前，小十一在家里的时候，经常能够看到那张照片，那些看上去像鸟一样的人中间就有爸爸，从篮球架的后面，能隐约地看到远处的树和房子，天上的云彩一块一块的。

可不知为什么，现在的街上真的看不见几个人，当初的那些人也不知都到哪里去了。

后来，从公安局灰蓝色的院子里出来以后，大姨就真的一点儿办法也没有了。她拉着小十一的手，站在一个同样灰蓝的巷子口，努力地从记忆里打捞着一些熟人和一些似曾相识的人。那巷子里也冷清得厉害。

小十一觉得，好像全世界的人都藏起来了。

大姨对小十一说：“看来我们这一趟是白来了。”

小十一仰起脸看看大姨，又看看街上。小十一想，连大姨都说没办法了，那肯定就是没办法了。这样想着，他又把一直握在手里的那颗糖重新放回到口袋里。放进去以后，又用手轻轻拍了拍口袋，真切地感觉到它像一颗小石子一样硬硬地躺在里面。他在心里对它说，睡吧，想睡多长时间就睡多长时间，想怎么睡就怎么睡，想做梦也行，想翻个身也行，因为这会儿还不到该你出来的时候，还不到吃你的时候，你就是再甜也不行，无论有多甜，那也得老老实实安分守己地等着。

从远处开来的长途汽车和他过去在图画上看到的长途汽车在很多方面都不一样，那时候，他总认为它们是有脚的，而且至少有七八只，都藏在下面，里面坐着干干净净的人，现在，他远远地看见车门开了，一些人土豆一样骨碌骨碌地从上面滚了下来，转眼之间又都骨碌得看不见了。

他和大姨坐在一根躺倒了的木杆子上。不远处，也有两个人在那里坐着，他们把头尽量地伸进一座废弃的门楼下面，样子像是在避雨。大姨领着他过来的时候，他们就已经在那里了。他们的脚边放着两只篮子，每一只篮子都用布蒙着，其中的一个人不时地从那道废弃的门楼下闪现出来，俯下身，掀起苫在篮子上面的布朝里面看一会儿，然后又小心地苫好。

根据他们的那种样子，小十一觉得那两个篮子里面放着的东西应该是活的，比如两只鸡或三只兔子什么的。也不太像是小猫小狗，要是小猫小狗，早就叫起来了。

但是，仅仅几分钟以后，小十一和大姨说了两句话，等他再转过脸朝那道旧门楼下面看时，发现那两个人连同他们的那两只篮子一起都不见了。一下没有了那两个人在那里坐着，那道废弃的旧门楼下面突然变得异常空旷，野草摇晃时的样子像是在挣扎，在挽留和回忆。

“大姨，我们回去吧。”小十一说。

很多日子以后，那道上面刷着绿油漆的门还在小十一的记忆里紧紧地关闭着，一声不响。好几次他把耳朵贴上去小心地谛听，听到里面一片寂静，没有人在里面。

他记得，那次他清楚地看到有人在里面坐着。

几个民兵慌慌张张地在结了冰的河面上走着，他们背着枪，像是下乡收粮的团丁，不时地有人滑倒。

拉着干草的马车把正在经过的巷子堵得满满的，看上去严严实实，使对面过来的人不得不找一个门洞躲起来，等马车过去以后再出来。那种时候，别说是人，就是一只鸡也钻不过去。两边的泥墙被划出无数深浅不一的印痕，声音十分嘈杂。车上的干草，远远地高出沿街两边的房子，躺在干草上的人，能够随着马车的行走，清楚地俯瞰、浏览到许多人家院子里甚至家里的情景。

看着从大姨家门前缓缓地经过的马车，小十一忽然想起了双马爷爷的侄儿，那个斜楞眼的男人，他也是赶着这样的一辆马车，小十一趴在高高的草上面，觉得自己离天离那种蔚蓝的颜色越来越近，云彩时常像轻纱或棉花一样从他的脸上掠过。那种时候，看下面的人，会发现很多人都像耗子一样渺小、软弱、灰不溜秋的。

马车过去以后，他用一把小铲子从街上搂了一些柴草，然后抱回到大姨家的院子里。母亲还在的时候，他就时常这样做，在街门口一带搂上几次以后，就够他们一天烧的了。那时候，他也很想像别的孩子一样不劳而获地从车上抽下一些现成的柴草抱回去，但是他一来胆子小，二来没有力气，根本抽不下来，只能捡那些剩下的，别人不要了的，让人踩来踩去的，抱回家去。搂回去的多了，他和母亲就都会有一种丰收了的感觉，觉得家里丰衣足食，繁荣昌盛，万事如意。

一个戴着猫皮帽子的人在街门口一带徘徊了一会儿，然后慢慢地向门框靠近，最先伸进来的是长在猫皮帽子下面的那张脸，长着几根稀稀落落的老鼠胡子，接着伸进来的是脸下面的脖子，然后是与脖子相连接的一个肩膀和与那个肩膀连在一起的一条胳膊，接着迈进来的是一只脚，最后，连在那只脚上面的那条腿也进来了。

戴猫皮帽子的人就那样半扇身体在门里，另外半扇身体在门外，小心地向院子里打量了一会儿，看见没有大人，只有一个孩子，就一边轻轻地招手，一边鬼声鬼气地说道：

“哎，小孩，回去问问你妈，要不要粮票？”

小十一手里搬着一只小板凳，奇怪地看着。

“是全国粮票。”猫皮帽子强调说，“拿着它，只要不出咱们中国，去哪儿都能吃上饭。”

“没钱也能吃上饭吗？”小十一说。

“唉，没钱那哪能行。”猫皮帽子说，“我的意思是说，有了我手里的这全国粮票，再配上相应的钱，那就没问题了，无论你走到哪儿，都会是一路顺风，酒足饭饱。”

透过窗户，小十一向屋里看了一下，里面一片寂静。大姨很早就出去了，一直没回来。

“去，回去问问你妈，看要不要？”猫皮帽子有些焦急地催促道，“不要我可就走了，真走了啊。”

小十一搬着小板凳，慢慢地退到门口。

“要不让你妈出来，我直接跟她说。”

小十一忽然搬着板凳，跑进屋里，砰的一声关上了门。从门缝里他看见猫皮帽子的另外半个身体也终于进来了，整个人全部进来了。

“过了我这个村，可就没我这个店了。”猫皮帽子自言自语地说道。

看见有人站在院子里，原来落在铁丝上的一溜麻雀轰地一下都走了。

他盼着大姨能快点儿回来。

后来，他从屋里出来，对猫皮帽子说：

“我妈说我们不要。”

“我不信。”猫皮帽子摇着头说。

又说：“你妈这么半天不出来，不会是见了生人怕羞吧？孩子都这么大了，想来她也不小了，啥没见过。”

嘴里说着话，猫皮帽子仿佛意识到自己犯了规一样，他的身体往后退了两步。退到门口，他的戴着猫皮帽子的头探出去向街上看了一下，然后突然就跑了。小十一看见他的身体转眼就从大姨的院子里消失了。

小十一来到门口，猫皮帽子早已跑得没有踪影了，连一丁点的痕迹也没有留下。

另一个人正从那边过来。小十一一眼就认出他是那天晚上自己和大姨在夜校里见过的那几个嗑瓜子的人当中的一个。

他穿着一双大皮靴，扑通扑通地走过去了。

很晚的时候，大姨才白茫茫地回来。

五

要不是亲眼看见，她怎么也不会相信，那么一个活蹦乱跳的人，那么一个时时都在惦念着家里的女人、孩子、羊、葵花和余粮的人，刚才还在拼命地据理力争，极力想把自己洗刷干净，拾掇清白，转眼之间就再也说不出话来了，整个人如同一堆衣服一样堆在那里。

雪就是从那个时候开始下起来的。

别人谁也没有发现下雪，只有她看见了。她一低头，猛然看见地上不知什么时候已经白了一层，抬起头时，看见整个空中纷纷扬扬的全是雪。很快，她就感到脸上有了东西，脸像糊窗户的纸一样开始一小片一小片地被洇湿，头发和眼上的睫毛变得虚浮肥肿，颤颤巍巍的。

她是因为一不小心走错了门，才意外地见到那个人的，要不然也根本见不到。用陈有钱的话说就是“不可能让你见了”。她确信他就是那个刚从口外挪动过来就被他们逮住了的不走运的卖瓜子卖粉面的人，这些天，她不知道他们一直把他寄放在哪里，不用问也可以大致推断出不是什么好地方。打是肯定没少打。要光是打两下，然后就把他放了，让他带着东西走人，那也还算他有运气，关键是打了也是白打，打完以后也还是死活不放，让他的四周始终都是漆黑一片，老家院子里的葵花也看不见了，仿佛被人全部连根拔掉了一样。寒冬腊月的天气里，却总是听见他们的羊在雨地里一声一声地叫唤……孩子们的身上滚着草和土，山药冻得像石头一样，一碰就嘎嘎地响。

有人过去摸了摸，觉得他还有温度，像一碗晌午留下来的剩饭，说凉不凉，说热吧，又完全不是那么回事，根本谈不上热。他们把他从地上黑乎乎地扯起来的时候，竟发现他整个人轻得像一束干草，几乎没有什么重量，这让他们感到吃惊而怪异，原以为会是死沉死沉的一堆，所以准备了十二分的力，等到真正伸出手去以后，才发现连两分的力也用不了，轻轻地一拽，那黑乎乎的一堆自己就轻飘飘地起来了，仿佛他们是一块磁铁，而他是一根钉子，一吸就自动地过来了。倒是他们自己由于事先投入得太多，想得太重，而差一点儿被闪了出去。

就是在那时候，她看到了他身体下面的那摊血。

还有的人家忘了喂猪，但作为猪本身，猪还是清楚地记得自己还有一顿晚饭没有吃，没吃就不能去睡，所以就一遍一遍地在院子里走，实在是不能再继续沉默了，便大声地哼哼一阵，以示自己的存在。有时候，当声音也不起作用的时候，就用嘴巴把门拱开，眼巴巴地看着屋里的人，默默地提醒着他们。要是一个明白些的人，马上就会反应过来，啊呀！猪还没吃哩，怪不得这么黑了还一直在瞎转，不回圈里去睡觉。于是，就立即开始给它张罗一顿吃的。要是遇到一个怎么提醒也还是不明白的人，就会被骂出去，那就只好继续在院子里一遍一遍地走，看上去既嘟嘟囔囔又任劳任怨，和天上的星星比赛，看谁最后闭上眼睛。

有一次，她亲眼看见，孙美兰家的一头猪，吃饱以后，高兴地笑了。

有一天夜里，她梦见外面下着小雨。后来，屋里的门忽然开了，一个人湿漉漉地飘了进来。

是广才。广才浑身是血地站在她的面前，目光幽怨地看着她，身上的血还在往下滴答。

钟在正面的墙上赶路一样地走着。

广才对她说："你也不管我。"

她想对他说："我一直都在四处找你，打听你的下落。"但费了很大的劲都没有说出来。

这样一来，广才就说：

"我原以为夫妻是世界上最亲密的，没想到竟也是这样靠不住。这个世界上没有什么能让人靠得住的，一切都靠不住。"

听到广才这样说，她感到委屈，伤心，许多日子以来所受的苦顿时都涌了上来，它们互相纠缠着，撕扯着，有时忽然抱紧，变成死死的解不开的一团，时而忽然又一下散开，像沙子或柳絮一样纷纷扬扬，最后，成为一阵呜呜咽咽的哭声。

她一路哭着走过去，沿路的血疙瘩随处可见，顽固不化，人踩上去觉得硌脚。还有的在不远处慢慢地肿胀，变得像一座山冈那么大，颜色接近于夕阳。

小十一被她的哭声惊醒，他用力推她。她醒过来以后，对睡在身边的小十一说：

"你大姨夫可能已经完蛋了。"

她先说了梦里的一些情景，还没等她说完，小十一就告诉她说，他早就听人说过，一个人梦见下雨，梦见水或血，还有别的一些液体，应该是一个好梦。小十一说的这些，她都知道，连他这么小的一个孩子都知道，她咋能不知道呢，她只是觉得不能往那些方面去想。一个人，哪能尽想好事呢，自己梦见的就全是好的，吉祥如意的，别人梦见的就都不好，都主凶？那是另一种形式的护短，她可不敢那么想，不敢把所有的液体，一切稀的东西，都自作主张地看成是好梦，一厢情愿地理解为是美好的象征，看广才那僵硬的血淋淋的样子，也不可能是这样的，也好不到哪里去。

没有人能告诉她广才去了哪里，倒是常有人从街门外面路过的时候，会不由自主地探头探脑，好奇地朝他们的这个院子里张望一下，要是正好看见她在院子里站着，又正好与她打了一个照面，他们的脸上就会露出十分惊讶的神色。

她不知道他们为什么要惊讶。

一到晚上，那些雪亮的汽灯就都被一盏一盏地点着了，如同照妖镜一样，让那些心里有事的人感到走投无路，只要有一点点可能和机会，就会想方设法把自己隐藏起来，而且能不在人前出现就尽量不出现，最好能永远销声匿迹，永远被遗忘，谁也想不起来，似乎从来不曾有过那样的事和那样的人。这样一来，躲避汽灯，躲避那种雪亮的光芒，就成了心中有鬼的最好的证明。一个人那样做，无非是为了避免原形毕露，昭然若揭，避免早一天被发现，能像土拨鼠一样多隐藏一天是一天，省下的就是赚来的。然而，她不止一次地亲眼见到过，那些心里没有鬼的人，在那种雪亮的光芒照耀下，也会感到无比的晃眼，烦躁，神情不安地走来走去，有的像雨前的耗子或鸟。

周日高说，有一件事情，一直憋在我心里，想跟你说，又觉得不能说，不说吧，又觉得对不起你。

她说，哪方面的？

周日高说，是关于你们家广才的。

她说，说吧。是不是广才被抓住了？

周日高说，那倒不是。不过，我觉得这事对于他和你来说，比被抓住还要厉害，还要严重。

她说，死了？

周日高说，没有没有，肯定没死，我有百分之七八十的把握，估计他还活着。我说的是另外一个问题，根据可靠的消息，广才已经被内定为敌人了。

看见她愣怔在那里，没有任何反应，周日高说，没想到吧？我刚知道时，也吓了一跳。

周围的雪晃得她眯起了眼睛。

周日高说，这样一来，你们的身份一下就发生了变化，以前不管好赖，还能算得上是人民群众，现在这么一闹，好像就不再是了。

她说，你是说，我们都不是人民了？

周日高有些沉重地点了点头。

她说，说广才不算人民，我现在已经多少能够接受了。可是我没想到连我也不是了。

周日高说，这种事情由不得自己。一个人，究竟是什么，不是什么，自己说了不算，从来都不算。

又说，所以我劝你的意思就是，以后最好不要和别人闹，不要处处都显得自己很厉害，该争的也不要和别人去争，让别人争去吧。人民可以骄傲，可以得理不饶人，可以互相吵闹，互相争夺，可以厉害，可以发牢骚，发泄不满，但是你不可以，因为你已经不是人民了，这是最关键的一个问题。这样一来，谁都比你厉害，比你理直气壮，无论你去和谁理论，最后吃亏的都只能是你。人民当然也有吃亏的时候，但是要是和你闹起来，他们就会占上风。

站在雪地里，她有一种奇怪的感觉，浑身上下，只有耳朵那里是热的。另外一种奇怪的感觉是，她看着周日高，明显地觉得他比往日矮了许多。她想了一会儿，很快就发现根本想不明白。周日高怎么会突然变矮了呢？一个人难道可以像一件衣服一样随随便便地缩水吗？远处的那些连在一起的山白得让人难过，越看越觉得没有任何希望，一根一根的树枝像肿了的胳膊一样。

她听见乌鸦在叫。

周日高说，我跟你说这些，只是为了让你能更好地保护自己。你不要对任何人说，无论是谁，都不能说。你要是说出去，我就完了。

她说，你放心吧。

周日高把雪踩得吱吱的。他说，我相信你。我要是信不过你，就不会跟你说了。

远处的路上有两个小黑点，估计应该是人。她看了一会儿，发现那两个小黑点儿如同被钉在了路上。风把她的围巾吹起来又放下去。她忽然想到，如果这时候有人从很远的地方往他们这边看，她和周日高肯定也是两个小黑点儿。一个人，从人民变成一个豆子一样的小黑点儿，原以为有多难，其实却是一件再简单不过的事情，简直容易极了。她想道。两个人中，就算她已经什么都不是了，但身为国家干部的周日高至少还是吧。

一只乌鸦在距离他们不远处的一棵树上哇哇地叫着，像一个饿了的孩子。

周日高对乌鸦说，走开，小心我打死你。

说着，撩起衣服，抽出一把枪。这时，看见她正在看着他，马上又把枪插了回去。接着，又回过头去，用一种温和的协商的口吻冲着树上说道，到别处叫去吧，啊？他有些拿不准，不知道这样的弥补有没有用。但有一点他清楚，她肯定不喜欢他刚才那种盛气凌人的样子，连一只鸟也要骂，不依不饶。这样一想之后，他觉得自己真是蠢透了。雪野上有一些若有若无的光晕在闪动，徘徊，不细看是发现不了的。细看才发现那是蓝色的，正在翩翩起舞，轻声慢语，又在显示着它们是有出处有来历有背景的，并不是孤立的一片，在徒劳地无援地翻卷，闪烁。那一片片的蓝白色的幽晕啊，用手是无论如何都捉不到的，只能用眼睛去看，用脑子去想，用鼻子去嗅，只能这样，除此再不能用任何办法去接近她，武力，暴力，统统用上都没有用。你要是不顾一切地纵身扑进那种幽晕之中，自以为让你抓住了，得到了，但转眼你就会发现她正在别处轻声慢语地翩翩起舞——你的身边什么也没有。

思索让他这个向来都厉害惯了的人突然变得有些笨拙，沉重，甚至有些势单力薄，孤苦伶仃。

这样的一种感觉以前从来没有过，对他来说陌生极了。这以后，再看见那些被雪埋住的或者在风里东奔西跑的荒草时，他觉得自己并不比它们更强硬，更优越，从很多方面来看，他和它们几乎完全是一样的。

又走了一会儿，看见雪在他们附近一带闪来闪去，他对她说，本来想请你去我那里烤烤火，暖和暖和。可是，我出来的时候，李主任正在我那里审问一个去年秋天才被供销社招进来的人，估计这会儿还没问完呢。

她说，我不冷。

他说，就是冷也不去，冷死也不去，是不是？别说李主任他们正在那里，就是不在，你也不会去，对吧？

他想起那年正月里，在漫天飞舞的雪花里，在那个人头攒动的戏台下面，他第一次看见她时，就被她迷住了。有一种东西，紧紧地把他吸住，从此他再没有自由过一天。有时候尽管看似轻松，但仅仅停留在表面。

一个人，感觉不自由，那就是真的不自由。

一直到现在，他也仍然无法说清楚，不知道那是一种什么样的东西，竟是那样地厉害，一直紧紧地把他吸了这么多年，让他东扭不得，西转不得，只能乖乖地被吸在上面。有时候，他明显地感到自己很像是一缕依附性很强的灰尘，什么也不想，就是想把自己一点儿不剩地完完全全地贴上去。

他看看远处，又看看她，所有的路都不见了，都埋在雪里。没有人知道，下着这么大的雪，他心里想的却是那样的一些事情。他从自己身上发现，人真是一种怪物。也只有人，才真正算得上是一种怪物，别的都算不上。

有人正在房顶上纷纷扬扬地往下扫雪。

一些黄泥的烟囱里冒着烟，有的烟像是紧紧地卷起来然后又展开的绸子。

她向他道了别，然后匆匆地向另一个方向走去。

他看着她的背影。看了一会儿，忽然想起一件事。于是，站在空旷的雪地里，他大声地告诉她说：

“这一带会修缝纫机的人不多，不过，我一定想办法给你找一个。请相信我，一定能找到！”

她没有回头，很快就走远了。

“还不好意思呢。”这以后，他一边慢慢地往回走，一边想道。女人啊，真他妈的！很快又想道，她不回头也许是想表示自己压根儿就没有听见？其实，听见没听见的，那又有什么关系呢。他那么大声地说，就是为了想让她听，想让她知道，而她却装出一副没听见、不知道的样子。她这样做又是为什么呢？

后来，路过农机管理站那又宽大又辽阔又油腻腻的院子时，他就从豁口处看见农机站的段文明站长正诡诡秘秘地躲在一扇门的后面，一会儿弯着腰，一会儿又蹲下，两眼紧紧地盯着院子里的某一个地方。那扇门，像是一道布景。看着鬼鬼祟祟的段站长，他的心扑通扑通地跳了两下。他想，段站长这狗日的，这是在干什么呢？不是在做什么见不得人的坏事吧？院子里没有人，好几间房子的门都关着。这样想着，他把头从墙上的豁口处慢慢地小心地探进去，看见院子里一片白雪，比往日的那种景象干净多了，只有中间的那条路有点儿发黑。白雪几乎把院子里所有的东西都覆盖了，包括停在西面墙内的两台东方红55

拖拉机和那辆任何时候看上去都像一只蚂蚱一样的手扶拖拉机。他对那辆手扶拖拉机太熟悉了，他的一个拐弯抹角的亲戚最初就是它的驾驶者，后来因为在不到半个月的时间里连续翻了三次车，打碎了供销社进回来的很多缸和盆子、碟子、碗，还把王主任的小姨子的锁骨跌断了，脸上破了相，缝了十七八针，后来又听说连骨盆也有点儿问题，闹不好会影响生育。连着出了三桩事，别人就是不说什么，但凡是个有点儿血性又多少知道要脸的人，自己也会明白无论如何再没脸继续开下去了。可是他的这个拐有抹角的亲戚还偏偏就是想继续开下去，一点儿反思和自责的意思都没有，不是怨路不好走，就是怪天黑得太快，又说手扶拖拉机本身的马力不够，劲儿太小，像个奶声奶气的孩子。所有这些，都是造成他在不到半个月的时间内不断翻车的直接因素和最根本的原因，不是他自己想翻，换了谁也得翻，不翻几乎是不可能的。这些成堆的千奇百怪的理由支撑着他，又像一份份的美食一样把他填充得满满当当的，让他在眩晕中有了极大的信心和勇气。他兴冲冲地找到周日高，让后者帮他说说，他还想继续开那辆手扶拖拉机。说实在的，周日高当时就对他的这种要求感到脸红，脸上不住地发烧。周日高对他说，我知道你是一个很不要脸的人，可是没想到你会这么不要脸。一开始气还不太大，后来说着说着，气越来越大，火也上来了。他真是感到气得厉害啊！他对他那个不要脸的翻车者说，去你妈的！想到哪死死去，离我远点儿！以后不要再来找我，我不认识你。你和所有的亲戚联合起来，我也不怕。你就告诉他们，说我不帮你，说我六亲不认，说我不是人，让他们也全别认我，不要和我来往。

段站长藏在门后的那只手一动一动的，有时还要不由自主地哆嗦几下。

看了一会儿，他终于渐渐地看明白了，段站长是在套鸟。段站长的手里握着一根用肉眼几乎看不见的绳子，绳子是用马尾串成接起来的，绳子的另一头拴在一根短短的小木棍子上。木棍子立在院子中央的雪地里，上面支起一只半开半合的筛子，筛子下面撒着一些谷子或米。这个老段啊！

越过院子里的雪，他看见段站长躲在门后，激动得浑身都在颤抖，又不断地腾出一只手，用手背胡乱地擦拭着眼睛，他不想让那激动的泪花模糊了他的前途，影响他的快乐。

啊呀，真是个王八蛋啊！他在心里对自己说。

这以后，他沿着回家的方向走去。走了没几步，忽然听到从农机站的院子里传来嘭的一声，他没有返回去看。就凭那声音，他估计段站长一定是在雪地里跌倒了。

这样想着，他禁不住嘿嘿地笑了起来。段站长摔了个狗吃屎，他觉得无比开心，一路上他的嘴都合不上。

六

小十一用泥捏了一大堆东西，有小狗、房子、磅秤、牛、汽车……汽车里面放了一白一黄两颗芸豆，代表一个穿白衣服的人和一个穿黄衣服的人坐在里面。房子很像是他在小人书里常见到的那种房子，又低又矮，歪歪斜斜的，好像马上就要塌了，谁也再扶不正，扶不起来。黄泥的小狗正站在那间房子的旁边伸长脖子汪汪汪地叫着，一看它那样就知道肯定是有人来了。这些东西，都不分彼此大小地排列在一起，站成一溜，各是各的样子。在所有那些东西里，最傻的就是那只长得精瘦的小狗，一点儿也不知道自己根本不厉害，看见有生人来了，就张开嘴汪汪汪地叫一阵，看见比它大好几倍的大狗，也要叫，尖声尖气地叫着，甚至还想扑上去与人家厮打，斗争。

小十一有点儿担心地看着它，心里想道，你又不是一只老虎，还以为自己有多厉害呢。

一个牙齿猛看上去很白的人，坐在小十一的旁边，手不闲着，一会儿拿起这个看看，然后放下，又拿起另一个。手不闲着，嘴也不闲着。不时地指手画脚，小十一怕他拿来拿去的把自己辛辛苦苦捏出来的那些东西拿坏了，可是又不敢说他，只得忍着。小十一牢记着大姨的话，大姨没少对他说过，他们现在和别人不一样，别人能随便骂人，他和大姨不能。别人能互相操祖宗，互相搏斗，栽赃，他和大姨也不能。当然，更不能与人争长短。对周围一带的孩子都得忍让，更何况这是一个大人呢，一个牙齿猛看上去很白的大人。

这样一想过之后，小十一也不觉得有多么生气了。随他拿去吧，他想要拿什么那就说明他喜欢什么，那就让他拿去吧，就是一会儿走的时候，真的要拿走几个，那也不能把人家怎么样，只能由他拿，能把他怎么样呢，肯定不能把他怎么样。他要是蛮不讲理地说，我就要拿，你能把我怎么样？小十一肯定会说，你拿吧，你随便拿吧，你想拿什么就拿吧，我不能把您怎么样。

但是，想着他拿，他却不再拿了，点着一支烟，抽了几口，然后看着小十一，露出他的那些白牙，说：

“会捏跳蚤和蚊子吗？捏一个我看看。”

小十一愣住了。

后来，小十一和大姨一起把那些沉淀在好几个盆里的湿淀粉用铲子一块一块地起出来，它们像是沉淀在池子里的石灰，不仅颜色像，样子像，沉淀后的形态也完全一样。大姨在地上铺开好几大张牛皮纸，然后把那些从盆子里起出来的湿淀粉一块一块地放到纸上，又分别捏碎，又像锄地一样均匀地把它们摊开。不久以后，晾晒在纸上的湿淀粉就像是一些刚刚犁过的地，变得整齐、疏松、洁白，天上的云彩有时候就是这种样子的。不过，大姨说，这还是湿的，还有水在里面藏着，不算白，等过些天完全晒干以后，那时候会更白，比现在要白得多。

小十一告诉大姨说，那个牙齿猛看上去很白的人，让他给他捏一个跳蚤和蚊子。

大姨一边用手犁那些淀粉，一边对小十一说：

“你捏你的，别理他。”

小十一不是没有见过跳蚤和蚊子，天气热的时候经常见，但是他觉得自己真的不会捏。

他坐在那些白得晃眼的淀粉旁边，一个人认真地想了一会儿，然后问大姨说：

“是不是越小的东西越难捏？”

大姨低着头，头发垂到脸前，遮住了她的脸。但是，她的五个手指却像是五犋犁一样，不断地在那些浮土一样的淀粉中起伏，出没。五犋犁同时出发，一路犁过去，被犁到的淀粉如同肥沃的湿土一样哗哗地从中间鼓起，又翩然地向两边翻开。转弯的时候，五犋犁也几乎是同时转弯，又从另一个方向，势如破竹，乘风破浪地一路犁过来。

小十一想，不用问，肯定是越小的东西就越难捏。

晚上，躺下睡觉的时候，大姨对小十一说，你知道那个人是谁？当年，你妈还没结婚的时候，还是一个姑娘的时候，他经常往你姥姥家跑，一个月里，不来七八趟，也得来个四五趟。他看上了你妈，一个劲儿地追，他们是中学时的同学。每次来了都不空手，都要拿点儿东西。有时候是一包点心、两个笔记本，有时候给你姥爷拿两瓶酒。你姥爷不喝酒，自从知道这个情况以后，以后再来的时候他就不拿酒了。来得勤，连我们前后左右的那些邻居都认识他了。有时候他来了，赶上我们家里正好没人，他就坐在邻居的家里等着。很能说，一来二去，跟邻居们也很快都混熟了。一个人能用他的话把另一个人，甚至一堆人说住，就像打败了一样，就像俘虏了一样，你信不信？人的话语真的是一种很奇怪的东西，有时候比什么都管用，比武器和钱都要厉害，别的东西做不到的事情，几句话一说，有时候就奇怪地做到了。你拿着一把枪，要是碰上一个死活都不买账的人，你也没办法，你最多只能把他打死，却到死也不能够让他心甘情愿地听你的。可是，要是你说出的话正好对他的心思，合他的意思，那就什么都不用愁了，那就会比一门大炮一堆钱还要管用。当然，你要是说不到正经地方，说不到节骨眼上，那也不行，说得再多也没用，那叫废话。

就这样，经常来，经常来，大概有一年多。

后来，你爸爸突然出现了，一下就把你妈娶走了。

小十一笑了起来。

大姨告诉小十一说，不过，这还不是最让人感到天旋地转的事情，最让他们感到头晕的感到天旋地转的是，那个人后来娶的竟然是紧挨着他们家的住在他们东边的一家人的女儿。那个人对小十一的新婚不久的母亲说，就算娶不上你，我也要从你的旁边划拉一个。

小十一想，我真是危险啊，差一点儿就成了那个人的儿子。他不能想象自己怎样与那个人一起吃饭，睡觉，说话，牵着他的手去这里去那里，不时地像被判了无期徒刑一样地看见他的牙齿白森森的，令人不安地闪来闪去，想不看也不行，除非不是一家人。后来又想，不过也不一定，假如他们当初真的成了，生出来的那个孩子也不一定就是我——肯定不是我，肯定会是另外的一个与我在很多地方都完全不一样的孩子，而且，名字也会不一样，也许叫的是石头，或者小鼓、鸡胗。

大姨家里没有孩子，连一个都没有。那时候，小十一刚来的第二天，大姨就对他说，从此以后，你就是我们的孩子了，不要再以为自己是来亲戚家串门的。

后来，晚上吃饭的时候，大姨又忽然想起了白天里的事，对他说，忘了问你，你愿不愿意？

他说愿意。

大姨高兴地笑了。后来又对他说，其实，你就是不愿意也得愿意。你想想看，除了我这里，你还能到哪里去？这个世界上的人，说起来不算少，多得像蚂蚁一样。可是，真正和你有关系有瓜葛的能有几个？简直没有几个。不算不知道，一算吓一跳。

小十一对大姨说，我早就吓过了，我坐在马车上，来的路上就已经吓了一跳。马车一边走，我一边想，啊呀，我只剩下这一个大姨了，除了她，再也没有人管我了。

又说："前天我还在想，姥姥真是个好人，她当初要是少生一个，或者一不高兴坚决不再生了，那我这一回可就真的完了，我去找谁去？这事越想越害怕。"

"你姥姥要是少生一个，首先没有的，应该是你小舅舅。"大姨说，"要是再少生一个，那就连你妈也没有了，不过，短来短去，都不可能短了我，我肯定在，不可能没有我，除非你姥姥一个也不生，那就谁也没有。"

家里充满了湿淀粉的气味，像是刚刚粉刷过房子以后的那种味道。

晚上他们吃的是炒海带丝，前天晌午，小十一端起碗后，看到碗里有蘑菇。

大姨对小十一说，我们成天这样山珍海味地吃，要是让别人知道了，一定会眼红得要命，一定会说我们的，说不定还会跑到公社去告我们一状。

小十一说，我不会说出去的，谁问我也不说。

大姨不在家的时候，小十一一个人想，我不想吃什么山珍海味，只想吃一顿真正的肉。

每天太阳一出来，把院子里照得很亮以后，大姨就把那些很不容易干透的潮乎乎的淀粉从屋里搬出来，晾晒在院子里。小十一负责保护那些淀粉，手里挥舞着一根小棍，轰麻雀，赶鸡。

鸡最不要脸，他稍一不注意，它们就已经大摇大摆地或者一溜小跑地走到淀粉上面去了，一上去就到处乱啄乱刨，有时候还要把翅膀展开，一下接一下地扇动，站在淀粉上面一声接一声地叫唤。小十一不认为它们是在唱歌。哪有那么难听的歌？此外，它们还要乱七八糟地往下掉毛，专门掉到淀粉上，然后笑得咯咯咯的，前仰后合。

小十一搬着一只小凳子，坐在淀粉旁边，怀里抱着那根小棍子。盯着淀粉看了一会儿，他的眼睛就会感到发酸，有时甚至还要流泪。他想，这时候要是有一副电影里的坏人常戴的那种墨镜就好了，把它戴上后至少不会像现在这么晃眼了。要是再有一顶礼帽，再有一身绸子做成的衣服，那会怎么样呢？特别是那种绸子做成的衣服，无论穿在谁的身上，都会一哆嗦一哆嗦的，整个人像是要飘起来了。去年夏天，在通往罗家油坊的一条路上，小十一就见过那样的一个人，戴着草帽，戴着墨镜，穿着白色的衣服。当时，他们都以为是亲眼看见了一个以前只有在电影里才能看到的汉奸，几个在树下坐着的孩子都被那人惊得目瞪口呆。那个人骑着一辆自行车，正从一道坡上下来，一手扶着车把，另一只手按住头上的草帽，白色的衣服在不歇气地飘扬，嘴上叼着的烟卷也在熊熊地燃烧，整个人完全就是在飞，在铃声大作地飞。

“看，汉奸！”一个孩子首先叫了起来。

“是特务。”

还有的说是叛徒，一个专拣僻静处走的叛徒。

等到了跟前，他们才发现那个人既不是汉奸，也不是特务或叛徒，而是四小队的队长张宝贵，他身上斜挎着的那个东西也不是一支驳壳枪，而是一只挎包。

像汉奸和特务一样的张宝贵，看也没看他们几个坐在树下的孩子，一溜烟地拐进村里去了。

一个叫五猫的孩子说，张宝贵肯定不是汉奸，要是一个汉奸单独骑自行车出来，以防万一，肯定会随身带着气管子，而他刚才注意到，张宝贵的自行车后面空空的，并没有绑着一个气管子，张宝贵肯定是这样想的，都是社会主义大家庭，自行车要是瘪了，到哪里不能打一下气。

……

对去年夏天的往事的回忆，使小十一忽然感到自己孤单极了，像是一只被打下来的落在院子里的麻雀。大姨不在家的时候，再没有人跟他说话，他看了一会儿屋里墙上的画，又去外面看云彩，就那样坐在门口一直默不作声地看，直到把又软又白的云彩看得又黑又硬，由薄变厚，或者由肥变瘦，把晴朗安静的天空看得摩肩接踵，人声嘈杂，听到人们在互相招呼。吃了吗？驴我已经雇好了……那笔钱，后半年我一定还你。算命的告诉我说，等后半年的时候，我就有办法了，会时来运转，吉星高照。他这话我信，因为我也在琢磨，我不能总是这么又黑又霉地过了一年又一年吧？差不多也该亮堂亮堂了吧？其实我的要求也并不高，能像正常人一样有吃有喝地过日子，我就满足了。不负债，不要吃了上顿没下顿。锅里的水哗哗地开着，怒吼着，翻滚了一遍又一遍，可是米还不知道在哪里呢。我的女人眼泪汪汪地对我说，要不，咱们去死吧，这活得还有啥意思？我一听她这想法就不对，我对她说，胡闹！死了干什么！我们不死，我们就不死，我们就要活，就要硬着头皮活着。女人说，你真是脸皮厚啊，都活成这样了，还要活。我对她说，慢慢地你就会明白的，什么叫脸皮厚？我总算明白过来了，那可以说是人生最大的秘诀和最重要的法宝，有了那一条，可以说万事不愁。我本来还想对她说，要死你死去，反正我是不死。但话到嘴边，我又觉得于心不忍，于是就给她打气，勉励她说，不但我不能死，你更不能死！这个家没有我，等于塌了一半；要是没有你，等于塌了一大半；要是两个人都没有了，那就等于全塌了。所以，咱们两个都不能死。

七

一个名字叫油墩子但长得又像是一只鹤的人，坐在冰凉的水渠上，拉着一把十分陈旧的二胡，在为人们说唱一个杀夫的故事。前些年的时候，这个叫油墩子的人也曾经来过，常在天黑以后伴随着天上的星星出现在街头上，身边围着一堆人，听他说唱一些不痛不痒的事情：守夜，改嫁，搬家，过年，割莜麦，掰玉米，植树造林，偷鸡摸狗。这一回，油墩子还是那个油墩子，二胡也还是那把二胡，但说唱的内容却成了杀夫。据油墩子本人说，这可不是他自己瞎编的，他编不了这么好，而是完全来自一件真人真事，故事里的女人至今还活着，只是谁也不知道她现在生活在哪里。又说，这样的故事十个人有九个爱听，剩下的那一个人是因为没有赶上，要是赶上了，听到了，会比那九个人还要喜欢。

说着，呜呜咽咽地拉响了手中的胡琴，人们安静了下来，很快又听到一阵悲戚的哭诉。

在开头的引子部分，油墩子的那只看上去十分灵巧的手在明显地用力，来回扯动的弓弦很快变得像一把锋利的刀，透过声音，人们听到一阵无情的砍杀。

一幅血肉模糊的图景已经在有些人的心里提前展开了。

名叫油墩子的人停下来，告诉人们说，就这样，每天唱一点儿，把那个故事全部唱完，至少得需要半个月的时间。到第十四五天的头上，人们就又会听到刚才的那一阵由胡琴拉奏出来的砍杀，杀得血淋淋、碎纷纷。有性急的人提出要求，想要不睡觉连夜听完，名叫油墩子的人伸长他那鹤一样的脖子，摇晃着他那小小的头说，那不行，再好吃的东西也不能不要命地去吃，一下都吃完，一竿子插到底，那就没意思了。

这天晚上，名叫油墩子的人唱完开头的几段以后，果然就再也不肯唱了。月亮高高地挂在天上，人们又等了一会儿，看出真的没有希望了，才开始慢慢地散去，往各自的家里走。剩下一些孩子还围在油墩子的身边，不肯离去。油墩子让他们回去睡觉，但没有人听他的。他们不时地伸出手去摸一下他的胡琴，甚至从后面摸摸他的头。有的孩子被别人推着，东倒西歪地扑到油墩子的身上，将油墩子连人带胡琴一起撞翻。

已经很晚了，他们还在那里撕扯着。

“你是从哪儿听说的？”

“我正领着民兵在外面巡逻，有人匆匆忙忙地跑来，告诉了我这个消息。‘有人正在唱你嫂子，名字都一样。’说实话一开始的时候我也认为是巧合，也就只是名字一样，至于那些事情，安到别的哪一个女人的头上都行，任何一个女人都有那种可能。可是后来，我不这么认为了，我越来越觉得事情好像没那么简单。”

“你是说不是巧合？”

“不像是。”

“她是你的嫂子，你还不知道她吗？”

“说实话，我不认为我对她了解很多。你和她还是夫妻，两口子呢，你对她又了解多少？你知道她在和你结婚以前的那些年是什么样子的吗？”

“我不想知道那些。再说，就算真的有点儿啥，那和我又有多大关系？那时候我还不认识人家呢，她也同样不认识我，她就是闹翻天，也不是因为我，更不是冲着我来的，这是近的。再往远了说，退回五百年前，谁也不知道自己那时候是啥样的，更不知道曾经干过什么。就说咱们两个，你能知道你曾经是谁吗？我是一点儿也不知道。”

“作为你的兄弟，我只是想提醒你，怕你出事。有时候我觉得你活得很危险。”

“我活得很危险？我没觉得，我倒是觉得你让人有点儿眼晕，整天舞枪弄棒的，动不动就开会，捆人，搜查……”

“那是我的工作。有的人还负责枪毙人呢，你能说他们是在做坏事吗？”

“要是把人毙错了，冤死了，那就是在做坏事，最起码是在助纣为虐。”

“好啦，我们不说这些啦，还是说那个叫油墩子的人吧，真是个王八蛋！我听说他就这么一直要唱半个月呢，这才刚刚起了个头，好戏还在后头。”

“他想唱就让他唱去吧，他就是靠这个吃饭的，挣钱养家的。你能不让人家唱吗？”

“对，你说对了，我就是不想让他唱。”

“就算我们不让他唱，把他撵走，他到别的地方还会一样唱，继续照唱不误。找一个离我们这里一二里、二三里的村子，胡琴一响，又唱开了，你能管得了吗？你能时时刻刻都跟着他吗？”

“让我生气的是，唱就唱吧，还不一下都唱完，吹灯拔蜡，立即走人，而是每天只唱那么一点点，细水长流。他这是在干什么？是在安心地过日子吗？”

“对他来说，这就是在过日子。要是每天只唱一句就能应付过去，就能挣到钱，那他肯定就只唱一句，再多一句也不肯唱，连两句也不唱，就唱一句。”

“月亮已经西斜了，明天再说吧。”

“啊，已经是后半夜了。”

“今天已经是第二天了，他越唱越可恶。”

“你去听过了？”

“去了，不过我没有到跟前去，只站在不远处听了一会儿，谁也没有看见我。”

“这就好了，你总算亲眼看见了。”

“哥，难道你真的一点不好的感觉也没有？”

“没有。”

“我有。”

“你有？”

“我觉得不光彩，我们一家人谁都不光彩。我站在黑暗里，越听心里越难受。”

“你用不着难受，我都不难受。”

“听见你这样说，让我更难过。你不光是垮了，整个人像一面墙一样倒了，还麻木不仁。”

“说我麻木，那可能有点儿。但是，要说我不仁，我不承认。我不不仁。”

“还说不麻木，不不仁？自己的女人，让人编成故事，到处唱来唱去，一点儿也不生气，倒像是在听别的女人的故事，我怀疑你一点儿血性也没有了。”

“你咋就能肯定那唱的就是她？”

“我感觉就是，越听越像，连她说话的那种方式都像，越听越熟。”

“我感觉不是。”

“你又没去听，你怎么能知道不是？”

“你咋知道我没去听？”

“你也去了？为什么我没有看见你？”

“为什么我要让你看见？你自己不想让别人看见，难道我就想让别人看见吗？”

“你躲在哪里？”

“和你一样，我也站在一个谁也看不见我的地方。”

“那些树的后面？魏家菜园子里？我印象中好像记得树后面有影子。”

“不要瞎猜，我不在那里。”

“你听我说，就算他唱的那个女人真的不是我的嫂子，而是另外一个同名同姓的女人，可也总让人觉得别扭，觉得心里阴阴暗暗的，非常不干净。也正因为这样，我才始终觉得事情没那么简单。”

“我真拿你没办法。”

“我也拿你没办法，无论怎么刺你，扎你，都扎不出你一点儿血来。你以前不是这样的。”

“我该怎么办？回去把你嫂子杀了？”

“唉，我不是那个意思。我是说，我是民兵连长，好歹也算个干部，我得人前人后地工作。另外，我还没有结婚，无论是谁，无论哪个女的，只要一听说我们家里曾经有过这样的人和事，谁会跟我？”

“谁说这就是我们家里的人和事？”

“你可以不那么想，可你拦不住别人那么想，你总不能以为别人和你想的一样吧？”

“我想我的，别人想别人的，别人爱怎么想想去，那是他们的事，我也管不了那么多。”

“你不要面子，我还要呢！你让我这个民兵连长怎么当？你让我怎么做人？”

“你要吧，我又不是不让你要。”

“这以后，我还怎么有脸去工作，去斗人，去捆人？先把我自己捆起来算了。”

“……”

“我再说一遍，我不想不光彩地活着，不想那么黑七烂五地活着，无论走到哪里，都有人在背后指指点点。”

天刚黑的时候，就有人早早地来到了水渠边，可是，一直等到月亮升得很高以后，那个名叫油墩子的人仍然没有露面。人们像一些影子一样站在月亮地里，有的三五成群站在一起，有的金鸡独立，看上去心事满腹。

仍然不断地有人来，但都不是人们正在等待着的携带着二胡和竹板的油墩子。每一阵新的脚步声都会给站在月亮地里的人们带来一次希望，可是，随着脚步声的由远而近，人们刚刚生出的希望很快又都变成了失望，像水泡一样一个个地都湮灭消失了，重新变得愁苦，憋闷，垂头丧气。

一个有些阴阳怪气的声音在说：

“该来的不来，不该来的都来了。”

不久，还是那个声音，睃巡了一遍后，又说：

“正经人一个也没来。”

多数的人都冒着不正经的危险，在继续等待那个叫油墩子的人，这才刚唱了两天，这是第三个晚上，人们不相信他会突然不辞而别，就这样不声不响地贼一样地溜走了，以后还想不想再来了？

但是，这天晚上油墩子一直没有来。有人坐在那道冰凉的水渠边一直等到后半夜才回去。

第四个晚上，名叫油墩子的人仍然没有来。

到第五个晚上的时候，水渠边已经没有人再等着了，很多人把那件事情差不多都已经忘光了，仿佛从来不曾有过一样，时光又在慢慢地转着。

只有少数心细的人还记得，有过那么一回事，记得胡琴一直在哭，从家里出来张望，视线里空荡荡的，一个人也没有，马上就又回去了。

有一天，有人在地道里看见了那个叫油墩子的人。

尽管他已经死了，但仍然还坐着，保持着生前一贯的姿势，一手扶着胡琴，一手拿着弓，像是正在说唱。

只是从他嘴里出来的不是故事，不是唱词，而是泥。

八

“这样看来，谁都有可能在那里面。”

和她说话的是住在前面那个树荫很重的院子里的一个女人，叫梅花。

从午后开始，她们就在一起说话，两个女人脸对脸地说话，那幅情景，让一旁的小十一感到很神秘。尤其是那个叫梅花的女人，也许是由于常年在树荫下面走动的缘故，一张脸白得惊人，小十一还从来没有见过那么白的人。母亲那时候就够白的了，但也不能和眼前这个女人相比，特别是后来那些日子里，母亲变得越来越憔悴，皱纹时不时光顾，总是不请自到，而且来了就再不走了。

大姨和梅花都去地道里看过那个名叫油墩子的人的那副死相，回来后，那条几里长的地道开始在两个女人的想象中和言语中无限地延伸，扩展，并且很快就变得蜿蜒曲折，四通八达，复杂极了。其纷乱的情形远远地超出了她们的估计和想象，让她们感到一片茫然，完全不知道它联结着哪里，又最终通向什么地方。尽管她们都曾经参加过那条地道的挖掘和修筑，曾经把汗水和血泪留在里面，也还没有完全忘了其中的情形和轮廓，但是现在，它的诡秘和复杂性早已溢出了她们的记忆和经历之外，她们只记得最初的一些艰辛和劳累，除此之外，她们不再对它感到熟悉，而是感到无比的陌生和阴冷。

“除了那个油墩子，那里面会不会还有别的人呢？”

听见梅花这样说，她的心一下嗵嗵地跳了起来，忽然觉得自己有点儿发虚。

“把人打死了，悄悄地藏到那里面。”梅花说。

她抬起头，看着梅花。那时候，她有一种奇怪的感觉，觉得梅花的话看似黯淡，平常，实则亮闪闪的，锋利无比，甚至觉得有流星一样的寒光不时地从眼前划过。

于是，她有些逃避似的眯起眼睛。

耳边又听见梅花似乎正在距此很远的一个地方风摆柳一样地走着，雪白的脸，乌黑明亮的头发，腰扭动得如同秧歌。有人和她打招呼，但她没有看见，或者充耳不闻。

不知什么原因，她轻轻地叹了一声。

本来，她想对梅花说，那个叫油墩子的外乡人死得真可怜，他家里的人——如果有的话——至今一定还不知道他已经死了，死在这里的一条地道里，但最终说出来的却连她本人也大吃一惊：

“我就知道他会不得好死，一年一年的，老拿着别人的事情替自己挣钱，靠说别人编派别人来养活自己。”

说完后，她像是跟谁赌了一口气，心里觉得既痛快可是又有一种说不清道不明的沮丧和郁闷，甚至失败，悲伤的情绪明显地写在她的脸上，由惊讶引起的不适一会儿像火焰一样熊熊地把她的脸熏热，烧红，一会儿又让她独自上升，很快又原路返回——因为无功而返，因为碌碌徒劳而变得苍白，灰暗，冰凉。

她看见对面的梅花正吃惊地望着她。

她说：“梅花啊！”

她说她至少梦见过张广才七次，每一次浑身都是血淋淋的，没有一回不带血，害得她早上一醒来就得不停地清扫，到处擦抹。不擦抹不行，因为她明显地闻到有血腥气在家里到处游荡，自由自在地飘来飘去。有时候是她拿着扫帚和抹布在追赶它们，想把它们一下粉碎，清除干净。但还有的时候，事情正好倒了过来，不是她追赶讨伐它们，而是它们步步为营地撵着她，或者穷凶极恶，或者心事重重，或者嬉皮笑脸厚颜无耻地跟着她，无论她走到哪里，它们就会跟到哪里，无论她站着还是躺着，它们都会堆积在她的前后左右哪里也不去。她用被子蒙住头，但是，很快就感到它们也马上就来到了被子上，重重地压着她，最厉害的一次死沉死沉地压着她，让她想翻个身都不能。而且，不仅仅是穷追不舍，有时候还试图更进一步地想与她搭讪，接腔，接她的话茬儿。比如，她说："羊还没有回来。"它们马上就嗡嗡地说："正在回来的路上，已经过了河了。"比如，她说："缝纫机已经坏了好几个月了。"它们马上又嗡嗡地说："东西哪有不坏的？为什么不找个人来修一修？"比如，她说："黄世昌家的大儿媳妇前天还好好的，在供销社里买布，还买了花椒和白糖，但昨天突然就死了。"它们马上又嗡嗡地说："是那些闲言碎语杀死了她，凶手正是那些针尖一样的喊喊喳喳的闲言碎语……"她惊得面如土色，头发飞扬。有好几次，她站着站着，然后突然转过脸来，目光像锥子一样，想看看身后到底有什么。

这样一来，有时候她不得不尽量让自己少说话，少出声，或者干脆闭上嘴不说话，免得它们再接腔。哪个人不想自己所说的话能引起别人的注意和重视，有谁不愿意自己被人正经地当回事？可是，她不想，她不愿意。在有了那样的一些事情以后，她再也不想被人重视，被人当回事了，她更愿意自己是一片平常得不能再平常的树叶，落脚之处是一片树林子，而绝不是别的任何地方，这样，她才不会一眼就被辨认出来，然后被轻而易举地十拿九稳地捡到，再被翻来覆去地看个够，研究个够。

梦中的张广才反复无常，有时候看上去十分高兴和得意，兴致勃勃，有时候气急败坏，悲愤，哀怨。不过，在他高兴的时候，即使是身上带着血，也仍然难以掩饰他内心的喜悦，她躺在炕上，他站在她的头前，仔细地看着她的脸。慢慢地，他的手来到了她的脸上，把她的头发撩到一边，然后像云彩和风一样从她的脸上轻轻地拂过。她刚想再来一次，再重温一遍那种感觉，那种感觉想曹操曹操到，马上就又回来了。她的心几乎都快要跳出来了。原以为已经走远了，不会再回来了，却没有想到并未真正离去，而是一直就在她的附近。

她的头发最先被犁醒，接着醒来的是她的额头，眼睛，鼻子和嘴……

他的手来到她的胸前，像老鹰一样在盘旋。

她先是把两条大腿夹紧，然后又不顾一切地张开……

他说：“不行，我得赶快走。”

说完，屋后就传来一阵咚咚的奔跑的声音，几棵树上的桃花和杏花被纷纷震落下来。

她闭着眼睛，听到路上有人在唱。

……

星星是那种看上去有点儿发黄的星星，很疲倦地眨动着，好半天才忽闪一下。

她想起了已逝的一些晚上，天上也是这样的一些黄星星，有的似乎落到了山冈上，落到了路上。

世界昏暗极了。

“你看我们这个家。”她对梅花说。

“要我说，这已经够好的了。”梅花说，“要是换了别的女人，肯定早就过得不成样子了。”

家，的的确确还是原来的那个井然有序的家，并没有显现出那种严重得让人看不下去的变形和扭曲的态势，少了一个大人，多了一个孩子，印象中反倒比原来更整洁更精致一些。像是一块地盘，不是在向外延伸，扩张，而是在不知不觉地收敛，返回，一点一点地向里收缩，紧握。事实证明，越往小里变，就越容易显得精巧，宁静，安详，能够一目了然，一叶知秋地尽收眼底。天一黑下来，门就关上了，再去听外面的人声，大步流星的马和在门缝里把脸挤得扁扁的狗，会以为是戏里的一些场景，或者疑心是后半夜突然醒来，后来又昏昏地睡去后，在拂晓前又形成的一个梦，一个有曙光作背景的，又有朝霞和露水介入的梦。墙头上的草，无论簌簌摇晃的时候，还是棵棵直立的时候，都给人一种荒原般的印象。日落时分，黄昏以后，那样的一种印象会显得尤为强烈和突出。

她听到一个人像是扫树叶一样在数落另一个人：

“跟你说过多少遍了，就是记不住，就是不往心里去。不要总是那么自以为是，不要总是想当然地总是单相思地以为自己很重要，有什么重要的？无论离了谁，这个世界也照样还能行，说不定会比原来更好，不信你试试。所谓离了张屠户，不吃带毛的猪，说的就是这么个理。

“多年来，某某一直以为自己是个非常重要的人，尤其是最近几年，无时无刻不觉得自己金光闪闪，俯视着众生。但是，他死了。死了就死了。按他原来的估计，一旦没有他在场，很多事情就顿时不能再进行了，一些会议也会因此被取消，或者无法再开下去，如果要进行，那也只能纯粹是在瞎胡整，惹人发笑。岂不知，很多事情进行得很好，花在继续开放，草也在继续生长。

“还有你爹，你的那位自以为威严的父亲，那曾经是一个多么自高自大的人！别的咱们先不说他，只说一点，他始终坚信至少有好几个女人都是一心一意、忠贞不贰地为他而活着的，要是没有他，她们无论多么如花似玉，也都会灰飞烟灭的。他的那种可怕的自信不知是哪里来的。

“你现在还记得那年春天，你的母亲带着你们兄弟姐妹改嫁时的美好情景吗？春光明媚，草长莺飞，你们一个个都收拾得焕然一新，特别是你们的母亲，更加光彩照人，魅力十足，把自己调理得像个万人迷。花在为你们这些有娘没爹的孩子开放，水在为你们这些即将又有了新爹的孩子而翩翩起舞，多情柔软的柳丝和美丽的蝴蝶也一路上陪伴着你们，婀娜多姿，春光无限。天上白云点点，尽情舒卷，田野里生机盎然，一切都在生长，漫卷的白云像是你母亲的嫁衣。你们高高兴兴地唱着歌，一遍又一遍地抒发着内心深处的激情，快马扬鞭，奔驰在社会主义的康庄大道上，去迎接新的幸福和可能。”

又听见广才站在她的头前，对她说：

“先别忙着再嫁，我把那些乱麻一样的事情处理干净后，马上就回来。”

她看见天黑了，炊烟缭绕，蝙蝠越飞越低，几乎一伸手就可以捉到一只。

梅花说：“我该回去了。”

送走梅花不久，她就看见对面一片屋顶上的烟囱里冒起了一缕炊烟。

她看见供销社里的算盘在噼里啪啦地响着，乌木的珠子不停地蹦来蹦去，七上八下。几块钱的事，却被算得像一笔层层叠叠、头绪纷繁的糊涂账，像一笔依靠人力和想象都无法挪动半寸的巨款。

有两个人穿着光板的皮袄，正站在那里喝酒，一人手里端着一个碗。连碗也是供销社的碗，他们暂时借一下用它喝酒，等把酒喝光了，又会被放回到货架上。有人来买碗的时候，马上就卖了。

她没有买碗，买了一包针和一包火柴，付钱的时候，她想了一下，于是又要了四节电池。

后来，一低头，又看见了站在她身边的小十一，小十一的目光像两只小蝴蝶一样在对面的货架上飞来飞去。于是，她又把刚刚放回去的钱重新掏出来，拿出一张五角的，全部买了糖。

看见卖货的人用手一下抓上来那么多糖，小十一吓得有些不知所措，他用力摇晃着她的胳膊，对她说：“用不了那么多，有一角的就够了。”

她抓起柜台上的那些糖，塞进他的两个口袋里。然后，领着他出了门。

回去的路上，小十一紧紧地拉着她的手。

“甜不甜？”她问他。

“甜。”

走了一会儿，小十一才告诉她说，看到她刚才在供销社一下给他买了那么多糖，他吓坏了，差一点儿哭出来。她边走边有些不解地问他吓什么，买几块糖有什么好怕的，对于一个孩子来说，那难道不是一件好事吗？多少孩子都盼望着那样的一个从天而降的幸福时刻，好多的糖装在口袋里，嘴里吱吱地吃着，手里玩着，感觉自己像一个富有而快乐的小地主。

但是小十一的理解却是，大人只有在生气的时候才会那样做，要么气呼呼地恶狠狠地给你买一大堆东西，要么就什么也不给你，你就是哭死也不给你，只给你一个耳光。

听见他这样说，她笑了。她告诉他说，其实，并不是所有大人都是那样的，有的大人，要是身上没有一分钱，他即使再赌气，再想恶狠狠地给他的孩子买一大堆东西，也根本买不了，他仅有的，只是一耳光，也只能是一个耳光。

“大姨没生气。”她对他说，“眼看就剩下你和我了。要是咱们两个再生气，那咱们就别活了，也真的没法再活了。”

听见大姨这样说，他觉得有一股甜蜜流遍了全身。

“你口袋里的给你爸爸攒了好长时间的那块糖还在不在了？”

“……不在了。”

“丢了？化了？”

“让我吃了。”

“啥时候吃的？”

“好几天了。”

“不想你爸爸了？”

“大姨，我跟你说，你可得为我保密，不能跟别人说。这些天，我觉得我有点儿没良心，因为我好像把他忘了，已经有好长时间没有想起过他了。”

“噢，那你妈呢，想不想你妈？”

“也没有刚来的时候想得那么厉害了。”

星星又出来了。

快到家门口的时候，小十一忽然问她买那么多电池干什么。

她说，把它们安进手电筒里，照个亮。

九

小舅舅一个人赶着一辆小毛驴车，走了整整一天，天快黑的时候才来。

卸了车，又把驴拴到一棵树上。

“妈来不了，让我来看看你。”小舅舅对大姨说。

灯光下，小舅舅脸上的一片伤痕有些红肿。

“你的脸怎么了？”大姨问小舅舅。

“碰的。”小舅舅说，“不小心碰了一下。”

小舅舅说，他赶着车，走到黄花梁上的一棵树那一带的时候，不知怎么回事，车突然翻了，幸好车上没有什么东西，他本人滚出去好远，把脸擦破应该说是最好的结果了，应该值得庆幸，值得高兴和安慰。

小舅舅一提到黄花和一棵树，小十一马上就想起来了，那是去姥姥家的必经之路，高高的梁上种满了庄稼，青绿的莜麦，红色的荞麦和开着无数蓝色小花的胡麻。风一吹，青绿的莜麦像湖水，荞麦上的小白花和胡麻上的小蓝花像数不清的蝴蝶在飞舞。整个梁上只有一条路，整个梁上只有一棵树，一棵又粗又宽大的树，就长在路旁，树荫里常有白翎鸟在叫。

小舅舅对大姨说：

“你还说让妈坐我的车来，要是赶上今天这样的事，没问题把老太太送上西天去了。”

说着，笑了一下。又说：

“那我就成了害死咱妈的凶手了。”

驴在外面叫了起来。

“车上还有一把草，都给了它。”小舅舅对坐在灯下的小十一说，“走了一天了，它饿了。”

晚上吃饭的时候，小舅舅问大姨：

“大姐夫还没有消息吗？”

“没有。”

又看看坐在一旁的小十一，小舅舅说：

“我这两个姐夫，人长得不一样，做的事情也不一样，没想到，到头来的命运却一模一样。”

停了一会儿，又说：

“那年，天下着大雪，我来你们家，你给我煮了两个鸡蛋，我刚要吃，大姐夫从外面回来了。虽然没说什么，但我觉得他心里肯定不高兴。第二天，我在回去的路上一边走一边想，我这一走，你们两口子少不了打一架，肯定得打起来。”

“没打。”大姨说。

小十一默默地吃着饭，听着大姨和小舅舅说话，他们姐弟二人的影子分别映在两面墙上。

大姨向小舅舅询问老家那里的一些情况。小舅舅说，也不知是怎么回事，近几年来，老有人在死去，不能说每天都有人死吧，但经常能看到有人披麻戴孝，或者动不动就看见几个人抬着一口棺材走了。有时候在路上也能遇到那种神色匆匆急急忙忙的报丧的人，骑着车子，头上顶着一块白布，手里拿着哭丧棒，跑得像兔子一样快。远的不说，光是这个月，从初一到二十三，几乎每天都能听到有人在嘤嘤咽咽地哭，而且，越到晚上，越到夜深人静的时候，哭得就越厉害。也不是那种大声地哇哇地哭，放开嗓子号啕大哭，一直都是在小声地哭，声音低极了，但是又正好能够让你听见，分寸掌握得真是好。你一个人在破败的黑洞洞的街上走，会让你感觉到并不是只有你一个人，因为附近不知什么地方总是有低低的微弱的声音在哭。

“哭得挺伤心？”

“挺伤心。”

小舅舅的脸色有些灰黄，不太好看。

“大姐，”小舅舅对大姨说，“咱们那个地方完了，可不像你们小的时候那么好了。河里也没水了，干干的，成了一条路，河边的那些树也不见了。那么多的杏树和李子树，一到夏天，只有一两棵树上还零零星星地结那么几个半生不熟的东西，其余的树只长叶子，只开花。花开得再多有什么用呢？再说，那也不像是什么好兆头，到处白茫茫的，像是又死了人一样……总之，我发现那个地方已经一点儿风水也没有了。人要是一直在那里住下去，只能是一天一天地缩小，变朽，腐烂，直至最后完全自取灭亡。”

大姨对小舅舅说：“你该找对象了。有人给你说过吗？”

“说了一个，”小舅舅说，“是皮条窑的。我前后去过她家两次。一个小院子，三间旧房，家里没有一件新东西，她爹老咳嗽，总听见他在咳嗽。院子里的东西更旧，唯一的新东西就是靠南墙新栽的两棵青杨树，比手指粗不了多少。我很想对他们说，要栽就应该多栽几棵，南墙下还有空地，至少能栽一溜，两棵能顶什么用呢。”

“先别管人家有没有新东西。人咋样？”

“我也说不上来，就那样儿。”

“就哪样儿？”

“还行吧。”

“人好就行。”

“我也愁得厉害，将来一旦我要是真的把她娶走了，剩下她爹妈，那两个老人该怎么办呢？”

“她没有兄弟姐妹吗？”

“有一个哥哥，死了，她的嫂子带着孩子嫁了。还有一个弟弟，原来在他们公社当勤务员，伺候公社书记，按说应该有前途，可是他每天起得比公社书记还要晚，公社食堂已经开饭了，公社书记自己洗了脸，可是他还没有醒过来。公社书记就只好叫他：‘小罗，该起来吃饭了。’公社书记后来说，这还闹不清谁伺候谁哩。”

大姨看着小舅舅。

“我明天就回去了。”小舅舅对大姨说，“妈就是不放心你，让我来看看。看见你还好，我们也就放心了。”

又对坐在一旁的小十一说：

“要听你大姨的话。”

“住两天吧。”

“不住了。”小舅舅说，“万一要是下了雪，黄花梁那个坡就上不去了。再说，驴还是跟队里借的呢，说好的就借两天。”

“下次再来的时候，把那个姑娘带来，让我也看看。”

“八字还没一撇呢，哪能随便带着人家出来？她从来没出过远门，我尽量看吧。”

第二天吃过早饭以后，小舅舅就上路了。

大姨领着小十一，一直把小舅舅送过了河。大姨对小舅舅说：“我挺好，不要让妈想我。”

“我知道了。”小舅舅说。过到河那边以后，他停下来，一手拉住小毛驴。另一只手挥着说：

“姐，你回去吧。”

小舅舅和他的小毛驴车越走越远，越走越小，后来终于再也看不见了。

晚上，大姨把前两天买的那四节电池一起装进一个大手电筒里，然后就出去了。

她想起当年挖地道时的一些情景。那时候，常有人握着这样粗大的手电筒到处乱照，强劲的光芒常常晃得她们无处藏身。

半夜里，小十一睡醒一觉后，看见屋里亮着灯，大姨不知道什么时候已经回来了，身上和头上全是土。

小十一爬起来，看着大姨。

“我去了一趟那个地道里。”大姨对小十一说。

停了一会儿，又说：

“我是想看看你大姨夫在不在那里面。”

“大姨夫在不在那里面？”小十一说。

“不在。”

2004 年 8 月 10 日

后记

这本集子里的六个中篇分别写于十多年之间，《沙子》与《黄花》的间隔为十一年，前者发表于 1994 年，后者发表于 2005 年。

若论年头，《夜晚的顺序》应该更早一些，比《沙子》还要早两年。

《夜晚的顺序》《沙子》和《深红的农事》为 20 世纪 90 年代前期和后期的产物，《在十二月漫长的黑夜里》《十月》和《黄花》均写作于新世纪之初和之后。

按时间编选，或许更好一些，更能看清一个人所走过的路，或曰轨迹。不过，这样的道路或者轨迹，对于他人来说，可能永远都是模糊或者陌生的。哪一个时期是怎样的，某一年你的内心和周围发生了什么，为什么会写下这样那样的东西，真正清楚这些的，只有自己。

2016 年 3 月 27 日